U0051226

愛呦文創

愛呦文創

殿下讓我還他清譽

卷二

三千大夢敘平生 著
蓮花落 繪

目錄

【第一章】

記住，此事除非王爺親手寫成話本，否則切不可同外人說

雷霆閃電，一擊即中。

雲少將軍抬腿就跑，頭也不回，一路翻窗戶回了醫館。

老主簿憂心忡忡守了半宿，將人接回榻上，匆忙拽來了梁太醫。

湯藥的藥力不如碧水丹，雲琅時間不多，撐著榻沿拽住老主簿，「那幾個人給我看好，別急著放出去，平白添亂。」

「您放心。」老主簿扶著雲琅，忙答應下來，「等您醒了，將他們教訓明白再說。」

「府上的幾處莊子，出納進項、年末給各府的禮單，也給我整理一份。」雲琅道：「照他們這個脾氣，說不定還有多少暗中疏漏。」

「他們是我的舊部，王爺總狠不下心訓斥管教。」雲琅緩了口氣，接過梁太醫遞過來的藥，一口灌下去，「往年也就罷了。今年各府聯絡、人脈往來，容不得有半分私情夾雜。」

「明白。」老主簿聽得清楚，點頭應道：「王爺也是這麼吩咐的，等下頭回報上來，便給您也抄一份。」

雲琅放了些心，閉了會兒眼睛，細想一圈，「還有，去告訴你們王爺，此事非一時之功，急也急不得。叫他該睡覺就睡覺，別事還未成，先耗乾了自己。」

「這話說得好，就該抄下來，讓你自己先每日念一百遍。」梁太醫接過藥碗，問道：「交代完了沒有？」

雲琅咳了一聲，看著梁太醫手中閃閃發亮的銀針，訕訕一笑，「您老高抬貴手，還差一句。」

梁太醫吹著白鬍子冷哼，撂了藥碗，毫不留情一針扎下去。

雲琅悶哼一聲，頭暈眼花倒在榻上，「今夜之事，叫他別多想……」

老主簿守在榻邊，心裡緊了緊，「多想什麼？」

「什麼都別多想。」雲琅撐著一線清明，「走到這一步，我同他沒什麼不能交託的。今日去找他，無非一時氣不過。」

雲琅咳了幾聲，實在頭暈得厲害，看向梁太醫，「您給我喝的什麼藥？」

「蒙汗藥。」梁太醫把他按回去，「站著勞力、躺著勞心，乾脆放倒了省事。」

「我如何不省心了？」雲琅失笑，好聲好氣哄他，「您老放心，我交代好便不折騰了。讓喝藥就喝藥，讓扎針就扎針。」

梁太醫挑著白眉毛，「當真？」

「自然當真。」雲琅在他面前躺得溜平，信誓旦旦保證：「絕不像當年……」

梁太醫瞟他一眼，一針朝他穴位扎下去。

雲琅疼得眼前結結實實黑了黑。

「既然不像當年，就好生閉嘴躺著。」梁太醫虎著臉，「這次疼了，可沒人在榻邊管幫你揉三天三夜。」

雲琅扯了下嘴角，「未必……」

梁太醫作勢還要再扎，雲琅已及時閉緊了嘴，躺平牢牢闔上眼。

湯藥的效力已開始發散，雲琅緩了兩口氣，周身氣力卻仍絲絲縷縷散盡。

他心中終歸還有事未了，側了側頭，想要再說話，意識已不自覺地陷進一片混沌暗沉。

老主簿守在榻邊，驚慌失措，「小侯爺——」

「不妨事，只是疼暈了。」

梁太醫道：「他應當是曾經因為什麼事，屢次以內力強震過心脈。」

梁太醫找了幾處穴位，逐一下了針，試了試雲琅腕脈，「後來雖拿救逆回陽的上好藥材補了回來，卻畢竟還是落了暗傷。再用銀針刺激此間穴位，比常人要疼上百倍。」

「怎麼回事？」老主簿微愕，「小侯爺當年在府上，也不曾受過這般嚴重的傷。」

梁太醫也不清楚，搖了搖頭，凝神下針。

老主簿屏息在邊上守了一陣，見雲琅氣息漸漸平緩綿長，總算稍許放下了心，輕手輕腳退出了門外。

玄鐵衛奉王爺之命護送雲琅回醫館，一路上險些追丟了幾次，好不容易跟到醫館，還在外間平喘理氣。

老主簿按著雲琅吩咐，仔細安置妥當了，拽著跟回來的玄鐵衛，「小侯爺同王爺說什麼了？可吵架了沒有？」

玄鐵衛堪堪將氣喘勻，「不知道。」

「怎麼會不知道？」老主簿皺緊眉，「小侯爺剛還說，叫王爺別多想，他今日只是氣不過。」

「平白便被誤會指摘，這事換了誰，不也要生一場氣的？」老主簿越想越鬧心，「王爺看在他們是小侯爺舊部，屢加寬容，誰知一個個竟藏得這等心思！若早知道……」

老主簿說不出過火的話，自己惱了一陣，重重嘆氣，「一番好意，如今卻只怕平白兩生誤會……說了什麼，你當真什麼也沒聽見？」

「抱得太近。」玄鐵衛如實稟報，「不曾聽清。」

「……」老主簿聽得也不很清，「什麼？」

「小侯爺扯住王爺的衣襟，將王爺扯在榻上，湊近了說話。」玄鐵衛分不出哪句是該說的，細想過門外所見情形，從頭給他講，「王爺坐在榻上，伸出手，抱住了雲小侯爺。」

老主簿恍惚立著，揉了揉耳朵。

「小侯爺掙扎，王爺卻抱得更緊。」玄鐵衛：「小侯爺掙了一會兒，便不動了，伏在王爺懷裡，王爺還摸了小侯爺的背。」

「……」

老主簿每句都聽得懂，連在一起卻無論如何想不出含義，「王爺摸了……小侯爺的背？」

「摸了好幾次，小侯爺便埋進了王爺頸間。」玄鐵衛耿直道：「王爺又摸雲小侯爺的頭，此時兩人已離得太近，說的話不止聽不清，而且聽不見了。」

「這般……知道了。」老主簿年紀大了，一時經不住這般大起大落，按著心口，追問：「就是這些？」

玄鐵衛：「還有。」

老主簿一顆心又懸起來，「還有什麼？」

「小侯爺對王爺說，『不遲早了、轉過去』。」玄鐵衛道：「這一句聲音比別的大，故而聽清楚了。」

「不用解釋！」老主簿火急火燎，「然後呢？王爺就轉過去了？」

「轉過去了。」玄鐵衛點頭，「小侯爺扯開王爺的腰帶，撩起了王爺的外袍……」

老主簿聽不下去，擺了擺手，搖搖晃晃向外走。

「之後究竟做了什麼，被王爺擋著，我等未曾看清，小侯爺緊接著便從窗子走了。」

玄鐵衛盡職盡責，將話稟完，「王爺站了半盞茶的工夫，忽然回神，急令我等追上護送。我等一路追過來，便到了醫館。」

玄鐵衛耿直道：「如今小侯爺可有什麼話，要帶回給王爺的？」

「沒有。」老主簿心神複雜，「先叫王爺安生睡一覺。」

玄鐵衛：「是。」

「雖然不知你聽漏、看漏了什麼。」老主簿終歸有一點理智尚存，緩了緩，「但想來……事情真相，定然不像你說的這般。」

「主簿不信？」玄鐵衛不服氣，「我等親眼見的，句句屬實。」

老主簿沒力氣同他爭，擺了擺手，「總之……此事止於你口。」

玄鐵衛平白受了懷疑，鬱鬱道：「是。」

「記住。」老主簿低聲道：「除非王爺親手寫成話本、吩咐下來，供府內傳抄誦讀，否則切不可同外人說起。」

玄鐵衛應了，又不甘心，「若是雲小侯爺的親兵問起……」

「也不能說！」老主簿滿腔心累，「小侯爺的親兵去哪兒了，今日怎麼沒跟來？」

「奉命去找什麼人了。」玄鐵衛也不很清楚，「說是機密之事，不能細說。」

「既不能細說，便也不要問。」老主簿點了點頭，「就如此事，也決不能同他們細說。」

老主簿回頭望了一眼屋內，靠近了些，低聲道：「人家小侯爺的親兵都能把話藏住，你們莫非不能？」

玄鐵衛被激起了鬥志，「能！」

老主簿頗感欣慰，拍拍他肩，「小侯爺如今病著，親兵不在無人護持。那些人若是再惹小侯爺生氣，當如何做？」

玄鐵衛赳赳道：「叫他們閉嘴！」

老主簿放心了，又交代了幾句，回頭看了看靜靜躺在榻上被行針的雲琅。

梁太醫不准人再進內室，眼下景諫等朔方舊部都守在外間，人人面色複雜，時而有人想向裡望，卻又只看了一眼，便倏而低下頭。

老主簿看著這幾人，欲言又止，重重嘆了口氣。

事已至此，更容不得外人再多說。老主簿多守了一陣，等到梁太醫拿布巾拭了汗，替雲琅掩上衣襟，終於從容出來，點了下頭。

老主簿稍許放心，也朝他施了一禮，趁著夜色，悄悄帶人出了醫館。

◆

雲琅再醒過來，天色已然大亮。

刀疤已辦完了事回來，寸步不離守在榻邊，雲琅氣息一變，便立時跟著起身，「少將軍！」

「不妨事。」雲琅撐坐起來，「我睡了多久？」

「只四五個時辰。」刀疤扶著他，又忙去拿軟枕，「梁太醫在外面坐診，說等少將軍醒了，記得要喝一碗藥，再有事便去找他。」

雲琅被行過幾次針，自覺胸口瘀積緩解不少，沒讓人扶活動了幾次，吁了口氣，吩咐道：「拿過來吧。」

刀疤忙過去，將仍在小爐上熬的藥拿下來，分在碗裡，小心端到了榻邊。

雲琅拿過軟枕靠著，接過藥碗，低頭吹了吹，「景參軍呢？」

刀疤張了下嘴，沒答話，不吭聲低頭。

「問你話。」雲琅失笑，「他們幾個人呢？叫過來，我有事還要細問他們。」

「現在怕是……叫不來。」刀疤悶聲道：「弟兄們跟他們打了一架，沒下狠手，可也有礙觀瞻，怕礙了少將軍的眼。」

雲琅只這一件事沒能囑咐到，一陣錯愕，抬手按了按額角。

他才醒，神思還不曾全然理順，想了想，「玄鐵衛呢？沒攔著你們？」

「沒有。」刀疤道：「玄鐵衛的兄弟幫忙望的風。」

「你們什麼時候關係這般好了？」雲琅匪夷所思，「此前不還互不相讓嗎？別以為我不知道，你們私下裡總約著牆外打架。」

刀疤勉力忍了半晌，再忍不住，「少將軍！」

雲琅話頭一頓，抬頭看了看他，喝了一口藥，將碗擱在榻沿。

「那些人……」刀疤咬緊牙關，「您當初幾次不計生死冒險現身，刻意露出蹤跡，為的分明就是聲東擊西，好叫王爺在京裡能救他們！」

「這些年京裡亂七八糟，誰不是生死一線，腦袋別在褲腰帶上過日子！」刀疤實在壓不下這口氣，「他們便不想，若是當年您不出手，端王謀逆之冤坐實，朔方軍只怕都要毀於一旦！如今只是……」

雲琅淡淡道：「只是沒了七八個，有什麼可憤憤不平的，是不是？」

刀疤打了個激靈，不敢再說，跪在榻前。

「學得不錯，連聲東擊西都會了。」雲琅緩緩道：「看來近日不少看兵書、揣摩朝局，連戰友之情同袍之誼都——」

刀疤極畏懼他這般語氣，也已察覺了自己失言，倉促拜倒，「屬下知錯，請少將軍責罰！」

雲琅靜靜看他一陣，並未將誅心的話說出來，幾口喝乾淨藥，將碗放在一旁，「下去罷。」

刀疤重重磕在地上，「少將軍！」

雲琅並不應聲，闔了眼，靠著軟枕推行藥力。

刀疤跪在榻邊，一時追悔得幾乎不能自處，還要再磕頭，已被玄鐵衛在旁攔了起來。

「少將軍！」刀疤雙眼通紅，掙開玄鐵衛，膝行兩步，「屬下只是一時激憤失言，絕不敢忘戰友袍澤。要打要罵，屬下自去領軍棍，您……」

「他並不是生你們的氣。」在他身後，有人出聲道：「是要叫你們長個記性。」

刀疤愣愣跪了兩息，忽然醒過神，轉回身看著來人。

雲琅靠在榻上，仍閉著眼睛，一言不發。

「激憤之語，難免失當。」蕭朔脫下遮掩形容的兜帽披風，交在一旁玄鐵衛手中，「可落在他人耳中，便是利刃刀匕。」

「你今日所言，若叫他們親耳聽了。」蕭朔道：「他日再如何彌補，嫌隙也無從化解。」

刀疤才想到這一層，追悔莫及，低聲道：「是。」

「屬下……心中絕非是這麼想的。」刀疤看著雲琅，終歸忍不住道：「都是朔方軍，雲騎的是兄弟，龍營如何便不是？若不是叫奸人所害，今日哪會這般。」

「能說出這句話，心裡便還算清楚。」雲琅抬眼看他，「與敵方本就實力懸殊，還未交手，自己人便先打起來了，仗怎麼打得贏？」

刀疤怔怔聽著，一時只覺愧疚悔恨，低聲道：「是屬下之過，叫私仇蒙了心。」

「私仇也好，舊怨也罷，一筆勾銷。」雲琅道：「今日之後，若是還放不下，便去琰王府莊子上養兔子，等事了了再回來。」

他語氣緩和，便是已將此事揭過。

刀疤哽咽著說不出話，伏在榻前，用力點了點頭。

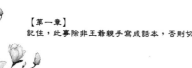

玄鐵衛扶不起人，有些遲疑，抬頭看蕭朔。

「一律吩咐下去。」蕭朔淡聲道：「依雲少將軍吩咐。」

玄鐵衛忙點了頭，用心記準，出去給自家兄弟傳話了。

「去罷，這句話也說給他們聽。」雲琅撐坐起來，「打了幾個烏眼青？」

刀疤愣了半晌，憋了話回去，乾咳道：「沒，沒幾個——」

「你們下的手，我還不知道？打了幾個，便去煮幾個雞蛋，給他們敷上。」

雲琅作勢虛踹，「人家都是參軍幕僚，就算從了軍也是文人，你們也真出息。」

「我們這就去賠不是。」刀疤徹底放了心，憨然咧了下嘴，「日後誰再提往日私仇，誰就去莊子，再不准跟著少將軍了。」

「去吧。」雲琅失笑，「一個個的不長腦子，跟著我是什麼好事？什麼時候一不小心，說不定就要掉腦袋。」

刀疤：「跟著少將軍，就是好事。」

雲琅頓了下，沒說話，不耐擺了擺手。

刀疤行了個禮，扯著玄鐵衛出門，張羅著外頭的弟兄煮雞蛋去了。

屋內轉眼清淨下來，雲琅撐在榻沿，垂了視線靜坐半晌，側頭看了看窗外日影。

蕭朔走過去，在榻邊坐下，替他理了理背後的軟枕。

「蕭朔。」雲琅扯了下嘴角，低聲道：「若有一日……」

「不會有那一日。」蕭朔道：「我也不會替你照應他們。」

雲琅被他堵得結結實實，一陣氣悶，「先帝幹什麼給你個琰王的封號？就該叫鐵王。」

蕭朔拿過外袍，替他披在肩上，「什麼鐵王？」

「鐵鑄公雞銅羊羔，玻璃耗子琉璃貓。」雲琅磨牙，「一毛不拔。」

「……」蕭朔將窗子闔了一半，又將雲琅榻上的被子扯平整，「我真不知道，你這些年都讀了些什麼書。」

「多了。」雲琅心安理得看著他忙活，向後靠了靠，「不說這個，你怎麼自己跑過來了？」

「派的人不合用，我只能親自來。」蕭朔慢慢道：「況且……我還有些事，要親自問你。」

雲琅張了下嘴，後知後覺想起些忘乾淨了的事，乾咳一聲。

「昨夜。」蕭朔道：「你來尋我。」

「……」雲琅：「蕭朔。」

「做了些事，叫我一時錯愕，不及反應。」蕭朔：「待回神時……」

「王爺。」雲琅扯著他的袖子，在榻上鄭重抱拳，「舊怨私仇，一筆勾銷。」

「此事難銷。」蕭朔不急不緩，將喝空了的藥碗移在一旁，「昨夜我輾轉反側，夜不能寐，始終不曾想清楚一件事。」

「你先想著。」雲琅病急亂投醫，想起什麼說什麼：「我昨晚也沒能寐著，想起來一件事。你可記得，我問你皇上要拿你制衡誰？」

蕭朔尚在醞釀，聞言抬了眸，看他一眼。

「先帝給你生的這幾個嫡親王叔，如今的幾位京中親王，不止生不出龍鳳胎，也都不是成大事的料子，不足為慮。」

雲琅乾咳一聲，將自己腰帶繫牢了，飛快道：「也是因為這個，當年端王叔歿後，先帝便沒得選了。」

他說得凜然正經，蕭朔皺了下眉，也跟著坐正，點了下頭，「我知道。」

「想來想去，我這幾日忽然冒出個念頭。」雲琅扯著他，「當初我們兩個去京郊，為何就偏偏那般湊巧，讓我們撞上了戎狄探子？」

「與此事有關？」蕭朔沉吟，「當時先帝將父王調回，接掌禁軍，將京城內外翻過一遍。查出是戎狄暗探密謀入京，意圖不軌，便盡數剷除了。」

「你也清楚，我對朝中關係所知不深。」雲琅點了點頭，又道：「可有件事我知道……他們戎狄首領的那片營帳，我親自帶人，也未必探得進去。」

「當初跟著端王叔打仗的時候，我曾帶人摸進去過一次。換了他們的衣服，處處小心，還是叫他們察覺了。」雲琅道：「兩族之人，習性不同，民風迥異。要混進來已非易事，更何況還千里迢迢混進了都城……」

「此事暫且不提。」蕭朔蹙眉，「你幾時又帶人去探了戎狄大營，回來為何不曾告訴我？」

「小王爺，咱們說的是正事……」雲琅一陣頭疼，伸手去摸茶水，「我不過是去看看，不也回來了？」

蕭朔不受他糊弄，將茶盞舉起來，端在一旁。

雲琅伸手搆了幾次，竟都差了一絲沒能搆得著，氣急敗壞，「蕭朔——」

蕭朔抬眸，視線落在他身上。

雲琅靜了片刻，一陣泄氣，「丟人的事，同你說幹什麼。」

那次探營是違令擅處，兩軍在大雪裡僵持了個把月，糧草兵械都已不足，端王又接了退兵回朝的聖旨。雲琅實在按不住脾氣，帶著親兵連夜鑽了對面的營帳。

雖然將錯就錯一把火燒了戎狄大營，卻也沒能逃得了端王的軍令責罰，雲琅原本就很不願提，「非要問這個？不同你說，自然是不好意思……」

蕭朔有了印象，「你瘸著回來，我送了匹馬也不見你高興，還一坐下就喊疼的那次？」

一坐下就喊疼、屁股被打了五板子的雲少將軍，「……」

「如此說來。」蕭朔若有所悟，「你昨夜行徑，原來是積怨已久。」

「怎麼又提──」雲琅一陣氣結，生拉硬拽扯回來，「總歸……你該知道，戎狄進京若無內應，絕不會這般容易。」

「我曾有所懷疑。」蕭朔道：「只是此事極機密，父王當初是否查著了，我並不清楚，這些天遍查府內往日卷宗，也一無所獲。」

「你查的也是這個？」雲琅眼睛一亮，「我這幾日遍觀你這些王叔，衛王叔一心練字，環王叔流連風月，你那個小叔叔整日裡沉迷削木頭，一心要做魯二班，只怕都不是做這種事的料。」

「……」蕭朔按了下額頭，「景王也是你的長輩，好歹尊重些。」

「先帝老當益壯，蕭錯還沒大我五歲。」雲琅不以為然，「你當初不也不肯叫他叔叔？」

蕭朔壓了壓脾氣，不與他計較，轉而道：「既然如此，內應只怕另有他人。此人勢力，當初便能威脅京城，若尚未剷除，今上也要忌憚。」

「我若猜得不錯，我們這位皇上又要用驅虎吞狼的老辦法。」雲琅分析道：「先對你施恩，倘若你當真被他的恩惠所惑，便將你扶持起來，去替他剷除肘腋之患，若是能同歸於盡簡直再好不過……」

「若是兩敗俱傷。」蕭朔道：「他再動手，也不必費力氣。」

雲琅點點頭，「故而我說，也不是壞事。」

「他要扶持我，便會叫我攬權做事，平時也會多有恩寵縱容。」

蕭朔試了試茶水冷熱，遞過去，「過幾日便是冬至大朝，大抵會有施恩加封。」

「你就受著。」雲琅懶得動手，低頭就著他的手喝了口茶，碰了碰蕭朔手背，「再生氣，咱們回家砸東西罵他，當面做一做戲。」

雲琅看了看蕭朔神色，抬手在他眼前晃了下，「小王爺？」

蕭朔回過神，抬頭迎上雲琅視線。

「怎麼了？」雲琅扯著他，「心裡還是不舒服？實在不願意，咱們也不是不能換個法子。」

蕭朔搖了下頭，將茶盞擱在一旁，「想起了過往的事。」

雲琅微怔。

「此事不必再商量。」蕭朔淡聲說道：「這些年，我連恨你都能恨得世人皆信，沒什麼事不能做的。」

雲琅張了下嘴，胸口不自覺燙了下，笑了笑，「過幾日……讓我去見見虔國公罷。」

蕭朔看著他，蹙緊眉。

「你既沒什麼不能做的，我又如何不行？」雲琅放緩了語氣，耐心勸他：「虔國公生我的氣，無非是舊日之故。他是王妃的父親，是你的外祖父，自然……也是我的長輩。」

「王叔王妃，待我若子。」雲琅道：「給外祖父磕個頭，跪一會兒，也不算什麼。」

「此事不提。」蕭朔不覺得此事有什麼好爭執，按著雲琅靠回去，「你若覺得我們一定要虔國公助力，我便去給他磕幾個頭，無非為當初的事認個錯罷了。」

「認什麼錯。」雲琅扯扯嘴角，翻起舊帳，「當初虔國公查出冤案是我家所為，提刀來找我索命的時候，你從父母靈堂追出去阻攔……你要認錯，莫非是那時不該不還手，任憑虔國公一刀捅了你的肩膀？」

蕭朔面色倏地沉下來，「何人同你說的？」

「那夜中秋，月色皎潔，我見色起意。」雲琅心知不能出賣老主簿，張口就來：「攬你入懷，扒了你的衣服，正看見肩頭有個舊日疤痕……」

蕭朔向來看不慣他這般信口開河，坐起身，眼中已帶了怒氣，「雲琅！」

雲琅眼疾手快，抬手戳在他肋間軟肉上。

蕭朔：「……」

雲琅愕然，又依著舊日記憶，戳了幾次蕭小王爺最怕癢的地方，不禁驚疑道：「你如今不會笑到這個地步了嗎？」

蕭朔闔了眼，默念著他身上尚有傷病，按住雲琅往自己外袍裡伸的手，「你既開始胡鬧，想必正事已說完了。」

「沒有。」雲琅還記著重點，「你叫我去見見虔國公……」

蕭朔全然不理他，漠然道：「昨夜，我有一事，無論如何也想不通。」

雲琅眼疾腳快，掀了被子就要往地上跑。

「你打了五次。」蕭朔將人穩穩抄住，翻了個個兒，按回榻上，「我輾轉一晚，依然想不明白，你如何竟打得這麼快。」

「……」雲琅訥訥，「小王爺，你想不明白的是這個嗎？」

「想不明白的事有許多。」蕭朔道：「這是最要緊的一個。」

雲琅想了半天，自暴自棄胡言亂語：「想來是我練成了少林摘花無影手，這個你學不會，是武當山底下掃地那個老和尚的獨門祕笈，我去幫他買梳子，花了三文錢換來的。」

蕭小王爺一向分不出胡說八道，還在蹙了眉細想武當山下的和尚為什麼要梳子。

雲琅伺機奮力一掙，鷂子翻身擰開背後鉗制，趁亂把人五花大綁抱住，伸手去呵他癢。

蕭朔這些年並不比他懈怠，將人按在榻上，一手墊在背後護嚴了，以眼還眼，探進了雲少將軍的外袍。

「嘶——」雲琅沒有他的好定力，忍不住抽著氣樂，又想方設法掙著還手，「小王爺，你這些年是不是專練怎麼忍著不笑了？」

蕭朔淡淡道：「我不必忍。」

雲琅不自覺怔了怔，看著他神色，慢慢蹙起眉。

蕭朔的手仍在他肋間，抬眸望了一眼，輕輕撥弄了下。

雲琅被他拿捏得極準，癢得繃不住笑，連咳嗽帶吸氣，「難受呢，別鬧——」

蕭朔不為所動，低頭一絲不苟地照顧著雲小侯爺身上怕癢的地方。

他這些年幾乎已忘了該怎麼笑，看著雲琅蜷在榻上笑得喘不過氣，靜了片刻，唇角竟也跟著微抬了下。

梁太醫說雲琅仍需臥床，不能太過折騰。蕭朔還了昨夜的五個巴掌之仇，便收了手，攬著雲琅坐起來，「好了，平平氣。」

「平不了了。」雲琅奄奄一息，蔫在他肩膀上，「仗也打不了了，權也謀不了了，你把我扛回去吧……」

蕭朔輕聲：「好。」

雲琅：「啊？」

「你躺著，我尋些方子。」蕭朔道：「去釀酒賣。」

雲琅一時有些不放心，抬手摸了摸蕭朔的額頭，「發熱了？說什麼胡話。」

「不是胡話，荒唐妄念而已。」蕭朔挪開他的手，「虔國公那裡，你不准去。」

「你攔得住我？」雲琅靠在他肩頭，低聲嘟囔：「我要跑，十個你也抓不住。」

「我知道。」蕭朔低聲：「別跑了。」

雲琅微怔，沒再跟他胡鬧，伸手輕輕拉住蕭朔。

兩人都太久不曾這般折騰，雲琅依著少時習慣，在他背後呼嚕了兩下，「做噩夢了？」

「時常做。」蕭朔道：「已不覺得難受了，有時候幾乎覺得，最壞的那一種反而是最好的。」

雲琅慢慢皺緊眉，看著他一身漠然蕭索，忍不住伸出手，把人抱住拍了拍，「別老想這些了，你做得最好的夢是什麼？多想想這個，心中便能寬鬆些……」

「無事。」蕭朔挪開他的手，「你這又是從哪裡學的？」

雲琅一頓，急中生智，「你昨夜不也是這樣？當時你覺得我心中不舒服，便這樣安慰我的。」

「我那時只是見你氣悶，在你背上撫了幾次，幫你順氣。」蕭朔道：「不曾這般拍來拍去。」

「……」雲琅訥訥，「書上說，放緩力道拍撫，效果要好些。」

蕭朔：「什麼書？」

雲琅把特意帶來的《教子經》往枕頭底下藏了藏，乾嚥了下，搖搖頭，說：「這些年看的，百家雜談。」

「罷了。」蕭朔看出他著意隱瞞，也不追問，「你我如今皆有祕密，不願說也無妨。」

「不是你想的那樣。」雲琅訕訕，「你……不必總當我有所圖。」

雲琅：「如何想的，大大方方同我說，我也定然好好答應你……」

蕭朔理好衣物，視線落在他身上，「這般簡單？」

「是啊。」雲琅有些莫名，「這有什麼複雜的……」

蕭朔閉了下眼，低聲：「好。」

雲琅一時竟有些緊張，飛快理好了自己的衣物，撐著坐直。

「你……是否覺得。」蕭朔有些遲疑地問道：「我如今不會笑了，便不招人喜歡，甚至叫人反感畏懼得很？」

「……」雲琅矢口否認，「沒有。」

「我平日裡，不縱著你肆意胡鬧。」蕭朔道：「你覺得約束，在我面前，總不自在。」

「不是。」雲琅沒想到他能誤會出這麼多，苦笑道：「我若煩你，在哪兒被抓不一樣？幹什麼千里迢迢回京，就為了半夜趴牆頭看你一眼……」

蕭朔眸底顫了下，倏地抬起目光，牢牢鉗住雲琅手腕。

雲琅一時失言，悔之莫及，「沒看著，趴錯牆頭了。」

蕭朔胸口起伏，深深凝注他半晌，一點點鬆開手，低聲道：「我會笑。」

「……行。」雲琅拍拍他的手背，抬手抱拳，「我信。」

蕭朔靜坐良久，凝神記著此前感受，朝他抬了下嘴角。

雲琅看著他，眼底沒來由酸楚得厲害，側頭用力眨了幾下，深吸口氣胡亂哄：「好好，看見了，小王爺笑得真好……我不去找虔國公了，你去給他磕頭吧，我在府裡躺著等你回來。」

蕭朔輕聲：「就是這個。」

雲琅怔了下，轉回來看他。

蕭朔伸手，替他掩了掩被角，「我出去做事，願意的、不願意的，左右將該做的都做了。」

「我去同皇上虛與委蛇，供他驅使，由他利用。我去請外祖父寬赦，要打要罵，何等斥責，都叫我來擔承。」

「我去謀朝，去爭權，去探出一條我們能活下去的生路。」

蕭朔抬起頭，他這些年已習慣了這般，盡力緩和幾次，終歸仍一片漠然，「你在府裡躺著，等我回來。」

「鬧完了？」梁太醫敲了下門，探頭望了一眼，「工部尚書來看病，說今日閒暇，要順便探望醫館裡的客人。」

蕭朔斂衣起身，「這便去。」

梁太醫點點頭，吩咐小童去引路，自己回了前堂坐診。

雲琅尚不曾緩過神，還在想蕭朔那幾句話，拿了衣服披上，跟著下了榻。

蕭朔走到門口，淡聲道：「雲琅。」

雲琅抬頭。

「方才同你說的。」蕭朔迎上他的目光，「便是我做過最好的夢。」

❖

內室清靜，雲琅在榻前站了一陣，慢慢套上外衫，還在想蕭朔出門前說的那幾句話。

「您怎麼起來了？」老主簿進了門，見雲琅起身，嚇了一跳，「梁太醫說了，碧水丹耗元氣，這幾日得好生將養。」

「也不能老不動彈。」雲琅收回心神，笑了笑，「不妨事，無非見個人，說幾句話。」

老主簿剛送過王爺見客，扶了雲琅，「您是要去見工部尚書嗎？」

雲琅藉力站穩，就抬手謝了他攙扶，在屋內自己走了幾步。

碧水丹後勁十足，加上梁太醫昨晚的那一碗湯藥，他此時身上還格外乏力，心神也跟著一時不寧。雲琅深吸口氣，抬手按按眉心，輕呼出來。

蕭小王爺這等願景……

少年時錦衣玉食養著，自然不知道整日躺在榻上有什麼好。

雲琅在宮裡時，一向最不喜歡躺著，能練武就不看書，能上房便不走路。偶爾安生一日，都能叫太傅扯著司天監的人夜觀星象，看白虎星是不是被什麼凶煞給犯了。

後來他鬧著要打仗，去了朔方軍，能折騰的事便更多。

端王知人善任，向來把千里奇襲、一擊梟首的軍令扔給雲少將軍，只要能不讓他在帥帳裡待著，便絕不讓他有一刻閒著無聊。

雲琅一時回想起那時候的事，沒忍住笑了下，拿過盞茶喝了兩口，放在一旁。

大抵是老天爺都看不過眼，嫌他太能折騰，索性讓他折騰了個夠。

這些年跑下來……他竟真有些累了。

在荊湖南路，肩膀上扎著半支硬撅斷了的羽箭，一路甩了追兵，倒下去再站不動的時候……

雲琅死死咬著塊木頭，枕著破廟的爛門檻，自己給自己往外拔斷箭。一瞬也曾想過，若是能高臥榻上痛痛快快一睡不起，該是何等逍遙。

雲琅恍了下神，按按眉心，「還不行……」

老主簿沒能聽懂，跟著愣了下，「什麼不行？」

「沒事。」雲琅打起精神，「等那天到了，我想睡多久便睡多久。」

兩人如今還有太多事要做，不能就這麼把一口氣給鬆了。

蕭朔這些年非但能獨力支撐王府，甚至還能替他救下舊部、暗中派人護持於他，心力智計定然是不缺的。

可蕭小王爺身在朝中，被各方盯死，依然有太多事不方便做，必須有人在暗中轉圜周全。

「如今的工部尚書是誰？」雲琅將念頭按下，「還是孔澤？他還沒辭官嗎？」

「應當還是……工部如今是個閒職，我們也不曾多留心。」

老主簿道：「當年先帝在時，工部好歹分管了些事。如今屯田交予樞密院，鹽鐵給了三司使，只剩下水部和虞部了。」

雲琅這些日子補了不少朝中規矩，按按額頭，回想過一遍，「虞部是管山澤橋道、舟車草木，水部管的是治水和漕運。」

「正是。」老主簿欣然道：「如何便說您不通政事？這不也全知道得明明白白。」

「淪落到這個地步。」雲琅想不通，「他還來找我幹什麼？」

「……」老主簿一時竟想不出話來反駁，想了想，遲疑道：「或許、或許是他長年受排擠，心中也有些不滿？」

「琰王如今沒有朝職，我是個待斬的欽犯，他工部還能管的，就只剩下修路、治水、造橋。」

雲琅：「三相投契、一拍即合。一路挖個地道進到皇宮裡，趁半夜把皇上給偷出來打一頓？」

老主簿被雲琅的設想嚇出了一身冷汗，忙擺手，「不可不可——」

「只是無聊，閒來一想。」雲琅給他倒了杯茶，「與逆犯相通是要掉腦袋的。他既來醫館找我，定然還有別的事。」

老主簿捧著茶杯，戰戰兢兢，「您千萬想些別的事。」

雲琅不以為意，擺了下手。

昔日朝中紛爭，他人在宮裡，倒也隱約聽過一二。

官制傾軋、奪利分權。御史言官不再有諫君之權，文臣徹底壓制住了武將，將六部的職權分得乾乾淨淨。

如今六部大都賦閒，最有用的一個刑部，能做的事加起來，就只是做足了準備要將他從獄裡偷出去。

「他既來了，多半是衝著我的，還是得出去見見。」雲琅大略有了主意，「如今外頭盛傳，我被琰王拷打得碎成了一地。只叫蕭朔出去見他，未必能問出什麼真話回來。」

老主簿心有餘悸，再不敢多話，「您去。」

雲琅走到門口，被冷風一吹，咳了兩聲，又繞回來拿了蕭朔那一件披風。

梁太醫的醫館連著藥堂，他躺的這一列內堂，多半是拿來安置垂危的病患的，同藥堂之間夾了一小片杏林。

杏林深處，便是幾間拿來會客的靜室。

雲琅裹著披風，由小藥童引著穿過杏林，一時有些好奇，「這些樹結果子嗎？」

小藥童七八歲，抱著師父的醫書，一臉警惕地盯著他。

「……」雲琅輕咳一聲，「我不摘。」

小藥童早聽了梁太醫教誨，根本不信，腦袋搖得撥浪鼓一樣，「不結，春夏秋冬都不結的。」

雲琅有些惋惜，將披風緊了緊，壓下胸口咳意，將心思從鬱鬱蔥蔥的杏林上收了回來。

小藥童走了幾步，忽然又想起句師父吩咐的話，轉回來道：「這片杏林與別處不同，每隔三年，開一次花。」

「果子能吃又能砸，再好玩不過。」雲琅遺憾，「花有什麼意思……」

「這片林子今年才開過花。」小藥童道：「師父說，你若能活到下次花開，想摘什麼都行。」

雲琅腳步頓了下，靜了片刻，好奇道：「那我若是長命百歲，豈不要將這片林子摘禿了？」

小藥童有些遲疑，又生出提防，努力護著身後的杏林。

「放心。」雲琅按著他的腦袋，揉了一把，「我定然努力，將這片林子摘禿。」

「也不要摘禿。」小藥童受師父教導，念著治病救人，卻又不捨得杏樹，苦著臉道：「你若好了……我送你個杏果兒，你拿去送你家的王爺。」

「你師父亂教。」雲琅失笑，「那麼大個王爺，如何成了我家的？」

「你莫非不想與他死同穴嗎？」小藥童有些不解，茫然道：「我師父說，不是一家人，是不能埋在一個坑裡的。」

雲琅：「……」

雲琅只比蕭朔小了大半年，親眼看著水靈靈的小皇孫一路長到如今。再看眼前稚氣天真的小藥童，一時推己及人，竟有些不忍心把人交給梁太醫糟蹋。

「我不能與他死同穴。」雲琅格外耐心，半蹲下來，「他是皇室血脈，有皇陵，要和他爹娘埋在一塊兒。」

「再說了。」雲琅繼續道：「他將來還要有王妃、還要有子嗣。百年之後，這些都是要入皇陵的……」

「可今年入冬時，你家的王爺明明就還來找過我師父，渾渾噩噩的，問他知不知道風水最好的陵寢，要雙人合葬的那種。」

小藥童少年老成，記得清清楚楚，「我師父一個行醫救人的，如何知道這些？他卻又說，我師父治了這麼多年病，總有治不好救不活的，說不定便從頭至尾盡數管了。」

雲琅聽著，心底不知不覺沉了沉，蹙起眉。

「我師父聽完，氣得拿頭髮頂著帽子，當時便拿針把他扎出去了。」小藥童道：「他又不依不饒來了幾日，直到府上來了什麼人同他說話，才匆匆走的。」

「那叫怒髮衝冠，是個虛指……」雲琅扯了下嘴角，揉揉他的腦袋，「不能隨意亂用。」

小藥童愣了愣，有些失落，偷偷記下了，「哦。」

雲琅胸口又有些發悶，蹲了一陣，撐著站起來，「我知道怎麼過去，多謝你帶路，回去罷。」

小藥童點點頭，抱著醫書轉身往外走。

才走幾步，又被雲琅叫住：「等等。」

「什麼事？」小藥童轉回來，「我知道了，那個王爺不是你家的。」

「不是此事。」雲琅按按額角，笑了下，「給你師父帶句話，說不止三年後的花，三十年後的，我也定下了。」

小藥童懵懵懂懂，一時有些心疼杏花，看他神色格外鄭重，還是遲疑著點了下頭。

「杏花苦溫，主補不足，可惜我用不上。」雲琅緩緩道：「我記得，杏仁瀉肺解肌，能治咳逆上氣……」

「但肺虛而咳者禁用。」小藥童生出警惕之心，飛快道：「你也用不上。」

雲琅一怔，不覺笑出來，「可惜。」

小藥童將醫書藥典背得熟，挺了挺胸，揚頭看著他。

雲琅倚在廊下，一時壓不住念頭，又想起蕭朔還是個走路都會摔的小皇孫的時候。

王府裡出來的小世子，粉雕玉琢，打扮得整整齊齊，腰間墜著漂亮的雙魚玉珮。

按著禮官的吩咐，一板一眼，朝他拱手作禮。

今日牽動心神，雲琅止不住地想起舊事，垂頭笑了笑，輕撚了下衣角。

那時候他們才第一次見，端王在宮裡被先帝問話，小皇孫一個人在外面等，同他行禮，肩背都端正筆直。

小雲琅比他年紀還小，卻已在宮中躥得熟透，早不用人領，他一見小皇孫，便眼睛發亮地盯著玉珮，「真好看。」

「是父王在北疆打仗，繳來的和田玉。」小皇孫出了大殿，初見皇祖父的緊張退去了，一板一眼吐字清晰，「給母妃做首飾，剩下的叫人做了這個給我。說將來等我成人，便以此物贈予……」

「給我罷。」小雲琅興沖沖一把扯過來，「我拿玉麒麟跟你換。」

小皇孫死死護著，皺緊了眉，「皇宮重地，不可胡鬧。」

「我的玉麒麟也是好東西。」

小雲琅從不覺得皇宮是什麼重地，好聲好氣同他商量：「他們說我命凶，姑祖母特意叫工部尋了匠人給我做的，叫大和尚開了光。墜紅繩，眼睛上還嵌了小金珠子。」

小雲琅往袖子裡摸了摸，攥著拳頭，得意洋洋，「想不想看？」

蕭朔年紀小，卻已被父王教足了規矩，用力抿了嘴，搖頭道：「這玉麒麟既是皇祖母所賜，等閒豈能看得……」

「真不看？」小雲琅換了兩手捂著，張開條縫，「不看我就藏起來了。蕭錯他們我都不讓看的，肅安要看，讓他爹狠狠揍了一頓。」

小蕭朔終歸按捺不住好奇，被他張羅得忍不住探身，跟著望了一眼。

小雲琅眼疾手快，將玉麒麟塞進蕭朔懷裡，一把扯了蕭朔腰間玉珮，迅速踩著磚石飛快爬上了殿角。

雲琅如今回想，都覺得自己當時實在皮得欠揍，忍不住抬手揉了下額角。

先帝生的孩子裡頭，最小的是蕭錯，如今封了景王，也比他大出了四五歲。那幾年，正都是被太傅先生們揪著耳朵念書的時候。

小雲琅在宮裡，沒有同齡玩伴，見著了端王叔帶進來的小皇孫，高興得不成。作勢搶玉珮，也只是因為蕭朔太正經了，想尋個由頭逗弄他玩。

那玉珮被他好好捧著，半點兒也不曾碰壞，轉手便完好無損還回去了。

反倒是玉麒麟沒塞穩，在小皇孫那兒磕了一下，掉了個翹出來的小尾巴。

先皇后反覆拎著雲琅囑咐過，玉麒麟是鎮他命裡煞氣的。

司天監翻遍古籍，命犯白虎關煞，多發血光之災。若是不用吉物鎮著，又遇不著與他相合的吉神命宮，輕則道路刀劍、官家橫禍，重的說不定要夭折短命。

雲琅從小就聽先皇后說，配了玉麒麟剋煞幫扶，白虎占君子位，就是陽金命格。

命格向來吉凶相依，凶煞之氣鎮牢了，自能主征戰殺伐。將來剛烈勇猛、光明磊落，當個戰功赫赫的大將軍。

小蕭朔此前不曾見過玉麒麟，沒看出磕著了，又不知這些門道。將玉珮搶回來收好，氣得臉色發紅，咬著牙沉聲斥他不成體統。

自己先鬧的人家，總怪不得旁人不小心。小雲琅弄壞了從小戴著的玉麒麟，又平白被人訓了一頓，攥著摔斷的小尾巴揣回了袖子，怏怏走了。

後來事情叫先皇后知道，小雲琅被先皇后的侍女按在榻上，由先皇后親自結結實實揍了五個巴掌，又找人拿上好赤金細細鑲牢補好了玉麒麟，拿絲絛給他栓在了脖子上。

可惜……幾番顛沛，也已找不回來了。

也不知先皇后泉下有靈，會不會夜半入夢，回來揍他。

雲琅牽動過往，在原地靜立一陣，平復下了胸口澀意。

直至今日，他其實也沒能想得明白，就是搶了塊玉珮，如何便成了不成體統。

只不過再那之後，兩人再如何打鬧，雲琅也長了記性，沒再碰蕭朔那寶貝玉珮一下。

後來兩人又長了些年歲，蕭朔已不將玉珮隨身戴著了。雲琅實在好奇，找機會問過幾次，也沒問得出來。

再後來，蕭朔大抵是被問得煩了。雲琅領兵去北疆前，半夜被蕭朔莫名從榻上拽起來，往懷裡塞了件金絲甲，說等他打贏了仗回來，便告訴他那玉珮的下落。

兩人還信誓旦旦約了，再下一次打仗，雲少將軍就找輛馬車把蕭小王爺拉過去，見識見識戰場殺伐。

雲琅還調侃過，若是蕭朔去了，定然專拿大宛馬拉車，給足蕭小王爺的風頭……

屋外風涼，雲琅咳了兩聲，低頭笑笑，緊了緊披風。

那一場仗戎狄來得早有預謀，極為凶險。雲琅率朔方軍寸土不讓，迎面痛擊來犯之敵，也確實勝得威風凜凜。

雲麾將軍奉旨回京領功受封，緊趕慢趕，特意在蕭小王爺生辰前班師回了朝。

班師回朝，一路走了月餘。

才到了汴梁城外，尚未紮營，便聽說了端王謀逆的案子。

雲琅輕呼口氣，心神落定抬頭，才看見小藥童仍抱著醫書，擰了眉頭看著他。

「怎麼還不走？」雲琅緩了緩神，有些好奇，「可是還有事找我？」

「你方才沒說完。」小藥童道：「杏花你用不成，杏仁你也吃不了，要怎麼辦？」

雲琅失笑：「你不是說，要送我個杏果？」

「一個能做什麼？」小藥童嘟囔道：「師父根本不會種樹，果子又酸又澀，難吃死了。」

「果子酸澀，正好釀酒。」雲琅道：「約好了，到時候你給我個杏果兒，我回去釀酒喝。」

小藥童狐疑，「你會釀酒嗎？」

「術業有專攻，我只管躺著數錢。」雲琅拍拍他腦袋，笑說：「回去罷，我要去見那個管釀酒的了。」

小藥童還不曾喝過酒，半是提防半是期待，將一瓶護心丹塞給他，嘟嘟囔囔背著杏果酸澀可釀酒走了。

雲琅看了看那瓶護心丹，低頭笑笑，倒出一顆扔進嘴裡，當炒豆慢慢嚼了。

他沒再耽擱，斂神定心，進了林中靜室。

靜室內，工部尚書額頭冒著汗，正磕磕絆絆應對著琰王的問話。

「今日前來，當真只是看病。」工部尚書恭謹道：「梁太醫說有人要見下官，到了此處，才知道竟是琰王殿下。」

蕭朔靠在案前，合上隨手翻閱的書，擱在一旁。

工部尚書下意識噤聲，瞄了一眼琰王神色，訕訕低頭。

這些天來，自從雲小侯爺下獄的消息在京城傳開，已有不少人在暗裡懸了心盯著琰王府。聽聞雲琅被送到了醫館，當夜便有人按不住，還是熬了一宿，才將他推過來看看情形。

工部尚書壯著膽子來了，卻不曾想竟在醫館遇見了蕭朔，一顆心懸在半空，半句多餘的話也不敢多說。

「尚書有什麼話，直說就是。」蕭朔已在屋內坐了一刻，聽著工部尚書東拉西扯的打太極，在雲琅那裡攢的耐心已近耗盡，「不必遮掩避諱。」

工部尚書低著頭，擦了擦汗，「下官豈敢。」

蕭朔抬眸，視線淡淡落在他身上。

這些年琰王在外多有酷戾名聲，工部尚書被他掃了一眼，臉色又白了幾分。

「大人是佑和二十五年進士，負責殿試的便是先王。後來瓊林宴上，受世家子弟挑釁，也是先王出手解圍。大人入工部後，曾與父王多有來往，府中尚留有昔日拜帖。」

蕭朔緩緩道：「昨日將人送來，今日大人便碰巧生了病，不辭辛勞來了醫館，竟……無半句有用的話可說。」

蕭朔隨手推開窗子，透了透風，「莫非是覺得本王這些年自尋死路，實在不堪託付？」

「王爺說的什麼話！」工部尚書忙起身，「您金尊玉貴，福壽綿長，如何便自尋……」工部尚書不敢說，看了看蕭朔臉色，小心翼翼道：「您近些年……雖然有幾次，舉止稍有出格，可並非您本心所願，我等是知道的。」

「只是……有些事。」工部尚書乾嚥了下，錯開視線，「您知道了，卻還不如不知道的好。」

蕭朔眼中顯出些諷意，輕笑了一聲。

「這些年朝中紛亂，情形難測。您韜晦避朝，實是無奈之舉。」工部尚書小心試探，輕聲說：「前幾日，王爺入宮已得了聖上眷顧，正是乘此機會更進一步、以求聖心的時候，又何出此洩氣之語呢？」

「聖上眷顧。」蕭朔念了一遍這幾個字，神色平靜，「大人教我，如何該更進一步？」

工部尚書愣了愣，「這——」

「我見了血海深仇的故人，將人囚在府中洩憤，打得半死。」蕭朔慢慢道：「再聽從了皇上開解，知道他原本也不想下手。只是為名為利、為保前程，被逼無奈才忘恩負義的。」

蕭朔好奇，「這樣便能得了聖心嗎？」

工部尚書失聲道：「王爺！」

蕭朔不以為然，偏了下頭望著他。

「王爺……如此之想，無可厚非。」工部尚書怔坐了半晌，眼底漸透出些心灰意冷，向後退了一步，「我等無話可說。」

「只是他……終歸並非主犯，縱然捲入其中，也是身不由己。」工部尚書低聲道：「王爺若洩夠了憤，還請念一絲故人之情，抬一抬手。免得來日知道了些別的事，徒生後悔。」

蕭朔像是全然不曾聽見，替自己添了盞茶，輕吹了幾下浮沫。

工部尚書看他半晌，終歸忍不住一拂袖，憤然起身道：「道不同不相為謀。殿下好自為之，下官告退。」

蕭朔笑了笑，「請便。」

他話還未完，忽然若有所覺，抬了下頭，放下手中茶盞。

「怎麼，王爺莫非還埋伏了耳目，要舉告下官嗎？」

工部尚書見他神色有異，被滿腔寒涼悲愴頂著，沉了語氣道：「如今工部也已是個閒職，做官不如不做。王爺舉告，下官正好告老還鄉……」

工部尚書邊說邊回身，正要逕自出門，忽然一怔。

「孔大人未滿四十，心老人不老。」雲琅扶著門沿，抬手相讓，溫聲勸道：「左右工部無事，不妨再坐一刻。」

工部尚書愣愣看著雲琅，臉色一連變了數變，動了動嘴唇，沒說出話。

雲琅闔了門，看向蕭朔，揉揉眉心，「我不過同別人說了句話，晚來了一會兒，看看你都說了些什麼。」

「朝中紛亂，情形難測。」蕭朔淡聲道：「此時來訪，難保不是皇上派他來套話試探。」

「下官尚不至這般齷齪！」工部尚書才回神，正聽見蕭朔所言，一陣氣惱，「少侯爺——」

「你要裝樣，也裝得像些。」雲琅將蕭朔推開些，找了個地方坐下，「孔大人犯顏直諫，說了這麼多冒犯的話，竟也沒被你找人綁起來打一頓。」

「……」工部尚書：「少侯爺。」

雲琅笑笑，將蕭朔那盞茶推開，重新拿茶水燙洗過杯盞，濾去浮沫，替三人分了茶，指了指座位，「坐下說話。」

工部尚書看著兩人，蹙緊了眉，一時有些不知所措。

「王爺不曾對我動手，也不曾把我打得碎成一地。」雲琅將茶盞推過去，耐心解釋，「我入京後，得王爺搭救，藏匿在他府上。年關將近，我兩人合計，想要藉此動上一動。」

情形陡轉，工部尚書仍有些驚疑不定，看了看一旁的蕭朔，「可宮中……」

「宮中流言紛紛，真假難辨。」雲琅道：「大人若承端王舊恩，行走說話，要多留些心思。」

工部尚書被他戳透心事，凝神看了兩人半晌，徹底擱下心，慢慢走了回來。

「王爺……既然不曾動手。」工部尚書定了定心，看向蕭朔，「有意說那些話，是為了試探下官來意嗎？」

「實屬無奈。」雲琅拱手，「冒犯大人了。」

「豈敢稱冒犯。」工部尚書搖搖頭，同蕭朔欠身賠禮，「朝局晦暗，在所難免。是下官心胸狹窄，誤解了殿下。」

「不必。」蕭朔道，「本王原本……」

雲琅不動聲色，藉著披風遮掩，結結實實踩了蕭小王爺一腳。

蕭朔：「……」

蕭朔靜坐一陣，闔了下眼，「尚書請坐。」

工部尚書謝了坐，回了桌旁坐下，又細看了看雲琅氣色。

「我不妨事。」雲琅笑道：「大人今日冒險前來，可是有什麼事，急著告訴我們的？」

「確實情形緊急，不容拖延。」工部尚書點了點頭，看向蕭朔，卻又有些遲疑，「只是此事凶險……王爺知道了，未必是好事。」

「無妨。」雲琅道：「只管說就是。」

工部尚書仍有些疑慮，坐了半晌，終歸嘆了口氣，「是。」

「少侯爺也清楚。」工部尚書起身，親自將門窗閉緊，回了桌前，「今年冬至大朝，照例擬在大慶殿，文武百官、各方使節齊至，聖上降階。」

雲琅半點不清楚，記了句降階等著問意思。剛默念一遍，便被蕭朔好整以暇望了一眼，一陣著惱，當即照著蕭小王爺又踩了一腳。

工部尚書心事重重，渾然不知桌下風波，喝了口茶，又低聲道：「朝禮後，依例在大慶殿前要搭樓臺，於臺下廣場演武、編排百戲，以期冬去春來，萬物生發。」

雲琅不少翻上樓頂看熱鬧，倒是清楚這個，「工部就算再清閒，修繕宮殿、搭築樓臺總還是分內本職，大人如何竟有此閒工夫？」

「不瞞少侯爺。」尚書苦笑，「就連此事，今年也已移交給三司派人專管了。」

雲琅聞言微怔了下，並未說話，慢慢解了披風，拿過自己面前茶盞，在手裡焐了焐。

「工部只管搜尋材料、招募匠人，銀子是三司出的，東西也要盡數供應給三司。」

工部尚書道：「連下官也是今日隨著踏勘，才第一次見了今年搭起來的這座承平樓。」

「大人不必繞這麼大圈子。」蕭朔看了看雲琅，徑直道：「樓有什麼不對，違制破禮還是偷工減料，有垮塌之患？」

「都不是。」工部尚書苦笑道：「若只是這些事，下官何不直接參他一本？左右工部如今已成了清水衙門，還怕再惹一惹三司嗎？」

雲琅同蕭朔對了個視線，不著痕跡蹙了下眉。

【第二章】

小王爺，你覺得把我抱來抱去很無趣，又找了別的姿勢嗎？

工部尚書握了握拳，深深吸了口氣，長呼出來，「不瞞少侯爺，下官看準了，那樓下有扇暗門，不在修建圖紙之上。暗門之後，竟能藏下十來個人。」

「此等故事。」工部尚書定定看著雲琅，「佑和二十四年春祭……少侯爺可覺得熟悉？」

雲琅輕吸了口氣，靜坐片刻，擱下手中茶盞。

佑和二十四年，契丹使節居心叵測，藉春祭大典擬行刺聖上，縱亂京城。

端王帶禁軍照常巡視，察覺端倪，要請旨再攔已來不及。

雲琅揣了一口袋爆竹炮仗，興沖沖蹲在紫宸殿房頂上，等著埋伏一無所知的蕭小王爺。被端王一石頭砸下來，往懷裡插了支令箭。

雲少將軍奉了軍令，當街縱馬，抗旨硬攔使節貢車，搜出了一車藏匿其中的契丹死士。

「三司水潑不透，究竟是哪裡出了岔子，下官不知。」工部尚書低聲道：「只是……此事若能運作得好，或可有一線生機……」

「怎麼運作？」雲琅問：「我悄悄潛進宮裡，再去救一次駕。在眾目睽睽之下，若是百官為我求情，說不定便能功過相抵？」

「如何便是說不定！」工部尚書急道：「雖不知何人謀劃，但行刺之事幾成定局。本朝又不是沒有先例，先帝在時也有雖滿門抄斬，卻因功深恩厚，被特赦免罪的！」

「少侯爺當時並非主謀，縱然是按著所謂脅迫脅從的說法，也不算罪不可恕。」

工部尚書與他人謀劃良久，總算找著這一個機會，壓低聲音道：「若是能於行刺之時力挽狂瀾，此等大功，難道還抵不過一個株連之罪嗎？」

雲琅替他續了盞茶，「孔大人，此事不急。」

「少侯爺！」工部尚書咬緊牙關，「死生之事，如何不急？」

「好，那便有話直說。」雲琅道：「大人應當也知道，皇上要我的命，是因為只要我在一日，他這皇位便一日來路不正，坐不穩當。」

工部尚書不曾想到雲琅竟直白至此，一時愣住，沒能說得出話。

「皇上早欲除我而後快，無非有所顧忌，不便親自下手而已。」雲琅緩緩道：「要多大的功績，才能叫他心甘情願赦我無罪，放我天高海闊？」

「也……不必皇上心甘情願。」工部尚書咬了咬牙，「那等場合，百官齊至，萬朝來賀。此等大功，皇上莫非還能不賞？只要替少侯爺請命的人多些，群情洶湧……」

「群情洶湧。」雲琅道：「大人們要逼宮嗎？」

工部尚書打了個激靈，倏而清醒過來，緊緊閉上嘴。

「如今朝局，三省掛空、六部閒置。」雲琅喝了口茶，「京中禁軍，侍衛司馬步軍牢牢把持在聖上手中，殿前司中立，屢遭打壓排擠。吏部的職權給了審官院，刑部束手，御史臺噤聲，官員升遷貶謫，全在皇上一念之間。」

「事到如今。」雲琅抬頭，神色漸沉下來，「大人莫非還以為……如先帝在時一般，得罪了皇上，只要認認錯、閉門反省幾日就能了事？」

工部尚書臉色隱約發白，靜了半晌，低聲道：「大不了……免官去職罷了。」

「免官去職。」雲琅笑笑，「大人飽讀詩書，總該知道疑鄰盜斧。」

工部尚書心下沉了沉，沒說話。

「既然大人有這個把握，想來我若照做了，殿前替我說話的大抵不止一兩個。」

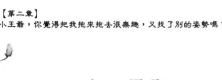

雲琅道：「我的性命，壓著皇上一樁心病。但凡有人要替我說話，都要被他懷疑……是否與昔日端王一案，有些蛛絲馬跡的牽連。」

「諸位大人這些年為官，再廉潔奉公、克己復禮的，也總有顧不全的地方。何況當年先帝寬仁，為官任事罷了，本就沒那麼多講究，找出一兩件差池總不是什麼難事。」雲琅輕聲：「大人想知道，我朝有哪些窮山惡水、寸草不生的地方嗎？那些州府縣衙，可都正缺被下放的京官。」

工部尚書心底生寒，失魂落魄坐了半晌，低聲道：「如何……竟將官做成了這個樣子。」

「朝局不寧，使忠良隱跡。」蕭朔平靜道：「非為官之過。」

「是……我等太想當然。」工部尚書勉強笑了下，「今日之事，二位只當不曾聽過吧。」

「如今這般朝局，也確實再無計可施。」工部尚書撐身站起，「不論如何，今日來了，見殿下與少侯爺同心同德，我等也多少安心。」

「也不盡然無計可施。」雲琅道：「大人回去，亦不必再提此事，只當不曾發覺就是了。」

「如何能當不曾發覺？」工部尚書苦笑，「好歹也有他國使節，就放手不管，真叫那群蠻夷看我朝君主三番兩次被行刺的笑話嗎？」

「我與王爺會設法處置。大人今日來說的，於我們謀劃之事，一樣有用得很。」

雲琅笑了笑：「大人三日前進宮，今日才報上去，落在皇上眼中，一樣是要被忌憚猜疑的。」

工部尚書怔怔立了許久，悵然一嘆，抬手作禮。

雲琅起身作陪，送他出門。

進門時被披風遮著，尚且看不出身形。此時雲琅起身，一覽無餘，外衫整潔俐落，卻仍遮不住清瘦得近乎鋒利的肩背線條。

工部尚書走到門口，忽然低聲道：「少侯爺。」

雲琅抬眸，靜等著他說話。

「下放也好，貶謫也罷，我等……亦並非不曾想過。」工部尚書道：「只是縱然如此，縱然不可為，真到那時，也還有那麼四五個會站出來的。」

雲琅怔了下，笑笑，「何德何能。」

「端王當初決議奪嫡，朝局漸艱，已知生死難料。」工部尚書道：「王爺有一日，忽然同我們喝酒，曾說過件事。」

雲琅立在原地，輕攥了下拳。

「王爺說，奪嫡之事願賭服輸，若有一日不幸丟了性命，其實不擔憂世子殿下。因為家裡還有個整日裡欠揍的臭小子，不用交代，也會豁出命護著小王爺。」工部尚書低聲道：「王爺還說……可那個混小子，從來做事不知輕重，說不定哪天就把命真豁出去了。」

雲琅就沒能從端王那兒得來幾句好話，不禁啞然，笑了笑，「就不能有個好聽點的叫法……」

「王爺同我們說，鎮遠侯府從來不是他的家，先帝、先后年事已高，也不知能護他多久。」工部尚書垂了首，照原話同他轉述，「可這個小王八蛋，早就是他們家的人，將來也是要跟著小王爺一塊兒，埋進家裡祖墳的。」

雲琅正要說話，猝不及防胸口輕滯，愣了片刻，伸手摸索著扶了下身旁桌沿。

「端王醉了，硬要給我們行禮，我們受不住，匆忙跪了一地，應了王爺一件事。」

「真到不可為之時，不必強求。各自散去隱在朝中，先保性命身家安穩。」工部尚書道：「若有餘力……便去盯少侯爺。」

「不受他託付，不聽他狡辯。」工部尚書立在門邊，逐字逐句：「看見那個小王八蛋把自己半截身子埋進土裡，不論為什麼，連打帶踹，也要生拉出來。」

雲琅扯扯嘴角，終於無以為繼，輕吁口氣，閉上眼睛。

工部尚書說完了話，拱手深深一躬，出了靜室。

屋內寧寂，門被緩緩闔嚴。

雲琅仍立在原地，扶著桌沿，靜默得像是不會呼吸。

蕭朔起身過去，握著雲琅手臂，不動聲色，慢慢將人引到榻前坐下。

「小王爺……」雲琅緩了緩，低聲道：「降階是什麼意思？方才孔大人說……」

「降階之禮，天子見番邦首領、王旌使節，要自臺上走下來。」蕭朔道：「立了大功的將軍，代天巡狩的臣子，回朝時為表恩澤，也會降階。」

「就是從臺階上下來？」雲琅平白想了半天，有些茫然，低聲說：「小時候，先帝常從臺階上下來抱我啊。」

「大禮之時，與平日不同。」蕭朔耐心同他解釋，「你每次打勝仗回來，先帝也會降階相迎，只是你自己沒留意罷了。」

雲琅細想了一陣，終歸沒什麼印象，搖搖頭，「的確不記得了。」

「不記得便不記得。」蕭朔道：「沒什麼要緊的。」

雲琅靠在他臂間，輕輕笑了下，理了理心神，「孔大人這幾日無權入宮，他若忽然說了，定然要被猜疑。」

蕭朔道：「我回頭找個由頭，入宮一趟，假裝不小心發覺了此事。覺得不妥，私下去報給皇上知道。」

雲琅點點頭，「他若有什麼賞賜恩澤……」

「便都受著。」蕭朔道：「拿回家來給你砸。」

雲琅平白被他一個字戳了心，彎腰平了平氣，失笑，「給我砸什麼。」

雲琅靜了一陣，打定主意，「好歹是孔大人發覺的。他那個工部快窮得只剩穿堂風了，趁著過年，給他們分分。」

「不必。」蕭朔道：「如今工部受不起禮，這份情欠著，來日設法還上便是。」

「也是。」雲琅想了想，點點頭，「你比我周全，工部寒酸久了，忽然被送了份禮，又要惹人耳目。」

蕭朔攬著他，看了看雲琅氣色，拿過隻手按在脈間。

「不妨事，一時攪動心神，緩緩就好了。」雲琅翻轉手腕，收回身側，「你說……如今盤算藉大典行刺的，又是什麼人？」

「契丹當年已打殘了，如今尚且緩不過來。」雲琅長年征戰，對疆土之外的一圈都很熟悉，「回鶻式微已久，遼人環伺，但尚不敢擅動。」

蕭朔不勉強他，將披風拿在手中，「你如何便知道，一定是外面來的？」

雲琅微怔，心頭跟著輕震，「你是說——」

「是你說的，當初戎狄探子進京，進得這般輕易，怕是在朝中存有內應。」蕭朔道：「而如今皇上對我有意施恩，就是要扶持我，叫我替他同那股勢力鬥得兩敗俱傷，他再一舉吞乾淨。」

「會是哪家？」雲琅心中隱隱劃過不少念頭，一時卻都抓不住，氣息不覺微促，「能下這般大手筆，你若對上他，會不會……」

「雲琅。」蕭朔道：「你聽了父王遺願，就是這個反應？」

雲琅怔了怔，「什麼？」

「我父王讓他們拽著你。」蕭朔看著他，「你就努力刨坑，把自己往土裡埋。」

「……」雲琅無奈笑笑，說：「我又怎麼了？不過躺在你這兒，隨便想一想事情，既沒上房又沒揭瓦……」

「既然是隨便想事情。」蕭朔拿過披風，將他裹上，「你便也想想別的。」

雲琅怔了下，「想什麼？」

「年關將至，送我什麼禮。」蕭朔將披風仔細攏嚴實，把人抱起來，「你自己數數，已經幾年沒送了。」

雲琅：「……」

蕭小王爺這個動不動把人抱來抱去的毛病，也不知是不是當年被王妃慣得無法無天，滿王府養兔子的時候落下的。

雲琅有心戳他一指，瀟灑跳下來。偏偏心悸得沒什麼力氣，磨了磨牙，「不是送了嗎？」

這次輪到蕭朔微怔，「送什麼了？」

「欠你五年，五個巴掌。」雲琅敢作敢當，撐著昂首，「我知道，你這些年都想讓我揍你，正好趁此機會，一了夙願……」

蕭朔淡淡道：「你怎麼知道？」

雲琅措手不及，一時有些語塞，愣了愣抬頭。

「我這些年，的確都很想你回來，親手揍我一頓。」蕭朔道：「我一定接招，使出渾身解數，將你按住綁上。」

雲琅實在忍不住擔心，扯他袖子，「你這些年究竟都看什麼了？怎麼就一心要弄這些個……」

雲琅放不下心，還打算問問清楚，一不留神，竟眼睜睜被蕭朔抱著推開房門，「幹什麼？」

「這裡沒有暖榻，你不冷？」蕭朔掃他一眼，「指尖都凍白了，硬撐著便能暖和過來？」

「那也不能——放我下來！」雲琅從沒這麼丟人過，平白鬧了個大紅臉，咬牙切齒掙扎，「多大的人了！成何體統啊蕭小王爺！胡鬧什麼！」

蕭朔按不住雲琅，被他往穴位上反肘磕了下，吃痛鬆手。

雲琅還在胡亂撲棱，措手不及，一屁股結結實實坐在了蕭小王爺腳上。

蕭朔束手立著，垂了眸，「是你先不成體統的。」

雲琅還坐在蕭朔的腳上，心情有些複雜，沒能聽清，「什麼？」

「無事。」蕭朔從容俯身，替他拍了拍土，「軟和嗎？梁太醫剛讓人鬆過土，你還可把自己往下再埋埋。」

雲琅來去都莫名被人戳了心，縱然已吃了護心丹，這會兒也覺得手腳乏力，掙了幾次竟沒能掙起來。

蕭朔這會兒竟也打定了主意不管，任憑他吃力折騰，連手也不曾搭上一把。

雲琅氣得眼前發黑，「蕭朔。」

蕭朔看著他，「有事？」

「你……扶我起來。」雲琅人在屋簷下，悶聲嘟囔：「我沒力氣，胸口還疼。」

蕭朔：「……」

「真的。」雲琅抬手，隔著披風按了按，「剛才就疼了。」

「你當年。」蕭朔俯身半跪下來，將他重新攬進懷裡，「倒是沒這麼容易撒嬌。」

雲琅被他說得牙酸，心說撒你個大兔子腿的嬌，面上還得忍著，「不用抱，扶我一把就行。」

蕭朔搖了搖頭。

「小王爺。」雲琅被他氣樂了，「你除了抱就只會鬆手嗎？」

蕭朔不為所動，將雲琅自顧自護在懷裡，替他理了理披風。

「愛扶不扶，不扶我自撅一根杏枝，爬也爬回去了。」雲少將軍脾氣上來，拿樹撒氣，「鬆手，小心我當真咬你——」

「梁太醫說了。」蕭朔道：「碰壞一顆嫩芽，便多扎你一針。」

芽蘊雪下，經冬藏枝。

雲琅扶著杏樹枝條，看著上面生機勃勃的一枝嫩芽，「……」

時也命也。

雲琅長嘆一聲天要亡我，坐在蕭朔腳上，壯烈閉了眼睛。

蕭朔半跪在雲琅身側，替他擋著風，靜了一陣又道：「你不會入我家祖墳。」

雲琅怔忡半晌，回過神，長長鬆了口氣，「好好，我也覺得這樣很不合適。」

「我家祖墳要入帝陵，與如今的皇帝同根同源。」蕭朔道：「我知道你不喜歡。」

雲琅張了張嘴，乾咳一聲，「倒也不是因為這個……你比我還不喜歡吧？」

蕭朔靜靜道：「是。」

雲琅看他半晌，心底終歸軟了軟，重重嘆了口氣，「小王爺。」

蕭朔抬眸。

「沒力氣了。」雲琅伸手，「抱我回去。」

蕭朔看他一刻，將人抱起來，細心拍淨塵土，擋著風穿過了杏林。

「其實要是能在地下跟我們這個皇上見面，也算過癮。」雲琅靠在蕭朔肩頭，摩拳擦掌，「到時候就沒什麼謀反了，我糾起支兵，把他狠狠揍一頓，端王叔肯定也幫忙。」

蕭朔低頭，「你想入帝陵？」

下去。」

雲琅想起先皇后的巴掌，乾咳一聲，「不想。」

「我知道你不想入。」蕭朔道：「所以在外面找了塊地方，風水很好，是太陰之地，我陪你埋

雲琅一陣頭疼，「小王爺，太陰之地能叫風水很好嗎？」

兩人當初玩鬧時，蕭朔便說什麼子不語怪力亂神，又說風水運勢是虛無縹緲之事，向來不喜這些。如今來看，也沒有半點長進。

雲琅犯著愁，給他講：「太陰是金神，陰金之地。若是埋進去了，來世犯小人不說，子嗣後代也多有暗昧陰私、奸邪淫亂的，很不吉利。」

「我又不會有子嗣。」蕭朔不解，「怕這個幹什麼？」

「你為什麼……」雲琅話頭一頓，看著蕭朔，神色忽而有些微妙，「小王爺。」

蕭朔蹙了下眉。

「我來京城時，曾聽說了些傳言。」雲琅道：「說皇上給你賜的……都沒什麼後來。」

雲琅知道這種事不便大張旗鼓說，咳了一聲，「你——」

蕭朔看著他欲言又止的懷疑神色，壓壓火氣，沉聲道：「我沒什麼問題。」

雲琅訥訥：「哦。」

「賜的那些人，我從沒受過。」蕭朔道：「府都不曾入，抬一圈便送到莊子上去了。」

雲琅怔怔的，「送莊子去幹什麼？」

「自然是改個名字，自找去路。」蕭朔沉聲：「還要我替她們許配人家嗎？」

雲琅茫然片刻，心底微動，忽而明白了怎麼一回事。

能被這般施恩賜下來，多是家裡養不起、留不住，被迫捨棄的，縱然有意，也再回不去。

與其還頂著原本的身分躲躲藏藏，倒不如換個身分，去重新過活。

世人說琰王殺人如麻，也不知有多少被這麼「殺」沒了不堪過往，改換頭面，自找去路的。

雲琅看著蕭朔，一時又犯了心軟的毛病，抬手扯了扯他的袖子。

蕭小王爺平白被人懷疑了行不行，尚在惱怒，冷聲：「幹什麼？」

「你是不是打聽過了。」雲琅輕聲：「太陰之地為酉，酉是陰金，鎮陽金白虎命格，來世就能化去命裡凶煞戾氣、主征戰殺伐，成將佐之才？」

蕭朔蹙緊了眉不語，抱著他回了房，放在榻上。

「這般合適，你把我埋下去就行了。」雲琅不同他鬧，好聲好氣：「你跟下去幹什麼？」

「你一個人躺在土裡，不見天日，不識五感。」蕭朔替他解了披風，拿過替換的衣物，漠然道：「四周都是黑的，眼前便是棺材板。」

雲琅：「……」

「你動也動不得。」蕭朔道：「既沒人陪你說話，也沒人與你胡鬧。」

雲琅：「……」

「你就孤零零躺著，四下逼仄，既無故人，更無摯友。」蕭朔給自己倒了杯茶，「你不知自己是死是活，想找個人狠狠打你一巴掌，都找不到……」

「蕭朔。」雲琅聽不下去，躺在榻上舉手，「你打我一巴掌吧。」

蕭朔莫名，「好端端的，我打你做什麼？」

「怪……怪瘆人的。」雲琅背後發涼，訕訕的，「我怕我今夜做噩夢。」

「你做什麼噩夢？這是我的。」蕭朔替他倒了杯參茶，擱在榻邊，「歇一刻，把這個喝了，睡兩個時辰。」

雲琅微怔，抬起頭，看著蕭朔格外平靜的神色。

他靜坐了半晌，半句話也沒再說，安安靜靜歇了一刻，撐起來，把參茶一口口喝乾淨。換好衣服，老老實實躺下睡足了兩個時辰。

夜深人靜，府裡仍點著燈火。

蕭朔靠在書房暖榻上，放下手中幾份卷宗，喝了口茶。

「王爺。」老主簿接過來，仔細收好，「過了子時，該歇著了。」

「還有些不曾看完。」蕭朔道：「一併拿過來。」

老主簿欲言又止，「王爺……」

「明日要設法進宮，應對總該得體些。」蕭朔並無睡意，「禮部章程，也找出來一份。」

老主簿勸不動他，低聲應了句是，轉身出了門。

蕭朔闔眼靠了一陣，睜開眼睛，正要再提筆，忽然有人自窗外一頭跳進來。

外頭還有玄鐵衛巡邏，來人顯然極有經驗，沉穩地繞開窗外數個點哨，兔起鶻落臨危不亂，一腳踢翻了榻上的書堆。

老主簿還沒走遠，聽見屋裡動靜，嚇了一跳，「什麼人？」

蕭朔低頭，看著懷裡抱著腳疼成一團的雲少將軍。

「無事。」蕭朔道：「一隻野兔。」

老主簿隔著門愕然，「府裡哪來的野兔？可要府上廚子……」

「半夜不好好睡覺，跑來的。」蕭朔把人從書堆上拎起來，「不必，去拿章程罷。」

「您應對得了嗎？」老主簿仍不放心，「野兔不比家兔溫順，急了會咬人的。」

蕭朔把人放下，被疼到惱羞成怒的雲少將軍一口叼住了手腕，從容道：「應對得了。」

老主簿半信半疑，憂心忡忡去了。

蕭朔關嚴窗子，把書冊撥到一邊，「你來做什麼？」

「睡不著。」雲琅鬆口，瞪著他，「都怪你講的什麼破夢。」

「你睡不著，不是因為我講的夢。」蕭朔糾正道：「是你昨晚睡了五個時辰，今日白天又睡了兩個時辰。」

「……」雲琅磨牙霍霍，「小王爺，那隻手伸過來，缺個牙印。」

蕭朔還要留一隻手寫字，沉著手到背後，「梁太醫若知道你來，定然要把你扎成篩子。」

「你不會不同他說？」雲琅皺眉，「我這次就摸出了醫館，從醫館到王府這麼遠的路，我都叫刀疤找的暖轎。」

雲琅細細養了一天，暖暖和和坐著轎子過來。翻了圍牆，躲了玄鐵衛，信心滿滿避開了窗前的陷坑。

智者千慮，必有一失。

「你開著窗子，幹什麼往這兒堆書？」雲琅看著那一堆精裝的書冊，咬牙切齒，「定然是早算準了我會來。」

蕭朔垂眸看著他，忽然笑了一聲。

雲琅瘆得慌，「笑什麼？」

「守株待兔，我的確算準了你會來。」蕭朔輕聲：「只是不知你哪日來，只好日日守著等。」

雲琅張了下嘴，皺了皺眉，抬頭迎上蕭朔視線。

「既睡不著，便幫我看卷宗。」蕭朔直起身，「你……」

雲琅盤在榻上，拽著他袖子，「小王爺。」

蕭朔看他，「又有事？」

「卷宗日日都能看。」雲琅不信，「你今日說的那些，自己就不怕？」

「你不是向來怕鬼嗎？」雲琅道：「小時候王爺一講奇談詭事，你就扯著我走。」

「我扯著你走，是因為若不將你扯走，你嚇得一宿睡不著，一宿都要在外面砸我的窗子。」蕭朔把袖子拽出來，「父王就是願意看這個，才會老是講山村野屍、古廟枯井。」

雲琅打了個激靈，面色愈苦，「別說了。」

蕭朔奇道：「你如今還怕這個？那你這五年裡，遇上古井的時候……」

「蕭朔。」雲琅陰森森，「你信不信，今晚便有個白衣厲鬼撲上來咬死你。」

蕭朔看著雲小侯爺一襲乾乾淨淨的雪白錦袍，終歸沒能壓住，嘴角跟著微微挑了下。

雲氏厲鬼被他所惑，一時愣怔，沒能回過神。

「好。」蕭朔道：「就今晚。」

雲琅：「……」

蕭小王爺的道行越來越深，雲琅深呼深吸，惡狠狠磨著牙準備給他個痛快，忽然被胸肩迎面覆下來，溫溫一攬。

雲琅僵在蕭朔胸口，恍了恍神，抬起頭。

「我在。」蕭朔神色從容，看著他，「你不必怕這些，從今日起，到你百年之後，枯骨成灰，我都會在。」

雲琅噤了下，一時覺得這話不很對勁，一時卻又莫名推不開，摸索著握住蕭朔的胳膊。

「我在，雲琅。」

蕭朔擁著百戰百勝的雲少將軍，將人護住，在他背上輕撫兩下，「別怕了。」

老主簿回了書房，來送禮部的條陳章程，被暖榻上多出來的雲小侯爺嚇了一跳。

「您是什麼時候來的？」老主簿不及準備，忙擱下手裡的東西，出去叫人備參茶，「可是醫館出了什麼事？這些玄鐵衛也是，怎麼也不知道通報一聲。」

雲琅坐在榻上，剛被順著背撫了兩下，此時整個人都有些沒緩過神，阻止道：「醫館無事，不怪玄鐵衛。」

老主簿把參茶端過來，「這般懈怠，如何不怪他們？」

雲琅不比旁人，如今各處尚得精細得很。他底子太虛，稍不留神著了風受了涼，再不留神，動輒便又要生病。

老主簿親自安排，向來照應得仔細，只是這些日子雲琅要留在醫館，這才不曾日日備著暖爐參茶，「太不像話，您從哪條路回來的？」

雲琅乾咳一聲，不動聲色，扯過條薄些的軟裘。

「雲少將軍。」蕭朔接過參茶，吹了兩下，自己先試了涼熱，「月夜奇襲，追捕野兔，從窗子進來的。」

雲琅抱著薄裘，「……」

老主簿這才想起野兔的事，拍了下腦袋，「對了！那兔子可抓著了？」

「抓著了，只是沒抓穩，被咬了一口。」蕭朔看著雲琅，「您說得對，的確野得很。」

「可要緊嗎？野兔子不只會咬人，還會蹬人的。」老主簿嚇了一跳，一陣擔憂，「要不要府上醫官……」

「不必。」蕭朔被雲琅在薄衾下結結實實蹬了一腳，神色不動，將人連腿按住，把參茶遞過去，「不曾破皮見血，只是叫他跑了。」

老主簿鬆了口氣，「那便好……跑了就跑了。」

「回頭也同玄鐵衛招呼一聲，看能不能再抓著。」老主簿也曾隨端王射獵，想起舊事，笑道：「野兔子比家兔香得多，在外頭整日跑，竟也不見哪裡狼狽，又好摸又好抱。烤起來也好吃得很，尤其後腿與屁股……」

雲琅剛喝了一口參茶，猝不及防，嗆得咳了個昏天暗地。

老主簿茫然，看著自家府裡的雲小侯爺，「老僕說錯話了？可有什麼不妥？」

「說的不錯。」蕭朔淡然道：「您回去時，去帳房領十兩銀子。」

老主簿天降橫財，雖然不明所以，卻仍高高興興謝過了王爺，「是。」

蕭朔擱下手中卷宗，看著快紅透了的雲少將軍，牽了下唇角，吩咐道：「去歇息罷，我同小侯爺說會兒話。」

老主簿看著兩人好好地在一塊兒便覺欣慰，忙應了，退出書房外，又特意拎著門外下人仔仔細細吩咐了夜裡該送的暖爐點心。

蕭朔起身將門闔嚴，繞回榻邊。

雲琅奄奄一息化在榻上，從頭到腳幾乎燙手，心神混沌但求一死。

「現在知道難為情。」蕭朔隔著薄衾，伸手拍了拍他，「咬我的時候，倒是使了十成力氣。」

「蕭朔。」雲琅惱羞成怒，「再多說一個字，你今晚便知道什麼叫二十成力氣。」

蕭朔看著雲琅半晌，笑了一聲，不再逗弄於他，將桌上燈燭罩得暗了些。

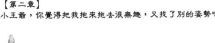

雲琅有所察覺，把裹著的裘皮扒開個小口，「你熄燈幹什麼？」

蕭朔只想叫屋裡暗些，免得打攪雲小侯爺休息養神。看著雲琅十二分的警醒神色，順手將燈罩扣嚴，「府上燈油不夠，要節省著用。」

雲琅不信，「小王爺，那日我從你書房掰回去的珍寶架，你府上少說還有十個……」

「十七個，都是宮中賜的。」蕭朔閒道：「賜得太多，砸又砸不完。」

雲琅一陣氣結，掀了薄裘看著他。

心說：幸虧工部尚書不在這兒，不然只怕要跳起來打斷你的腿。

「蓋上些。」蕭朔掃他一眼，「折騰一身汗，回頭又要著涼。」

雲琅這些日子被他管習慣了，不很情願，還是將薄裘重新扯回來，閉著眼睛蒙在了頭上。

蕭朔拿了文書，藉著昏暗光線坐回榻邊，將榻上裹成球的柔軟裘皮扒開了個透氣的小窟窿，「沒事了，睡罷。」

「睡了醒，醒了睡，再睡都睡昏了。」雲琅不高興，翻了個身，「我不睡。」

「這些年你都不曾好好睡過。」蕭朔隨手翻過一頁文書，「如今多睡些，又怎麼了？」

雲琅微怔，從小窟窿探出半個腦袋，看了看榻前的蕭小王爺。

燈光被罩子壓得昏暗，窗子好好闔著，漏進來依稀月影。

蕭朔靠在窗前，並不理他，慢慢翻著手上文書。

「我這些年確實沒怎麼睡。」雲琅看了蕭朔一陣，撐坐起來，「你睡得也不很好吧？」

「我有什麼可睡不好的？」蕭朔擱下文書，抄錄下來幾句，「你滿門抄斬，我加官進爵。你被當成忘恩負義、利慾薰心，我是天下公認的無辜苦主。」

「你在破廟的古井裡打水喝，我在王府裡錦衣玉食，酌金饌玉……」蕭朔輕嘲：「我憑什麼睡不好？」

雲琅看著蕭朔漠然無謂的神色，半晌咬了咬牙，側過頭咳了兩聲。他不願顯出不適，終歸難受得心煩，忍不住抬手用力錘了下胸口。

蕭朔蹙了眉，扔下文書要探他腕脈，被雲琅抬手推開。

「蕭小王爺，你看工部尚書不順眼，氣一氣他倒也無妨。」雲琅坐穩，呼了口氣，「若再這麼氣我，你那太陰之地的上好新墳，說不定哪天就用上了。」

「胡說什麼。」蕭朔沉聲：「你不願意聽，我不說就是，不必說這種誅心之語。」

雲琅失笑，「誰誅心？」

「這些年咱們兩個誰比誰好過了？你我心裡誰不清楚？」雲琅都不想和他吵，把那隻手一把扔開，「好話不能好好說，你就非得鬧彆扭，非說這些話叫人難受是不是？」

蕭朔肩背無聲繃了一陣，眼底神色變幻幾次，低聲：「對不起。」

雲琅還不舒服，擰了個身不理他。

「我說這些話，並非著意氣你。」蕭朔坐在他背後，靜了一陣，又繼續說下去：「我這些年，每日對自己說恨你，其實恨的也並不是你。」

「你恨你六大爺，我知道。」雲琅嘆了口氣，壓了壓性子不同他計較，轉回來，「咱們不是想辦法對付他嗎？如今看來是難了些，可也不是全無辦法，一點點來。」

「我的確憎惡當今聖上。」蕭朔垂眸，「可還有個人，遠比他更可恨。」

雲琅蹙了蹙眉，「什麼人？」

蕭朔並不答話，替雲琅掩了下蓋著的裘皮，「沒事了，我不會再說這個。」

「你還恨什麼人？」雲琅拽著他，不依不饒，「蕭朔。」

「此事與你無干。」蕭朔挪開雲琅手臂，起身道：「也不會誤事，你不必多管。」

雲琅反手將他按回榻上，沉聲：「蕭朔！」

蕭朔鮮少被他這般吼，動作頓了下，抬起頭。

「你恨你自己，是不是？」雲琅死死按著他，「你自己有什麼好恨的？王府出事、王妃自歿，難道是你的錯？我家傾覆，是你的錯？你若是實在找不著什麼恨的了，自去找個木頭小人每天扎三次，少在這兒……」

「我不恨這些。」蕭朔慢慢道：「我恨我當年，竟懦弱至此。」

雲琅看著他，慢慢蹙緊了眉。

蕭朔垂眸，「不過一個破玉珮，便不敢與你說明白。」

「將你放出京城，看著你打馬遠走，竟不敢去追你，與你一起走。」

「明明知道你有太多話瞞著，沒同我說。」蕭朔低聲道：「看你披著先帝御賜的披風，那般沒了生氣、行屍走骨的樣子……竟真的就不敢問了。」

「怎麼就行屍走骨了。」雲琅堪堪反應過來，「我肉呢？」

「行屍走骨，出自張君房《雲笈七籤》。」蕭朔看他一眼，「雖位極人臣，皆行屍走骨矣。」

雲琅：「……」

蕭小王爺過目不忘。

雲琅不同他計較這個，扯了下嘴角，向後靠了靠，「我那時真這麼狼狽？」

「你那時候，滿臉寫著只盼我一劍捅了你。」蕭朔看著他，「你我自幼相識，我每日看著你，英颯張揚銳意凌雲。從不曾見過雲少將軍像那天一般心如死灰。」

「你每日看我幹什麼。」雲琅牙酸，「不說這個，你那時跟我跑什麼，陪我逃亡？」

蕭朔坐在燈下，聲音輕忽，「有什麼不好？」

「哪裡好了？你又不會輕功，我還得扯著你上房，有追兵，我還得拽著你蹲草稞子。」雲琅一想就頭疼，「我原本只要弄一個人吃的東西，有你拖累，還得給你弄一份。」

「一隻野兔，兩條後腿都給你。」蕭朔道：「我只吃剩下的就夠。」

雲琅按著右手，忍著沒一指頭戳倒他，「再提野兔，今夜你我定然有一個人要斷條腿。」

蕭朔垂了眸，抬了抬嘴角，沒再說話。

「別搗亂……」雲琅說得正認真，看他來氣，隔著薄裘踹了一腳，「你跟著我逃命，且不說有多拖累我，偌大個王府不要了？」

「玄鐵衛都是端王叔的親兵，沒有你護著，還不讓侍衛司拆乾淨了？」

雲琅喝了口參茶，剮他一眼，「老主簿跟著王叔這麼多年了，忠心耿耿。一覺醒過來，府上小王爺跑去跟個逃犯浪跡天涯了。」

雲琅都不忍心想老人家得被嚇成什麼樣，「說不定哪天，咱們倆隱姓埋名賣酒的時候，看見一位背著包袱找王爺的老人家……」

蕭朔輕聲：「我知道。」

「既然知道，有什麼好恨的。」雲琅就看不慣他這個勁，「我當時跑了，是不得已。你困守王府，也是不得已。」

「都是不得已，誰也不比誰好過，自然誰也不比誰委屈。」雲琅摸了摸蕭朔手背，把薄裘分給他些，把人一塊兒裹上，「來，再笑一個。」

蕭朔靜了片刻，竟當真依他所說，又牽了牽嘴角。

雲琅嚇了一跳，「好乖。」

「雲琅。」蕭朔不容他得寸進尺，垂在身側的手抬起來，緩聲道：「你大可再多說一句。」

「罷了罷了，這個也不訓你了。」雲琅氣力不夠，一時還打不過他，能屈能伸，「你那玉珮又是怎麼回事？」

「沒什麼。」蕭朔淡聲道：「只是原本想送你，卻不想陰差陽錯，沒來得及。」

雲琅惦記了十來年，還想追問，看著蕭朔平靜神色，竟沒說得出話。

那時候，他忙著準備出征，蕭朔忙著替他送行。

雲少將軍向來聞戰則喜，戰事越凶險便越興奮，興沖沖提兵出征，連別也不曾額外多道一句。之後發生了太多事，挨得太緊，壓得太沉，一樁連一樁當頭砸下來。

多年後再回頭看，竟只剩了一句陰差陽錯、沒來得及。

「你今日訓得好。」蕭朔也轉了話鋒，不再提此事，點點頭，「往事已不可追，是我囿於昔日，徒增煩惱。」

雲琅正徒增煩惱，被蕭朔無端戳破，沒好氣橫他一眼。

「我這些年，的確睡不很好。」蕭朔道：「說那些話，不是為了叫你聽了難受。」

雲琅悶悶道：「是為了叫你自己聽了難受。」

「是。」蕭朔道：「輾轉反側，夜不成寐。夜深人靜時，一想到你孤身在外，便只盼有人狠狠罵我幾句，心裡尚可好受些。」

「只是我既無長輩教導，又無摯友在側。」蕭朔緩聲：「只能自己同自己說些狠話。」

雲琅越聽越不對勁，「小王爺，你這是故意說了叫我心疼的嗎？」

「是。」蕭朔極坦然，「我今日說錯話，惹惱了你，若不說些話叫你心疼，你又要同我嘔幾日的氣。」

雲琅張了張嘴，佩服得半句話也說不出，朝他抱了抱拳。

「我已知錯，今後再不會說這些話，叫你心裡難過。」蕭朔：「你若還生氣……」

「不氣了。」雲琅嘆了口氣，「你忙你的，我幫你研墨。」

蕭朔靜靜凝注他半晌，坐回案前，重新提了筆。

雲琅也跟著過去，扒拉個地方坐了，拿過墨錠慢慢研磨，「我在金吾衛有個認識的人，叫常紀，是右將軍。你若有緊急處，可以找他。」

蕭朔點了下頭。

「編什麼理由，如何設法周旋，用不著替你操心。」雲琅邊想邊說：「常紀是伴駕的金吾衛，我怕他掩飾不過，並未同他說實情。只騙他說送了個與我八成像的替身，給你拷打洩憤，自己趁機脫了身。」

「你若與他說話，記得小心些。」雲琅道：「切莫露了餡。」

蕭朔寫下幾行字，「好。」

「那時我不舒服，沒來得及細想。」雲琅慢慢磨著墨，「你說這場刺殺未必是外面來的，的確有理……可若是從朝中來的，又是哪一股勢力？」

「目前尚不知道。」蕭朔搖搖頭，「先帝朝時，你我年歲尚幼，許多內幕祕辛都不清楚。」

雲琅看著他，蹙了下眉，沒說話。

「你一味要修復同外祖父的關係，我原本不贊同，如今看來，卻有道理。」蕭朔道：「我去給外祖父請安時，設法問一問，看能不能套出什麼消息。」

雲琅將墨錠扔在一旁，「蕭朔。」

蕭朔抬眸，「什麼？」

「你好好說話，我反而覺得不對勁。」雲琅探了探他額頭，「怎麼回事？」

「……」蕭朔擱了筆，「我冷嘲熱諷，你說我氣你。我好好說話，你又覺得不對。」

雲琅咳了一聲，訥訥：「對。」

蕭朔：「你還來問我，是怎麼回事。」

雲琅也覺得自己有點不講理，有些不好意思，把人往回按了按，「你接著說，我……」

「我不過說錯了幾句話。」蕭朔咬牙，「你就這般不依不饒，非要再打我幾巴掌才出氣？」

雲琅：「啊？」

他只是見蕭朔像是仍有心事，不大放心，半點沒想過這一層，聞言愣了愣，「我……」

「既然你不依不饒，我也與你說實話。」蕭朔再寫不下去，將文書用力推到一邊，「你問我，這些年是不是也睡不好的時候，我幾乎受寵若驚。」

蕭朔冷聲：「你當真看不出來？」

雲琅看著陰鷙得風雨欲來的蕭小王爺，乾嚥了下，「可能有些……看不出。」

「我以為你只會問我朝堂之事，問我北疆軍情。若非聽說我吐了血，你縱然去自尋死路，也不會來見我一眼。」

蕭朔死死盯著雲琅，「當年便是這樣，你只想讓我活著，不管我會不會活得生不如死。」

雲琅細想半晌，竟然無從辯駁，苦笑，「我……」

「這句是氣話。我知道你並非不在意，只是要你照應的事太多了。你左支右絀，實在顧不上，有心無力。」蕭朔眸色陰寒，幾乎冷凝成冰，「只是氣瘋了，說得欠揍的胡話。我明知你聽了難受，還說這些，是我對不起你。」

雲琅不很難受得起來了，摸了摸胸口，「哦。」

「可你今日。」蕭朔咬牙切齒，「竟只因為怕我睡不好，便特意從醫館回來找我。」

雲琅看著他，心底禁不住軟了軟，握住蕭小王爺的手摸了摸。

蕭朔肩背繃得死緊，幾乎隱隱發抖，「你還摸我的手。」

雲琅不好意思摸了，要收回來，未及撤開，忽然被蕭朔反手用力攥住。

雲琅一時吃痛，壓了壓悶哼，輕聲叫他：「蕭朔。」

「我不知自己怎麼回事。」蕭朔死死攥著他，「越想好好說話，反而越說不出。」

「我知道。」雲琅伸手攬住他，輕輕拍了兩下，「你太久沒和人好好說話了，你一個人在京城，身邊的人要麼信不過，要麼靠不住。」

蕭朔恍若未聞，垂了視線胸口起伏，「我那時原本想說……的確睡得不好，若是你在，就能好很多。」

「我想開口讓你留下。」蕭朔狠狠嚼著這幾句話，幾乎瀝血，「想告訴你，我夢裡冷得很、難過得很。」

「我知道啊。」雲琅輕聲：「不要緊的，你不說我也知道，咱們兩個……」

「可到了嘴邊，就都變成了傷你的話。」蕭朔用力閉了閉眼睛，「我明明發過誓，絕不再叫你生氣。」

「你什麼時候發的誓？」雲琅愕然，「那你一天也沒做到啊！」

「既做不到。」蕭朔闔了眼，「你要罰我，天經地義罷了。」

雲琅那日就是心血來潮，倒也不是太想每天揍蕭小王爺的屁股，咳了咳，打著商量說：「不罰了，行不行？」

蕭朔冷然，「有功不賞，有過不罰，雲少將軍就是這樣領兵的？」

雲琅按了按眉心，打算明日同梁太醫要一劑解憂抒懷的方子，找蕭朔一塊兒乾杯。

「從今以後，若我再犯這般討人厭惡的毛病。」蕭朔起身，嚴肅道：「你自可來罰我，不必管我說什麼。」

雲琅張了張嘴，「倒是……也可，只是……」

蕭朔不覺得有什麼好只是的，背對著他慢慢解了腰帶，脫下外袍。

「蕭小王爺。」雲琅從榻上蹦下來，牢牢抱住他，「不妥。」

蕭朔蹙緊眉，「你那日便是這麼做的。」

「是，我那日便應了一個典故。」雲琅嘆氣，「叫『自作孽，不可活』。」

蕭朔外袍才脫到一半，被他抱得嚴實，冷聲：「放開。」

「不放。」雲琅搖頭，「你先別急……緩一緩。」

雲琅從背後牢牢箍著蕭朔，摸索了幾次，給他慢慢拍胸口，「我知你著急，可這事有什麼好急的啊？我又跑不了，就在這兒等著。」

蕭朔被他抱得嚴實，後心的冷汗貼上雲琅焐得暖暖和和的胸膛，瞳底激烈衝撞著的情緒隱約漸緩，低聲：「別生我的氣。」

「我若真生你的氣，一句話都不同你說，轉身就走了。」雲琅久病成醫，手法練得很好，幫他慢慢揉胸口，「你並非有意氣我，只是不知道該怎麼好好說話、不知道怎麼與人交心了。」

「我知道。」蕭朔沉聲：「暫且不記得罷了。」

「好好，不記得。」雲琅點了點頭，飛快順水推舟，「今日之事，就此揭過吧？」

蕭朔靜立了半晌，被他慢慢胡嚕著胸口，傷人傷己的冷硬肩背一絲絲鬆下來。

蕭朔闔了眼，「你……」

話才到開了個頭，老主簿端了兩碟煮得嫩滑香甜的酥黃獨，高高興興進來，「府上新做的，趁熱……」老主簿話頭一頓，愣愣看著眼前情形，「趁熱……」

雲琅沒穿鞋，站在地上，抱著解了衣帶、外袍脫到一半的蕭小王爺。

「是這樣。」雲琅咳了一聲，探出頭，「小王爺說，他做錯了事，所以該挨揍。」

雲琅如實道：「故而，王爺讓我揍他。」

老主簿：「啊？」

「我與王爺相交甚厚，於心不忍。」雲琅襟懷坦白，誠心誠意，「故而急著阻攔。」

雲琅：「如您所見，我正在設法勸阻，開解王爺。」

老主簿：「嗯？」

「當真。」雲琅說得淨是真話，「我兩人正互通心意，盡釋前嫌……」

「不必說了。」蕭朔聽不下去，將雲琅還在自己胸口的胳膊挪開，走過去，跟老主簿說：「有勞，您去休息吧。」

蕭朔：「明日去帳房，領罰十一兩銀子。」

老主簿：「咦？」

蕭朔接過兩碟點心，塞進雲琅嘴裡，將老主簿親自送出了書房。

老主簿回了房，想起雲小侯爺與王爺秉燭夜談，若沒些占著嘴的東西，只怕一言不合又要吵架。便吩咐後廚，細細做了兩碟時興的點心。

一時不察，淨虧了一兩。

老主簿年紀大了，人也反應得慢，尚不曾從所見所失中緩過來，便被送到了門口。

老主簿立在門口，看著外袍都不曾穿好的王爺，又看了看屋裡的小侯爺，欲言又止，心事重重出了書房。

雲琅才把兩碟子酥黃獨拚死嚥下去，還沒來得及解釋清楚，上前追了兩步，「您等等，我還沒說完——」

不及出門，身子一輕，已被人徑直端了起來。

雲琅坐在蕭朔胳膊上，心情複雜，看著臂力見長的昔日摯友。

「小王爺。」雲琅有些怕摔，揪著他衣領，「你是覺得只把我抱來抱去很是無趣，又找了別的姿勢嗎？」

「地上涼，你此時折騰，明日又要不舒服。」

蕭朔不理他，自顧自把人端回榻上，將暖爐塞進雲琅懷裡，「你剛吃了東西，容易積食，若睏了便靠著我睡。」

雲琅根本全無睡意，很是頭疼，「我不睏，你不要一看見我，除了讓我吃就是讓我睡。」

蕭朔理好衣物，視線映著燭火，從容落在他眼裡。

雲琅話說到半截，不自覺一怔。

蕭小王爺大抵是難得同人好好說過了話，此時心情難得的不錯。平日裡的尖刺沒了，深黑眸底映著燭火，竟透出幾分難得寧靜安穩的意味。

安穩得……沒有半點生死存亡、朝不保夕的樣子。

不成體統。

雲琅靜坐半晌，沒忍住笑了一聲。

「兩碟點心，給咱們倆一人一份的，你幹什麼全塞我嘴裡？」

「早吃也是吃，晚吃也是吃。」蕭朔將薄裘扔過去，閒倚回窗前，將方才弄亂的文書理整齊，

「你若吃著喜歡，不用我塞，第二份也要搶走的。」

雲琅平白遭了指控，想了半天無從辯白，「那，那我萬一不喜歡……」

蕭朔好奇：「雲小侯爺還有不喜歡吃的點心？」

雲小侯爺惱羞成怒，隔著薄裘踹了蕭朔一腳，搶了份卷宗挪到榻角，自去看了。

蕭朔靠在窗前，隨手翻了幾頁文書，擱在一旁，抬起頭。

雲琅在醫館被看得嚴，時時有梁太醫盯著，稍有折騰就是一針，再不服，一劑蒙汗藥下去直接睡透。

不只比前些日子有精神折騰，氣色也分明見好了。

現在翻個卷宗都能翻出驚天動地的氣勢。

蕭朔有意不理會，聽著雲琅在榻上全無章法地嘩啦啦來回翻頁，果然不到一刻，身邊便又湊回來個人。

雲小侯爺裹著薄裘，不情不願，「渴了，倒茶。」

蕭朔依言倒了盞熱茶，遞過去。

「有茶沫。」雲琅挑剔，「不好喝，澀口。」

蕭朔將茶收回來，拿茶杯蓋細細撥了撥。

雲琅一向都是整杯倒了，濾去浮沫重斟一杯的，看著蕭小王爺半點不風雅的架式，忍不住道：「如此糊弄。」

「不然。」蕭朔從容道：「我幫你將浮沫喝了？」

雲琅一把搶過茶杯，一氣喝淨，推回去，「再來一杯。」

「這茶是提神的，你不能多喝。」蕭朔道：「夜裡睡不著，又要折騰我。」

「誰折騰你？」雲琅不服氣，「我不能徹夜研讀卷宗嗎？」

蕭朔看他良久，笑了一聲，重新低下頭，翻看著手中文書。

「笑什麼？」雲琅就知道他準沒想好事，扔了卷宗，摩拳擦掌過去呵他癢，「誰沒有點長進，我就不能看看這些？你這人……」

「別鬧。」蕭朔握住他探進衣服裡的手，「我這人無趣得很，你又不是第一日知道。」

「真無趣就好了。」雲琅兩隻手都被他制住，沒好氣念叨：「看著正經，全是蔫壞。」

「不錯。」蕭朔點了點頭，將雲琅身邊亂扔的卷宗拿過來，闔上收好，「你看不進去，不必非迫著自己硬讀這些。」

雲琅仍不服輸，對著封皮盯了一陣，總歸洩氣，「如何這麼多廢話。」

「朝堂公文，就是這般。」蕭朔鬆開手，叫他坐回去，「題頭要謝奉天承運，收尾要感朝政清明，看著駢四儷六文采斐然，有用的其實不過三句。」

「整日看這些，誰還會說人話。」雲琅天生極不喜這些，自知幫不上他的忙，快快坐回去，「你看吧，我不煩你了。」

雲琅平白招他，也無非只是擔心蕭朔仍被心事所擾。如今細看半晌，見他神色並無不妥，也就放了心。

看情形，蕭小王爺一時只怕還不打算睡，他再在書房待著，也是平白添亂。

「你看著。」雲琅自知坐不住，向外看了看，「你那園子不錯，我出去繞繞。」

雲琅就不曾走過幾次書房的門，披上衣服，順手推開窗子。

才邁出條腿，便被拽著腰帶，徑直扯回了榻上。

暖榻鋪得軟和，雲琅倒是不曾摔疼，只是一陣犯愁，「又怎麼——」

蕭朔仍扯著雲琅腰間繫帶，垂了眸，「你不是怕我夢魘，特意回來看我的？」

「是啊。」雲琅氣結，「可你都不睡覺，哪兒來的夢魘？」

蕭朔輕聲道：「醒著也會有。」

雲琅一時拿不很準蕭小王爺是不是又故意叫他心疼，癱在榻上，皺了皺眉。

「你坐在這兒，鬧也很好。」蕭朔道：「若實在無聊，來招我也沒什麼。」

雲琅不解，「我這麼折騰你，你莫非還能看得下去？」

蕭朔擱了手中文書，靜靜看著他。

雲琅被他看得不自在，「怎麼了？」

「你我相識十餘年。」蕭朔道：「你從小折騰我，這些年過去，終於想起了問我這件事，有些感懷。」

雲琅：「……」

「十年前。」蕭朔喝了口茶，「太傅要考《中庸》。你比我開蒙得早，早背下來了。我那時候卻尚是第一次學，還念不熟。」

「陳年往事。」雲琅訥訥，「就不提了吧？」

蕭小王爺顯然很想提，「我在書房內反覆誦讀，你也難得用功，在邊上反覆亂背。」

雲琅咳了一聲，把茶杯拿過來，給他撥了撥茶沫。

「我背第一句，你便接第三句。我背第二句，你便接第五句。」蕭朔看著他，「如此一夜，循環往復。」

「我只是想去看賽龍舟，你偏不陪我。」雲琅辯解：「再說了，第二日你背不上來，被太傅留堂罰抄，我不也暗中替你解圍了嗎？」

「確實。」蕭朔點了點頭，「你趁太傅閉目養神，替太傅給鬍子編了五股麻花辮。」

蕭朔：「太傅忙著滿學宮揍你，的確顧不上罰我了。」

雲琅沒忍住，樂了出來，「少裝正經，你那時分明也偷著笑了。」

「總之，這般錘煉下來。」蕭朔不同他爭論，垂了下視線，繼續道：「縱有一日，你在我邊上穿著女子的衣裳跳舞，我也能看得下去書。」

「我憑什麼……」雲琅全然不記得自己昏沉時的胡話，一陣氣結，「你整日裡都想些什麼？」

蕭朔有老主簿作證，不怕他不認帳，氣定神閒，「來日你便知道了。」

雲琅就覺得蕭朔如今很不對勁，被拽著出不去，拿過墨錠，悶不做聲埋頭磨墨。

蕭朔看他一陣，抬了下唇角，將文書拿過來，「雲琅。」

雲琅頭也不抬，「睡著了。」

「昔日你胡亂折騰，整日拽著我搗亂。」

蕭朔慢慢道：「我有時受不了，的確說過一時的氣話。」

雲小侯爺心比天大，半句都沒記住，一時茫然，「你說什麼了？」

蕭朔靜望他一陣，搖了搖頭，「你只需知道，那些都是氣話，絕非我本意便是了。」

雲琅蹙了下眉，按上他手臂，稍稍使力。

蕭朔垂眸，看著雲琅腕間被鐐銬磨破又痊癒，至今仍未褪去的淡痕。

在他做的那些夢裡，也有些起初其實不那麼絕望的。

雲琅天資極好，看什麼都只一遍就能記住，略想一想便能融會貫通。

太傅先生看著凶，其實最寵他，細細挑了君子之基、立世根本的典籍教導，至於那些朝堂花樣官場文章，從不讓雲琅多看一眼。

一來二去，雲琅要背的東西自然就比他們少了一大半。

小蕭朔坐在書房裡，埋頭吭哧吭哧地啃為臣之道。聽著小雲琅有一句沒一句地搗亂，頭疼到不行，把人往外轟，「快走快走，少來煩我。」

「沒處去。」小雲琅坐在榻上，剝著栗子往嘴裡扔，「我把福寧殿的房頂踩漏了，皇后娘娘正讓宮女抓我呢，要打十下屁股。」

「不回宮，你便沒處去了？」小蕭朔氣極，「我要背書，你就非要來我書房裡？」

「對啊……不然呢？」小雲琅愣愣道：「我還能去鎮遠侯府嗎？」

「不去侯府，也有的是地方。」小蕭朔一篇《穀梁傳》背了三天，哪句都不挨著哪句，一氣之下沉聲道：「君子立於天地，天大地大，何處不能去？」

夢裡，小雲琅怔了半天，忽然一笑，「也是。」

「你怎麼了？」小蕭朔一時氣昏了頭，見他反應有些奇怪，扔下書皺著眉道：「我不是轟你走，只是叫你安生些，你……」

「天大地大。」雲琅瀟瀟灑灑掙開他，「何處不能去。」

小蕭朔心底一緊，抬手再去抓，雲琅卻已推開窗子，跳出了書房。

追上去時，那扇窗子竟不知何時被徹底鎖死，再推不開了。

【第三章】

他說來王爺府上睡了幾覺，最珍惜的東西便沒了

蕭朔抬手，握住雲琅按著自己的手臂。

這些年，他不知多少次在那些夢境裡醒來，躺到天明。

有時他也會想，究竟哪來那麼多非要看的書，哪來那麼多非要背下來的東西。

哪有那麼多一定要做的事。

「真能醒著做夢啊？」雲琅被他引得不安，伸手在蕭朔眼前晃了晃，「回回神，咱們兩個快擰成麻花了。」

蕭朔收回心神，將手放開。

「你願意叫我在書房，我待著就是了。」雲琅坐回榻上，「你看你的，我……」

蕭朔道：「不看了。」

雲琅愣了愣，「啊？」

「睏，不想看了。」蕭朔低聲：「想睡覺。」

「哦。」雲琅點點頭，心說蕭小王爺這睡意來得著實突然，「那……老規矩，你睡裡間，我睡暖榻？你收拾一下，把你這堆書抱走……」

雲琅話未說完，眼睜睜看著蕭朔俯身，把自己端了起來。

「小王爺。」雲琅指了指，輕咳一聲，「書在那兒，抱錯了。」

「你睡裡間。」蕭朔看了一眼窗子，「我向來不願睡裡面。」

雲琅撇了撇嘴，心說王妃當年親手給你縫了個枕頭，就放在內室，你當年分明喜歡得很，怕王爺說沒有男兒氣概，日日都要進去偷著抱。

時勢倒轉，雲琅不同他計較，沒翻扯往事，「你還有多少折梅香？」

「不少。」蕭朔俯身，摘了他腰間玉珮，「做什麼？」

「這東西定神安眠，最治夜夢不寧。」內室地上鋪了厚實絨毯，雲琅很懷念自己的腿，蹦下來走了兩步，「你這些年都沒點過嗎？」

蕭朔蹙眉，「一月只產三兩，若是我再揮霍了，你回來如何夠用？」

雲琅張了下嘴，莫名被蕭小王爺一句話戳在心底，半晌沒能再說得出話。

書房與偏廂雖處兩室，中間也有連通，點一支香兩邊都能聞見，倒也不算揮霍。

蕭朔出了門，將折梅香取出來點上，插在香爐裡，擱在了兩室中間。

他做得極仔細，不出一刻，清幽香氣便嫋嫋散了進來。

雲琅張開手臂癱在榻上，躺了一陣，看著簾外模糊人影，輕輕吁了口氣。

蕭朔只在書房外間，並不進來，也當真不再看那些看不完的文書。只叫了一次熱水，便熄了燈睡下。

雲琅安安靜靜地躺在榻上，閉著眼睛歇過了那一會兒，撐坐起來，看了看這間內室。

與記憶裡變化不大，蕭朔小時候開竅比旁人慢，走不穩當，七八歲了還一推就摔。王妃特意叫人在地上鋪了厚厚的絨毯，兩人無論怎麼鬧，都半點兒不必擔心。

王妃手製的枕頭還擱在榻上，大抵是年頭久了，看著雖然破舊了些，卻還漿洗得格外乾淨。

雲琅不敢擅動，捧到一旁仔仔細細放好了，精心理好枕形，撣了撣灰。又去內室供奉靈牌的小閣前，靜靜跪了一陣。

月上中天，夜色愈寧。

雲琅在靈位前磕了三個頭，回了榻上。他如今精力尚弱，此時已隱約覺得疲累，翻來覆去了一陣，便不知不覺睡熟了。

外間，蕭朔在榻上翻了個身，將玉珮握在手中，靜靜闔了眼。

翌日一早，蕭朔按商定好的進了宮。

雲琅醒來時，書房外間已只剩下了老主簿在收拾。

老主簿理好文書，聽見內室動靜，輕敲了兩下門，「小侯爺？」

「他已見皇上去了？」雲琅披著外袍，屋裡屋外找了一圈，「幾時去的？」

「寅時剛過。」老主簿道：「說是隨宗室年終祭祖，要連著去幾日。」

這個雲琅倒是知道，本朝舊例，年終既要祭謝天地，也要在宮內設壇祭祖。只是每年時日都要由禮部著人推算，挑選黃道吉日，倒並非固定哪一日。

蕭朔雖不及他在宮中的時日多，但當年也受太傅悉心教導。進退之道，周旋起來倒是用不著擔心。

雲琅與他謀劃過幾次，心中大略有數，點了點頭，又將桌上的幾本書翻起來看了看。

「可是有什麼東西不見了？」老主簿候在邊上，已看他四處翻找了半天，「用不用叫下人來幫著找？」

「不用。」雲琅看了一圈，「我戴的那塊玉珮，今早醒來沒看見，說不定掉在什麼地方了。」

老主簿聞言有些著急，「這如何能不找？」

雲小侯爺身上戴的東西就沒有便宜的，說不定又是什麼前朝的古玉，大理送來的上好翡翠。

「是什麼樣的？」老主簿不放心，當即便要叫人幫著找，「也不知怎麼回事，近來府上總是丟玉珮，說不定是……」

「蕭朔總戴那個。」雲琅乾咳一聲，「我看著好看，拿來戴了兩天。」

「……」老主簿已帶人找了兩天王爺丟的玉珮，聞言心情有些複雜，立在原地，「這樣。」

「昨晚鬧得沒分寸，不一定掉在什麼地方了。」雲琅索性不找了，將衣物穿戴整齊，收拾妥當，「我先回醫館，免得梁太醫舉著針來王府扎我。」

「您等一等。」老主簿回神，忙攔著他，「王爺吩咐了，不叫您上房，府上套車送您回去。」

雲琅原本總覺得馬車慢慢吞吞晃晃悠悠，坐起來實在磨人。近來坐多了琰王府的馬車，竟莫名覺得舒服得很，倒也無不可，「也好。」

他還惦著蕭朔，想了想，終歸不很放心，「若他回來了，便派人告訴我一聲。」

老主簿還在想昨晚的事，看著雲琅，又不很敢問，「是。」

「還有，告訴他不必死要面子活受罪。」雲琅笑道：「我又不是日日有精神頭折騰，他夜裡睡不著，實在想去醫館找我，去就是了。」

老主簿：「……是。」

雲琅細想了一遍，該交代的都已交代妥當，放了心，「就這些，我走了。」

他還要回醫館挨扎，當下不再耽擱，起了身便要出門。

走到門口，窗外忽然生出一陣騷動。

琰王府向來極清靜，下人也進退有度，不會無故慌亂。

雲琅蹙了下眉，心頭微沉，「怎麼回事？」

老主簿也變了變臉色，正要出去問，迎面已急匆匆跑來了個灰頭土臉的玄鐵衛。

「橫衝直撞，像什麼樣子？」老主簿將人拽住，「慢慢說！」

「蔡太傅來了，一定要進王府，門將攔不住。」玄鐵衛只得站住，慢慢道：「誰攔罵誰，罵了一路，如今已闖到了書房外面……」

老主簿：「……」

雲琅眼疾手快，把兩人一併扯進來，嚴嚴實實關上了書房的門。

玄鐵衛不知所措，還愣愣站著。

雲琅把人戳在門口堵門，拽過老主簿，「堵上耳朵。」

老主簿怔了下，「為什麼？」

「別管。」雲琅蹲在窗下，牢牢堵住耳朵，「先堵就是……」

話音未落，窗外已平地炸了一聲厲喝：「蕭朔，給老夫出來！」

老主簿反應不及，震得恍惚半晌，晃悠悠蹲在地上。

雲琅藉著空檔，飛快扯了條宣紙，揉成兩團，嚴嚴實實塞在了耳朵裡。

蔡老太傅名叫蔡補之，是學問大家，清譽滿門，到本朝已連做了三代太子太傅。

老人家早已過了古稀之年，身子卻仍硬朗得很。今上登基，本想致仕頤養天年，卻仍被皇上幾番誠請，加授大學士虛銜，留在了天章閣內。

雲琅少時在宮中，同蕭朔一塊兒念書，受的便是這位老太傅教誨。

那時學宮裡便沒幾個消停的，一群不大點兒的皇子皇孫亂哄哄胡鬧，老人家從不給半點天家血脈的面子，一嗓子就能震懵一大半。

「把門堵嚴。」雲琅自小和蔡太傅鬥智鬥勇，很熟悉，「不論說什麼，絕不可打開，老太傅是練螳螂拳的，說不揍人，戒尺都能掄出三段殘影。」

「把門打開！」蔡太傅怒道：「老夫又不會揍你！」

玄鐵衛不敢說話，嚴嚴實實堵在門內。

「這些年看在你年幼失怙，老夫從不曾多管教你半句……任由著你折騰！」蔡太傅堵在門外，厲聲呵斥：「你口稱恨雲氏滿門，老夫當你是說給別人聽。你舉止荒謬無度，老夫當你是韜光養晦，藏鋒隱芒。你四處追捕雲家小子，老夫當你名為尋仇，其實心念舊情，暗中設法保他性命！」

「老夫始終以為知你懂你，才放手任你施為。」蔡太傅怒火中燒，「卻不想竟一時不察，高估了你！」

雲琅一步走得慢了，被堵在書房裡，蹲在窗戶下身心複雜，「太傅這些年……沒在別的地方這麼喊過吧？」

「沒有沒有。」老主簿忙搖頭，「這些年蔡太傅都在天章閣內不問世事，今上下了幾次旨，想請太傅教導兩位皇子，都被他以『殘軀老邁、有心無力』為由婉拒了。」

「那就好。」雲琅鬆了口氣，「若是在宮裡這麼喊一段，我們兩個也不必折騰，直接隱姓埋名逃命去算了。」

「不可。」老主簿嚇了一跳，「天大地大，能逃到哪兒去？」

「天大地大，何處不可去。」雲琅隱蔽起身，從門縫朝外瞄了瞄，朝老主簿悄聲道：「您撐一陣，我跳窗戶走……」

「休想跳窗戶，老夫知道你在裡面！」蔡太傅氣得白髮三千丈，「你蹲下前，老夫在窗戶上看見你的影子了！」

雲琅：「……」

老主簿：「……」

「老夫原以為，你雖然口中說那些發狠的話，心裡其實比誰都惦著雲家小子！」

蔡太傅怒氣沖沖，牢牢堵在門外，「可你竟真下得狠手，將他活生生打成了肉泥！」

老人家氣得手抖，「老夫從來想不到，你竟是這般心狠手辣、昏庸混沌之人！昔日家變，竟讓你被仇恨所惑，糊塗至此……」

雲琅眼看著自己從碎成一地越來越慘，一時愈發懂了什麼叫三人成虎，心情愈發複雜，「下一次我會變成包子餡嗎？」

「不可說。」老主簿忙擺手，「您長命百歲，哪會是什麼包子餡？」

雲琅嘆了口氣，低頭看看身上衣物，理得端正齊整，凝神推宮過血，叫臉色看起來好了些。

老主簿看著他，有些不安，「您要見太傅嗎？此時現身，是否不妥……」

「沒什麼不妥的。」雲琅扯了下嘴角，「叫老人家這麼劈頭蓋臉訓蕭朔一通，小王爺聽著如何先不論，我聽見了，要難受死的。」

老主簿愣了下，看著他，心底一陣酸楚，「多謝……多謝您了。」

「和我說什麼謝。」雲琅吁了口氣，示意玄鐵衛開門，躬身行禮，「太傅——」

蔡太傅正訓到激烈處，見人出來，看都不看，將左手一把扯過來，一戒尺狠狠打在了手心。

雲琅：「……」

蔡太傅疾言厲色，還要再訓斥，甫一抬頭，「……」

老主簿耳朵裡塞著紙團，訥訥倒茶，「您坐。」

雲琅不止替蕭小王爺挨了頓罵，還挨了一戒尺，看著掌心，頗為懷念，「一別經年，您老功力分毫不減。」

「怎麼……怎麼回事？」蔡太傅牢牢拽住他，上下看了幾次，「你如何死裡逃生的？」

「以後景王爺給您帶的話，都不必聽。」雲琅扶著他坐下，好聲好氣解釋：「我好好的，沒被琰王酷刑拷打，前些日子蕭朔把我從刑場搶回來，就藏在府上了，我們兩個……」

蔡太傅充耳不聞，反反覆覆看著他，哆嗦了幾次，伸手摸了摸雲琅的額頂。

雲琅一張嘴，眼眶倏地紅了，低頭笑了下，直直跪在他膝前。

蔡太傅拽了幾次，沒能把人拽起來，將雲琅死死護在眼前，老淚縱橫。

書房靜得落針可聞，老主簿倒好了茶，悄悄將玄鐵衛扯走，仔細闔嚴了門。

「您看，我活著呢！」雲琅仍帶了笑，跪在地上，抬手替老人家拭了淚，「您別訓蕭朔，他經不起罵了。」

「老夫何曾不知道……」蔡太傅說不下去，咬牙扯著他，「跪著幹什麼？起來。」

「您教訓，我替他聽著。」雲琅溫聲道：「這些年，叫您掛心了。」

「教訓就教訓，你幾時還學會跪著聽訓了！」蔡太傅瞪他，「地上涼，你如今身子究竟怎麼樣？不可任性。」

「我們兩個……沒什麼可跪的長輩了。」雲琅輕聲：「您讓我跪一會兒，心裡好受些。」

蔡太傅手顫了下，紅著眼睛看他半晌，重重嘆了一聲。

雲琅看著老人家的白鬍子，抬了下嘴角，膝行兩步，給他奉了杯茶。

「你怎麼知道是景王來說的？」蔡太傅接過茶水，喝了一口，「蕭錯那小子風風火火的，同老夫說起此事，只說你被打成肉泥送去了城西醫館，老夫原本還不信……」

「今日卻見了琰王同宗室祭祖，頗受恩寵。」雲琅道：「您心下便生了疑慮，又在宮中四下打聽了一番，是不是？」

「看來此事……也是你們兩個算好的。」蔡太傅總算想明白，氣哼哼道：「你二人謀劃朝堂，為何不找老夫幫忙？」

「謀劃朝堂，自然要做見不得人的事。」雲琅苦笑，「您是當今名士，滿門清譽，何必……」

蔡太傅舉著戒尺，「來，再多說一句虛頭巴腦的混帳話。」

雲琅嘆了口氣，實話實說：「怕您罵我。」

「若是不先罵了他一頓，散了火氣，定然還要狠狠罵罵你。」蔡太傅狠狠點著雲琅腦袋，「怎麼就這般想不開？啊？你才多大，家國天下就不要命地往肩上扛，那是你扛的東西嗎？」

雲琅任他教訓，低頭笑著不說話。

「若是先帝、先后在，定然……」蔡太傅嘆了口氣，「行了，你沒跪夠，老夫看夠了。」

蔡太傅將人硬扯起來，「坐下，說你們打算幹的事，再有隱瞞，一人五十下戒尺。」

雲琅掌心火辣辣的疼，往袖子裡藏了藏，「不敢。」

「這世上還有你不敢的事？」蔡太傅冷斥：「是怕老夫這些年變了心性，去幫如今這位皇上來對付你們了？」

多年師生情誼，雲琅倒不至於這般喪天良，搖頭道：「自然不是，只是……」

雲琅看著蔡太傅高高舉起的戒尺，把話嚥了回去，「如今朝局情形晦暗，今上忌憚至此，只退不進，搏不出生路。」

如今兩人在宮中根基太淺，一味固守著不牽連他人，倒是把旁人都摘出去了，卻也只怕再難走得下去。

蔡太傅久負盛名，性命早已不是皇上輕易能動得了的，若是真被牽連，無非去朝歸隱，於老人家倒也不是壞事。

雲琅靜坐一陣，定了定心神，將工部尚書所言揀出重點，大致說了一遍。

「此事不可不管，卻也不能叫工部尚書出頭。」雲琅緩聲道：「若是不管，一來天子腳下首善之地，三番五次叫人行謀刺之事，而朝中竟無能為力。如此疲軟，定然招致外敵環伺，當年戎狄亂京之事，只怕難免重演。」

「二來……現下，皇上也不能出事。」雲琅拿過茶壺，替太傅將茶盞續滿，「如今皇上剛即位一年，一旦出事，朝局定然動盪。朝局動盪，邊境必亂。」

「如今北疆不寧，朝中除了我能統兵迎敵，再無一戰之將。」

雲琅靜了片刻，低頭笑笑，「此事我終歸有私心。國難當頭，竟因一己私欲有所猶疑……故而恥於相告。您要罰，還請換隻手打。」

蔡太傅靜坐良久，長嘆一聲，「你原本畢生都該是征伐沙場的良將，如今被迫要懂這些朝堂紛爭，才是國中之恥。」

雲琅笑笑，「我畢生都會是征伐沙場的良將。」

蔡太傅眼底倏地一顫，看他半晌，不再多說，「罷了，此事不准再提。」

雲琅低頭，溫聲應了句是。

「你們如今是要博得皇上信任，叫皇上覺得如今朝中，宗室內只有蕭朔可用。」

蔡太傅道：「此事可有用得上老夫的？」

雲琅還在反覆思量此事，聞言稍一沉吟，靜了片刻又道：「太傅可願意再出一次山，教教如今的皇子宗親們？」

「一群木頭。」蔡太傅拉了臉色，「老夫懶得教。」

「正因為是一群木頭。」雲琅笑了笑，「皇上如今有兩位皇子，資質都平平。如今皇上正值盛年，又是剛即位，他們來不及動爭儲的念頭，也不曾開始招攬幕僚。」

「這不正好？」蔡太傅茫然道：「宮中上下，誰不知道他們資質平平。」

「皇上還不知道。」雲琅靜了靜，慢慢道：「自己的孩子，縱然知道，也總覺得只是還未開竅罷了。」

雲琅輕攥了下拳，「除非，這個資質平平的定論是您下的。」

蔡太傅想了片刻，豁然開朗，一拳砸在掌心，「正是。」

「不在你這兒耽擱了，老夫回去就說要教皇子宗親。」蔡太傅匆匆起身，「教個幾日，就去罵他們都是一群木頭，不堪造就……叫皇上知道，這群宗親裡只蕭朔一個聰明蛋。」

雲琅輕扯了下嘴角，仍垂了視線，靜坐在桌邊。

「還有什麼可想的？」蔡太傅看著他，「你出的主意，你自己還有猶疑嗎？」

「如今朝局動盪，被扣上個平庸的帽子，暫不出頭，也未必是壞事。」雲琅搖了搖頭，笑了下，「我只是……」

雲琅不著痕跡按了下胸口，輕吸口氣，慢慢呼出來，「太傅，我很想回去痛痛快快打一仗。」

蔡太傅立在桌邊，看著他，慢慢皺緊了眉毛。

「胡亂矯情罷了。」雲琅笑笑，「府上有馬車，送您回去。」

「跟老夫一塊兒走，老夫要先去梁太醫那個醫館一趟，問問你如今的身子究竟怎麼樣。」蔡太傅虎著臉看他，「什麼都往心裡壓，也不想想你若積鬱成疾，蕭朔那小子要怎麼獨活？」

雲琅乾咳一聲，「您來時不是這麼說的，還覺得蕭朔把我打成了肉泥。」

蔡太傅惱羞成怒，舉起了手裡的戒尺。

雲琅能屈能伸，「您教訓的是。」

「你不就是被拘在這兒整日裡盤算這些，心裡不痛快，想找人打架？」蔡太傅想不通這種事有什麼難的，「拿紙筆來。」

雲琅隱約生出些不祥預感，「做什麼？」

「老夫要帶你走，等不了他回府。」蔡太傅沉聲：「給他留張字條。」

雲琅乾嚥了下，抱著桌子搖頭，「我不。」

「利索點。」蔡太傅橫眉冷目，「別磨蹭！」

雲琅就知道定然不是好話，寧死不屈，「不。」

蔡太傅為人師表，深諳有教無類的道理，春風化雨地舉起了手裡的戒尺。

雲琅屈打成招，起身拿了紙筆，一個字一個字按著蔡太傅教的寫完，然後放在了桌案最醒目的地方。

蔡太傅急著去醫館，沒叫王府管飯，把人拎上馬車，匆匆走了。

❖

蕭朔從宮中回來，已過了晌午。

宗室祭祖要過大慶殿，經過承平樓時，蕭朔暗中使了個絆子，叫大皇子蕭泓一腳踏空，摔了十來個跟頭，一不留神撞開了暗門。

蕭泓摔得鼻青臉腫，氣急敗壞，當即要申斥負責護衛的殿前司。

鬧了半日，連金吾衛也引來了。

蕭朔冷眼旁觀，靜待事情鬧大，按著雲琅的囑咐，找到金吾衛的右將軍常紀，說了幾句話，不著痕跡辦成了這件事。

宮裡尚不見反應，可也不會太久，大抵一兩日之後便會有回音。

事已至此，接下來該如何應對，還要兩人再商議妥當。

蕭朔落轎回府，一路進了書房，「小侯爺回醫館了？」

「回去了。」老主簿忙道：「您還好嗎？」

蕭朔輕點了下頭。

他昨夜睡得好，醒時又看見雲琅睡得安寧，進了宮中斡旋半日，竟也不覺得太過難熬。

蕭朔摸了摸袖子裡的玉珮，拿過茶水，喝了一口，「備車。」

「沒有車了。」老主簿訕訕，「車被蔡太傅帶走了，說大宛馬拉車，暴殄天物。」

蕭朔蹙了蹙眉，「蔡太傅來過？說什麼了？」

老主簿低著頭，不敢說話。

「不說也罷，左右是來罵我的。」蕭朔淡聲道：「可留了什麼話？」

「蔡太傅沒留……可小侯爺留了。」

老主簿替他把桌上那張紙拿起來，戰戰兢兢，「您看看嗎？」

蕭朔半分沒能照顧好雲琅，並不想見太傅，一時有些心煩，「念。」

老主簿緩聲勸，「您自己看的好……」

「府上如今念個紙條，也怕隔牆有耳了？」蕭朔一陣煩躁，「念！大聲些。」

老主簿還想勸：「您……」

蕭朔沒了耐心，沉下神色抬頭。

「小侯爺說。」老主簿飛快抄起紙條，逐字逐句，「他不過來咱們府上睡了幾覺，最珍惜的東西便沒了。」

蕭朔：「……」

「什麼東西！」蕭朔皺緊了眉，「他幾時……」

老主簿結合當時情形，覺得蔡太傅逼雲琅寫的「最珍惜的東西」，應當是統兵為將的瀟灑純粹、坦蕩胸襟。

但雲小侯爺沒寫明白，老主簿也不敢擅加注解，橫了橫心念道：「於心不甘，鬱鬱不平。」

蕭朔：「……」

「決議……同您打一架。」老主簿心事重重，「定於今夜月黑風高、夜深人靜時。」

蕭朔用力按了按眉心，深吸口氣，強壓著呼出來，「什麼地方？」

老主簿訥訥，「王爺，您——」

蕭朔平白被人懷疑「趁雲小侯爺熟睡之際，奪了雲小侯爺最珍惜的東西」，冷氣四溢抬眸。

老主簿哆哆嗦嗦閉上眼睛，「醫館……」

蕭朔沉聲：「念完！」

老主簿：「榻上。」

蕭朔在桌前，紋絲不動靜坐了一陣，霍然起身進了內室。

老主簿不敢出聲，懸心吊膽趴在門口，眼睜睜看著蕭小王爺把王妃當年親手做的、上頭繡著雲琅名字的枕頭狠狠按在榻上。

不出聲音，咬牙切齒揍了今年的第三百六十七頓。

◆

醫館榻上，雲琅躺得端端正正，虛心聽著兩位老人家的教訓。

「半夜偷跑，到了行針的時候還不回來。」梁太醫叫來小藥童，把一盆黃連倒進了藥爐裡，「再有一次，就把你綁在榻上。」

「您放心。」雲琅真摯認錯，「再不偷跑了。」

「好好的身子，竟叫你糟蹋成這樣。」蔡太傅滿腔怒火，站在榻邊瞪他，「如今竟還這般不知心疼自己！」

「知道了。」雲琅誠懇保證：「定然心疼自己。」

「這話聽你說了千百次。」梁太醫捏著銀針，一句扎一針穴位，「不臥床、不靜養、不寧神、不靜心。」

雲琅點頭，「是……」

「不像話！」蔡太傅氣得鬍子亂飛，「看看你如今的情形，比肉泥強出多少？」

梁太醫放下銀針，「話不可亂說，如何就不如肉泥了？」

「他當初何等扛揍？那時你說他九死無生，不也都好利索了！」蔡太傅仍在氣頭上，「如今這般纏綿病榻，身子弱成這樣，如何是亂說了？」

梁太醫最煩有人提當年九死無生的事，拍案而起，「說了千百次！他那時原本就是絕命的傷勢，運氣好命大罷了！你這老豎儒……」

「江湖郎中！」蔡太傅瞪眼睛，怒罵回去：「你若治不好他，老夫自去找人給他治，免得再重蹈當年之事！」

小藥童頭一回見眼前陣仗，抱著黃連罐子，愣愣立在一旁。

雲琅躺在榻上，眼睜睜看著兩人吵成一團，伸手把人往榻邊拽了拽，「來，站過來，一會兒就要扔東西了。」

小藥童有些緊張，「會扔什麼？」

「撿著什麼扔什麼。」雲琅側頭，上下打量他一圈，「放心，你長大了，你師父扔不動。」

當年在宮中，梁太醫尚是御醫，受他所累，便同蔡太傅結了舊怨。

雲琅那時被蕭朔從崖底一路背上來，一條命已去了大半，躺在榻上生死不知。老太傅急得暴跳如雷，將太醫院說他活不成的都轟走了，給有舊交的隱世名醫寫了一圈信，日日親自來看。

好在有了蕭朔從王府裡偷拿出來的保命藥，又有四方名醫、杏林聖手相助，硬是將他一條命拉了回來。

太醫院畢竟心虛，來行針用藥也都訕訕的。

雲琅躺在榻上昏昏醒醒，病懨懨的，都隱約記得梁太醫同蔡老太傅吵了不知多少次。

舊夢重現，雲琅一時有些懷念，側頭看了陣熱鬧。

他那時年紀尚小，稍有些力氣便躺不住，身上又難受，忍不住想折騰，其實很不配合。

先帝心疼得團團轉，雲琅說什麼是什麼，半點狠不下心管他，若沒有梁太醫隔日行針、一碗接一碗的藥硬逼著他灌下去，說不定便要損了根本。

若不是蔡太傅整日裡盯得緊，再難熬絕不准他亂動，斷骨痊癒時難保要長歪幾處。

兩位老人家各有各的脾氣，不打不相識，一來二去，倒也吵出了些交情。

雲琅本以為這些年過去，情形總該好些，卻不想竟還是見了面便要吵架。

「老友敘舊罷了。」雲琅扯著小藥童不受波及，悄聲安撫：「吵不出大事。」

小藥童苦著臉，看著被扔出去敘舊的精巧暖玉雕花小藥杵，心疼得直吸氣。

「怪我。」雲琅大大方方，「再給你買一個。」

「你有銀子嗎？」小藥童有些擔心，「若是亂花錢，那個不是你家的王爺知道了，會不會動手揍你？」

雲琅咳了一聲，細想了想，「不會，他還怕我揍他呢！」

小藥童看著雲琅瘦削單薄的肩背，有些不信，看了看他，把自己的小藥罐偷出來抱著，蹲在了榻邊。

雲琅無從證明，一時有些高手孤獨的落寞，輕嘆了口氣，順手摸了條薄毯拽過來，平平整整搭在了自己身上。

他如今用的藥有不少安神助眠的，動輒便容易犯睏。

打了半個時辰的瞌睡，一覺醒過來，剛好聽見兩人吵完。

梁太醫本就因為當年的事抱愧，論起口舌之爭，也遠不如飽讀詩書的當朝名士。怒氣沖沖扔下一句「豎儒不足與謀」，扯著小藥童奪門而出，去扎蔡太傅的小人了。

蔡老太傅出了滿腔惡氣，從容斂衣坐下，給自己倒了杯茶。

「梁太醫醫術精湛，當年也只是在宮中做事，沒有十分把握，不敢將話說滿而已。」

雲琅剛被起了針，撐著坐起來了些，無奈笑笑，「您也不要老是提起此事……」

「我與他的事，你個臭小子少來管。」蔡太傅喝了兩口茶，潤了潤喉嚨，又細看他臉色，「你如今覺得如何，平日裡可還難受得厲害嗎？」

「偶爾乏力，躺一躺罷了，沒那麼難熬。」雲琅笑笑，「不用您偷著給我買泥人玩兒……」

蔡太傅被他平白戳穿，虎了臉，「誰說是老夫買的？」

雲琅咳了兩聲，笑著應了是，「這等玩物喪志的東西，絕不是您買的。想來定然是我夢中祈願，天上掉下來，藏在了我枕頭底下。」

蔡太傅抬手作勢要打，看他半晌，又重重嘆了口氣，「你看看你，如今身上哪還有個容得教訓的地方。」

「右手。」雲琅實話實說，「左手就算了，剛替蕭朔挨了您一戒尺……」

蔡太傅早被他氣慣了，瞪了雲琅一眼，伸手扶著他的背，向軟枕上小心攬了攬。

雲琅又有點不爭氣，低頭抬了下嘴角，將眼底熱意按了回去。

「你小時候最是怕疼。」蔡太傅扶上他脊背，才覺雲琅背後已叫冷汗濕透了，忍不住皺了眉，「當年打戒尺，人家蕭朔悶聲不吭，你喊得坤寧殿都能聽見。」

「所以您就不敢打我了，怕我是因為開弓練劍磨得手疼，經不住戒尺。」雲琅咳了一聲，「像他那般實心眼，不就被您從小打到大？」

蔡太傅如何不知道他這些小花樣，瞪了雲琅一眼，「後來端王來告訴我，開弓練劍手上會有薄繭，打著一點不疼。」

雲琅微愕，「您知道？那您還……」

「還不是那個實心眼的小子。」蔡太傅沒好氣，「他老子剛走，他就進來求我。說你要上戰場，手疼了拿不穩馬韁，跑不快，便要被人家欺負。」

雲琅頭一回聽這個，一時好奇，「他還說了什麼？」

「老夫又不是不好商量，不打手板，罰個禁閉半日，潛心讀書，總不傷你。」蔡太傅道：「他卻又說，你在外行軍風餐露宿、奔波勞頓，身子有所虧空，難得有些歇息的時候，不該被禁閉再占去半日。」

「老夫氣得不行，只得對他解釋，老夫並非有意罰你，只是玉不琢不成器，若縱著不管，你早晚能鬧上天。」

蔡太傅越說越來氣，喝了口茶，「他卻說若你闖了禍，只管罰他，他再來勸誡管教你。」

雲琅不知此事，頓了片刻，失笑，「什麼道理……」

「正是，老夫教了這些年的書，如何有這等道理？」蔡太傅想起往事，仍覺頭疼，「當即便問他，能管你一時，莫非還能管得了你一世？」

雲琅怔了怔，低聲問道：「那他……」

蔡太傅又好氣又好笑，「他竟對我說，能。」

雲琅靠在榻前，心底一時竟不知是何滋味，跟著扯了下嘴角，沒說話。

那兩年他跟著端王打仗，去學宮的機會本就少了許多。偶爾閒下來，又要跟著練兵習武、演練戰陣，其實已不怎麼能見著蕭朔。

有幾次，蕭朔好不容易將他堵在學宮，板著臉立了半晌，又只是訓他荒怠學業、不知進取。

雲琅不喜歡挨訓，還當蕭小王爺是哪裡看他不順眼。自問惹不起總躲得起，閒暇時便多去了宮裡，不再如幼時一般，整日裡有事沒事往端王府的書房跑。

那之後……他和蕭朔再見面的次數，一雙手竟都能數出來了。

「罷了，陳年舊事，提它做什麼。」蔡太傅不再說這個，擺了下手，「你如今的情形，在宮裡可還瞞得結實？若真到不可為之日……」

「只信得過的人知道。」雲琅點了點頭，「縱然有一日瞞不住了，我也保得下蕭朔。」

「誰問蕭朔了，老夫問的是你。」蔡太傅皺眉，「你們兩個究竟怎麼回事？」

雲琅平白又被訓了一頓，乾咳一聲，「我……也有脫身之法。」

這一次雲琅在京城現身，自願就縛，是為了保住朔方軍不失。若是打定了主意要跑，十個侍司也未必捉得住他。天高皇帝遠的地方多得是，真到不可為之時，要找個沒人找得著的地方，倒也算不上什麼難事。

雲琅定定心神，「只是如今諸事未定，未進先思退，非取勝之道。」

「倒是比老夫有豪氣。」蔡太傅看著他眼底未折心氣，隱約放了心，笑著倒了杯茶，「這話說得對，老夫自罰一杯。」

「您是長輩，憂心的是我們兩個安危，惦著的是我二人性命。」雲琅笑了笑，以參湯略一作陪，「不能比。」

蔡太傅懶得同他多說酸話，眼底浸過溫然，照雲琅腦袋上一敲，「除了去教訓那幾個宮中的木頭，可還有什麼要老夫做的？」

「此時沒有。」雲琅搖了搖頭，稍一停頓，又道：「不過有件事，我一時還不曾想通，想請教太傅。」

蔡太傅有些詫異，挑了眉毛，「還有你小子想不通的事？」

「您這是教訓我。」雲琅失笑，故作正經道：「等日後諸事穩妥，我定然日日去天章閣受教，讓先生打手板。」

蔡太傅假意瞪他，半晌自己先繃不住了，搖頭失笑，「你這張嘴……罷了，要問什麼？」

「朝局關係、公室宗親，實在錯綜複雜，我並不熟悉。」雲琅道：「我看得出，皇上是有意施恩於蕭朔，要扶持他，卻想不通皇上是要靠扶持他來對付誰？」

「環王叔、衛王叔自不必提了。蕭錯這個景王當得自在逍遙，雖然聰明，可也半分無意於朝政。我前日叫御史臺將百官疏送來一份看過，朝臣幾乎鐵板一塊，各家軍侯勳貴，也沒有勢力大到值得皇上忌憚的。」雲琅沉吟著，輕撚了下袖口，「我一時還想不通，是什麼人叫皇上如此忌憚，不惜冒險扶持蕭朔。」

「此事倒並非怪你想不通。」蔡太傅道：「你二人年幼，不知道罷了。」

雲琅微怔，抬了頭，「太傅知道？」

「隱約知道些，不很拿得準。」蔡太傅點了下頭，「老夫當年很不喜歡這些，故而雖然聽見過些風言風語，知道的卻並不詳盡……你方才說朝中鐵板一塊，是誰告訴你的？」

「御史中丞信裡所說。」雲琅有些遲疑，「中丞秉性方正，想來……」

「何止是秉性方正，那就是個榆木疙瘩。」蔡太傅聽他提起，便止不住皺眉，「他倒沒什麼異心，迂得發憨罷了。」

雲琅想起御史臺獄中那半月，險些沒壓住嘴角，咳了一聲，「是。」

「你若問他，朝中自然是鐵板一塊。」蔡太傅喝了口茶，不以為然，「御史臺這幾年都被打壓排擠，不論彈劾哪個，不是被申斥就是擱置不理。在他看來，朝堂當然是塊鐵板，是個官他就撞不過，只能去撞柱子。」

雲琅沒繃住，一連咳了數聲，盡力壓了壓，「依您所說，如今朝堂……其實並非盡在皇上掌握之中。也有不同勢力，只是御史臺一樣都惹不起罷了？」

「正是。」蔡太傅道：「就不說別家，三司若是叫皇上牢牢把持著，偌大個禁宮，就真能讓人這般堂而皇之修一條行刺的暗道出來？」

雲琅心頭跟著一動，抬了頭，若有所悟。

「你二人不缺心思謀略，對朝政不熟而已。」蔡太傅點到即止，看看時辰，起身道：「老夫既然打算重新教一教宗室子弟，琰王便也在其列。有事沒事，讓蕭朔去我那兒幾趟。」

「是。」雲琅回神，見老人家要走，忙撐身下榻，「您——」

「躺著！」蔡太傅橫眉立目，「別讓老夫親自動手。」

雲琅無奈，只得坐回榻上，「是。」

蔡太傅最氣他不知自惜，瞪著雲琅，「若非如今情形緊要，還不如把你轟回去，讓琰王建個屋子，把你藏進去算了。」

「……」雲琅聽過這個典故，清清喉嚨，「這也是蕭小王爺和您說的嗎？」

「是。」蔡太傅被這兩個小子煩得不行，「你剛跑了那一年，他來找老夫，喝醉後說的。」

雲琅一時有些想不通，「他來找您……是怎麼喝醉的？」

「他說他想爛醉一場，想了三個月，一個能安心醉死的地方都沒找著。」

蔡太傅好好在家做學問，大半夜被學生帶著一車酒堵了院子，也憋屈得很，「老夫說了不喝、說了不喝！他還非要讓，第二日可真是頭疼。」

雲琅一時哭笑不得，竟不知心底是酸是疼，靜靜坐在榻上，垂了視線，輕揉了下衣角。

「躺下歇著吧，老夫回宮裡，再去替你們打探別的事。」蔡太傅不准雲琅再送，走到門口，又回頭道：「下次見你，定要給老夫活蹦亂跳地上房頂，知道嗎？」

雲琅牽了下嘴角，「是。」

老太傅向來俐落，不再耽擱，拂了衣袖，匆匆出了門。

雲琅坐正了抬手作禮，目送著老人家走遠，敲了兩下窗子，叫刀疤套車送太傅回去。他又倚在榻邊，歇了一陣，慢慢撐著靠回枕上。

小藥童探頭探腦了半日，進來送了碗藥，踮著腳悄悄關了門。

藥香苦澀，雲琅闔著眼半躺在榻上，端過來一口氣灌下去，咳了幾聲。

這些年，他其實不曾想過幾次……蕭朔在京城是怎麼過的。

是不是吃得好？是不是睡得著？

書房沒人鬧騰了，是不是就能清心明目，好好念書，夜裡睡個囫圇覺？

是不是還生他的氣？

萬一哪日運氣好，在孟婆湯的攤子邊上見了面，是不是還要劈頭蓋臉訓他？

不能想。

原本身上就夠難受了，一想起來，心裡也跟著翻絞折騰，半步再走下去的力氣都沒有。

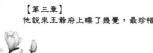

雲琅把藥碗擱在一旁，慢慢調息。腦海裡一時是少年的蕭朔跪在太傅面前，求太傅允准，替他受罰。一時是兩人分道揚鑣後，蕭朔拉著一車的酒在老太傅的院子裡，醉得不省人事。

胸口又有些蟄痛翻扯起來，雲琅無論如何都躺不踏實，輾轉幾次，撐坐起來，「小兄弟？」

門應聲開了條縫，小藥童抱著膝蓋坐在門口，一板一眼探進來個腦袋，「何事？」

「勞你幫我買些東西。」雲琅摸出一錠銀子，朝他笑了笑，「先給你自己買個小藥杵，剩下的去醉仙樓，五年往上的花雕，幫我買幾罈回來。」

「這麼多銀子？」小藥童皺了眉，「能買好多酒，我抱不動。」

雲琅幫他出主意，「說是你師父用來釀藥酒的，今晚前就要，他們家自然會給送了。」

小藥童仍有些猶豫，「可……」

「兩個藥杵。」雲琅道：「另一個是我送你的，你自己挑，挑最好看的。」

「當真？」小藥童終歸挨不住意動，「有很多種，我最想要那個刻了字的，看著很有學問。」

雲琅笑了笑，「當真，你買回來，我也想看看。」

小藥童站在榻邊，半晌終於下定決心，接過銀子，「不是你喝罷？師父說了，你此時喝著藥，不宜飲酒。」

「不是。」雲琅保證，「我連桃花釀都不喝。」

小藥童放了心，點點頭，將銀子揣進懷裡，一溜煙跑出了門。

京中酒樓少說也有百十來家，新酒陳酒各有妙處，論最好的終歸還是醉仙樓。

醉仙樓富有盛名，屹立多年依然不倒。

掌櫃的財大氣粗，聽聞是城西醫館的梁太醫要用來釀藥酒的，當即叫人套了車，拿稻草細細墊著，將十來罈酒沒磕沒碰地好生送到了醫館。

雲琅拿小藥杵賄賂了小藥童，再三同梁太醫保證過絕不沾一滴，把酒盡數搬到了自己的床底下。小藥童盡心盡力，幫他搬得整齊。只是十來個比腦袋還大一圈的罈子，再怎麼藏，依舊實在太過惹眼。

夜半時分，蕭小王爺應邀赴約，都被眼前的情形引得莫名蹙眉，「你要煉蠱？」

「……一時大意。」雲琅坐在榻上，扼腕嘆息，「沒想到銀子這麼值錢。」

雲小侯爺自幼不曾親自親手花過銀子，看什麼好就拿了，身後自有人付帳。後來浪跡天涯，經手的都成了銅板，最大的一粒碎銀子，也只有瓜子仁那麼大。

縱不論這個，醉仙樓的酒也是有價的，一錠銀子從來沒道理買來這麼多。

雲琅已想了一下午，無論如何想不通，「我買酒的時候，如何便沒有這般物美價廉？」

「京城酒樓都是這個規矩。」蕭朔看著榻邊整整齊齊的一排酒罈子，一時竟有些無處落腳，「一樣的酒，賣給富人勳貴，便用上好的罈子裝了，紅泥蠟封，精緻好看得很。」

雲琅細想半晌，愕然拍案，「確實如此，莫非這些也是要錢的？」

「……」蕭朔站了半晌，只得走過去，親手挪開了幾罈，「不止要錢，比酒還更貴些。」

雲琅從不知店家竟能黑心至此，一時有些受挫，匪夷所思按著胸口。

「不說這個。」蕭朔蹙眉，「你買這麼多酒，又要折騰什麼？」

「一會兒再說，先說正事。」

雲琅看了看蕭小王爺，心道自然是折騰你，信心滿滿按下念頭。

「你今日入宮，情形如何？快同我說說。」

「找了你的那個金吾衛右將軍，已將此事傳到了御前。」蕭朔被他扯了幾次，坐在榻邊，「我來找你前，宮裡派人出來傳話，讓我明日入宮，皇上有話要同我說。」

情形同兩人所料不差，雲琅點了點頭，稍一沉吟又道：「他向來多疑，若是施恩一次，你便受著了，反而又要生疑。」

「我知道。」蕭朔有些心煩，壓了壓脾氣，「虛與委蛇罷了。」

「伺機給工部尚書帶句話，無論誰要見你我，近幾日都要按捺得住，先不要再多有往來。」雲琅想了想，「朝中局勢變化，皇上不可能不細查朝臣，若是貪圖冒進，反而容易露出端倪。」

「此事我知道，已吩咐過了。」蕭朔看著雲琅身上單薄衣物，伸手闔了窗子，拿了個暖爐給他，「你同太傅說了些什麼？」

雲琅接過暖爐，笑了下。

「沒什麼，我只是託太傅重新出山，教導宗室子弟……替你造造勢。」

老人家一路罵進了王府，雲琅倒是不意外蕭朔會知道此事，稍頓了片刻，才又繼續說下去：「聊了聊往事，說了幾句閒話。」

蕭朔不很相信，坐在榻邊，不置可否看著他。

「真的。」雲琅接著說道：「老人家還說，你我對朝中所知不多，叫你有時間便多去請教請教他……」

蕭朔沉了神色，低聲道：「不去。」

「為什麼？」雲琅愣了愣，「你和太傅吵架了？」

蕭朔垂了眸，一動不動靜默半晌，又道：「我性情頑劣，不堪造就，太傅看了我便避之不及，何必上門招他心煩。」

雲琅看了蕭小王爺半晌，還是覺得老太傅見了他便避之不及，是怕再被堵在院子裡，不由分說灌一頓酒。

聽太傅所言，兩人應當並沒什麼真正過節。

雲琅略一思忖，碰碰蕭朔，準備說幾句軟話：「太傅今日還提起你，你……」

「我當年同他承諾的，並沒能做到。」蕭朔道：「原本也無顏見他。」

雲琅想起太傅說過的話，看著蕭朔平淡神色，心底跟著無聲揪了下，低聲嘟囔：「哪兒沒做到啊？這不是好好的……」

「太傅最不放心的便是你。」蕭朔不意外蔡太傅已和他說了這個，側回身，將燈撥得亮了些，「我說過要管你，卻將你管成這個樣子，他定然極生我的氣。」

雲琅知他素來易鑽牛角尖，耐心開解：「太傅是讓你管著我，叫我不上房揭瓦。」

「不然呢？」蕭朔蹙眉，「你看我管住了嗎？」

雲琅一腔關愛生生錯付，咳了咳，訕訕的：「哦。」

「你何曾少折騰過一日？」蕭朔是來找他算帳的，被攪和一通，幾乎忘了來意，「還留的什麼紙條？都寫了些什麼？什麼不過睡了幾覺……」

蕭朔越想越惱，沉聲斥道：「我何曾奪了你最要緊的東西！」

蕭小王爺沒受過這個委屈，咬緊牙關，怒意難當，「不過就是趁你歇下，拿了你的玉珮罷了，也值得你這般……」

「不是我要寫的！」雲琅簡直撞天屈，「老太傅舉著戒尺……那麼寬一把戒尺！紫檀木的！」

雲琅左手心現在還腫著，「他盯著我，說一個字我寫一個字，寫錯了都不行！」

蕭朔蹙緊了眉，將信將疑抬眸。

「真的，不信你去問太傅！我瘋了才沒事寫這個。」雲琅正要發誓，忽然回過神，往他腰間看了一眼，伸手去搆，「我今日沒找著那玉珮，是叫你拿走了？」

蕭朔倏而冷了神色，將玉珮按住，「你的東西，我不能拿？」

「本就不是我的啊！」雲琅莫名，「是我從你腰上拿的，你忘了？」

當年兩人第一次見面，就因為一塊雙魚玉珮弄得不歡而散，還弄壞了小雲琅的玉麒麟。

雲琅後來便長了記性，凡是蕭朔隨身的東西，除非是自己送的，否則無論再如何胡鬧，也一律規規矩矩半點不碰。

也就是這些年兩人始終沒見，那些規矩都淡了不少。雲琅仗著自己有傷，才開始得寸進尺，蹬著鼻子上蕭小王爺的臉。

蕭朔前幾日戴了塊成色極好的玉珮，極溫潤的羊脂白玉，鏤刻成了精美的流雲形狀，被蟠螭紋細細密密環鎖著，墜了深竹月的絡子，漂亮得很。

雲琅在蕭小王爺的臉上，一時得意忘形，順手扯過來，就戴在了自己身上。

後來去了醫館，也沒來得及再還回去。

「確實是好東西，我還怕又給弄丟了。」雲小侯爺自幼錦衣玉食，玉珮從來都是戴著玩兒的，倒也不拘非要哪一個，「沒丟就好，你戴著也好看，還你——」

雲琅看他神色不對，伸手晃了下，「小王爺？」

蕭朔看著他，面沉似水，「玉珮雖曾在我腰上，卻是你親手拿走的。」

「……」雲琅有些摸不清頭腦，「我拿了，然後呢？」

「你既拿了。」蕭朔眸色晦暗，牢牢盯著他，「憑什麼不是你的？」

雲琅：「……」

大抵……這便是天生的氣勢。

皇子龍孫，天家血脈。

蕭小王爺說這種冤大頭的話，都能說得霸氣四溢，鏗鏘有力。

雲琅由衷敬佩地坐了一陣，壓了壓念頭，又細看了一眼蕭朔。

小王爺坐在燈前，臉色又有些不對，眼看著竟像是又要發脾氣。

雲琅一陣後悔，心說果然玉珮這東西一塊兒也碰不得，乾嚥了下，握著他的手摸了摸。

蕭朔向來抵不住他這個，手臂顫了下，繃緊了，沒挪得開。

「有什麼不一樣啊？」雲琅握著他的手，緩和了語氣輕聲問：「就按你說的，它……曾經短暫地、不著痕跡地，屬於了我一下。」

蕭朔胸口起伏幾次，聲音冷得像冰：「兩天。」

「屬於了我兩天。」雲琅改口：「現在讓你拿走了，不就又是你的了嗎？」

蕭朔定定看著雲琅的茫然神色，凝坐半晌，側開頭。

他握著那塊冰冷的玉珮，眼底漫開些血色。

白日在宮裡的安心，徹底冷透了，只剩下嘲諷的餘燼。

他就只是想要一塊雲琅的玉珮，隨身戴著。

竟都不行。

雲琅不要他的玉珮。

曾經的那一塊，他當時不肯給，雲琅現在便什麼都不要了。

蕭朔靜靜垂著視線，眼底血色翻湧，閉上眼睛。

他想給雲琅的。

想著等雲少將軍威風凜凜打完那一仗，一回京，馬上就給雲琅的。

他特意求了母妃，尋來了京城最好的玉匠，將那塊雙魚玉珮重新改過，一點點在魚身上鏤了極精細的勾雲紋路。

雲捲著玉，雕得極漂亮，雲琅定然會喜歡。

他那時還想著，當初雲琅大概不曾仔細看過雙魚玉珮，他便厚著臉皮騙雲琅，說是上面本來就有勾雲紋，註定該是雲小侯爺的。

雲琅早不想要了。

哪一塊都不要了。

蕭朔闔著眼睛，將胸口翻湧的激烈情緒死死按回去，一絲一縷，盡數收斂乾淨。

蕭朔不看雲琅，睜開眼睛起身，平靜道：「你說的是。」

「該說的已說完了，若有什麼事，叫人知會我就行了。」蕭朔拿過披風，他的手有些抖，拿了幾次才攥穩，低聲道：「我回去了。」

「蕭朔。」雲琅看著他起身，皺了皺眉，「你別這樣……可是我說錯了什麼話？」

「你不曾說錯。」蕭朔背對著他，啞聲喃喃：「是我不給你，是我先不肯給你的……」

蕭朔自嘲一般，低低笑了一聲，「我竟還恬不知恥，反倒同你來要。」

雲琅放不下心，下了榻追過去，「你先別走。」

「地上涼，你去榻上歇著。」蕭朔仍垂著頭，伸手扶他，「府上有事，我……」

雲琅橫了橫心，將人猛地往回一扯，順勢藉力拔地而起，凌空掉在了他身上。

蕭朔：「……」

「小王爺。」雲琅拿祖傳的流雲身法幹這個，今天的臉已經丟盡了，訥訥：「你最好接一下，我要掉地上了。」

蕭朔被砸得有些懵，站了半晌，抬手將人托住。

「你現在……衡量一下。」雲琅深吸口氣，「要麼回榻上，咱們倆把話說明白，要麼你就這麼走出去。」

雲琅細想了下，眼前一黑。

「我怕不怕，姑且不論。」蕭朔實在忍不住，低聲道：「你不怕嗎？外面都是你的親兵。」

雲琅拽著他的衣服，穩了穩身形，「只要你不怕丟人……」

「你若還有話未說完，我便不走。」蕭朔走回來，將他輕輕放在榻上，拍了下背，「鬆手。」

雲琅還在盤算對策，猝不及防，被他這般曲臂溫溫一攬，從耳根飛快熱進衣領，「哦。」

雲琅收了手，盤坐在榻上，為防萬一，仍扯著蕭朔衣袖，「說罷，那塊玉珮究竟怎麼了？可是還有什麼我不知道的事？」

「沒怎麼。」蕭朔平靜道：「原是我去年要送你的，你又沒回來，我只好自己戴著。」

雲琅微愣，低頭細看了看，撈起來，「照這麼說……這本該是我的？」

「你既不要，便不要了。」蕭朔道：「我只是……」

「蕭朔。」雲琅及時道：「你若不想再讓我誤會下去，就把話說完。」

蕭朔原本已不想再說，被他訓了一句，靜了片刻，「我只是想有一樣你的東西。」

雲琅看著他，胸口不覺跟著輕悸，張了下嘴，沒說出話。

「你走後，我將府裡翻了幾次，反覆叫人對帳盤點。」蕭朔道：「才發覺，你來了我書房那麼多次，竟從來只往外拿，不往裡送。」

蕭朔幾乎有些想不通，「你拿得太過理直氣壯，心安理得，我竟也一時大意，不曾發覺。」

雲琅：「……」

「你的弓和佩劍，被大理寺當證物封存了，要不出來。」蕭朔看著他，「你的槍在鎮遠侯府，他們不准我進去，怕我一把火把那個府燒了。」

「你還沒燒嗎？」雲琅乾咳，「荒敗成那個樣子，我以為你都燒了三輪了。」

「你在宮裡住的地方，被侍衛司搜了幾輪，只剩了些你抄的兵法殘篇。」蕭朔並不理會他，慢慢說著，神色沉了沉，咬牙道：「太傅全搶去了……竟一張也未曾給我。」

雲琅想了半天兩人哪兒來的過節，萬萬沒想到這一層，心服口服，「……哦。」

雲琅看他半晌，拉著人拽了拽，輕聲：「那你方才難受的……」

蕭朔斂了眼底沉色，淡聲道：「就只是這個。」

雲琅探了下腦袋，「只是這個？」

「不錯。」蕭朔將玉珮從他手裡扯回來，「話說清了，你放我走罷。」

雲琅皺緊了眉，打量他半晌，仍拽著他衣袖，「不放。」

蕭朔已盡力同他耐心，竟仍走不脫，煩躁一時湧上來，「放手，你……」

「你這衣服。」雲琅咬了咬牙，豁出去了，厚著臉皮道：「是我的，脫了再走。」

蕭朔：「……」

「你說的。」雲琅吭哧吭哧憋了半天，「我既拿過，便是我的。」

蕭朔的確親口說過這句話，一時竟反駁不出，匪夷所思看著榻上欲壑難填的雲少將軍。

「你這玉珮我也拿過，拿了好幾次了，我的。」雲琅搜羅一圈，「你這披風，我穿過好幾回，我的。」

「……」蕭朔咬牙道：「雲琅，你不要得寸進尺。」

「你這胳膊，我拽過。」雲琅胡言亂語，「你這腿，我摸過。」

雲琅頂著張大紅臉，視線飄了飄，「你這屁股……」

蕭朔盯著他，寒聲：「雲、琅！」

雲琅熟透了，熱騰騰坐在榻上，低聲道：「你……」

蕭朔厲聲：「幹什麼！」

雲琅悶著聲嘟囔了一句。

「說話！」蕭朔平白被他從頭調戲到屁股，氣得發抖，幾乎想去和老太傅借戒尺，「我倒要看看，還有什麼是你的。」

雲琅訥訥：「你啊。」

蕭朔怒意已沖到頭頂，正要發作，被他一句話砸得晃了晃，立在榻邊。

雲琅乾嚥了下，屏息抬頭。

不及反應，蕭小王爺已俯身將他狠狠按在榻上，半分不留情面，照著屁股重重打了三下。

將人翻過來一把抄起，扛在肩上，徑直出了醫館。

【第四章】

王爺可是要同小侯爺做些不可叫人知道的事？

雲琅一時沒能忍住，嘴快了些，占了一句蕭小王爺的口頭便宜，再要後悔已全然來不及。

蕭朔力氣比少時大得多，雲琅一時不察，屁股上已火辣辣地疼了好幾下。

兩人自小一塊兒長大，蕭朔真同他動手的次數屈指可數。雲琅挨了揍，愣然在榻上，尚未回神，竟叫蕭朔一把扛了起來。

「幹什麼——」雲琅轟一聲紅了臉，咬牙切齒，「放我下來！」

蕭朔一聲也不吭，將他扛在肩上，拿披風草草裹了，逕自穿過杏林向外走。

雲琅走投無路，死死扒著醫館大門的門框，「蕭朔！」

「喊。」蕭朔面無表情道：「喊得再大聲些。」

門外就是親兵，雲少將軍丟不起這個人，僵了下，將聲音死命壓下來：「你這又是……哪兒學來的？」

「簡直胡鬧！」雲琅早懷疑他去過青樓，如今見了這般蠻橫強搶的架式，更無端一肚子火氣，壓低了嗓子：「長本事了啊蕭小王爺？如此熟練，這些年搶了幾家姑娘？你……」

「不曾搶過。」蕭朔格外平淡，「今日第一次。」

雲琅愣了下，靜了片刻，別過頭低聲道：「那也不行……像什麼樣子。」

「士可殺，不可辱。」雲少將軍鐵骨錚錚，埋著頭悶聲：「你要揍，就在這醫館裡動手，不准出去。」

「你整日都惦記些什麼？」蕭朔蹙眉，「我不會對你動手。」

「這可怪了，我竟覺得屁股疼。」雲琅又好氣又好笑，「敢問可是蕭小王爺拿腳打的嗎？」

「那是替太傅管教你！」蕭朔冷聲駁了一句，咬著牙，盡力緩了緩語氣：「長些教訓，免得你日後再胡亂說話。」

雲琅被他扛著，懸空使不上力，充耳不聞，苦大仇深地往下掙。

「你現在自可衡量。」蕭朔垂了眸，慢慢道：「要麼老老實實不動，我趁夜色將你扛到車上。要麼我便這麼直走出去。」

風水輪流轉，雲琅趴在他肩上，硬生生氣樂了，「小王爺飽讀詩書文采飛揚，連強搶個人，都只會套用我說的來威脅不成？」

蕭朔舉一反三，「我又不曾強搶過人，哪裡知道該如何威脅？」

雲琅被他堵得無話可說，一時氣結。

「夜色濃深，門口便是馬車，他們看不清。」蕭朔低聲：「別鬧，帶你回去。」

雲琅心說去你個玉珮穗穗的別鬧，正要氣勢洶洶咬蕭小王爺一口，猝不及防，叫後一句戳得胸口輕滯，竟沒能立時說得出話。

蕭朔也不再多說，拿披風將人嚴嚴實實裹緊了，一路扛上了馬車。

琰王府。

年尾將至，各府難免有所走動，老主簿正帶著人拾掇門庭。

「白日弄太喧鬧，趁晚上多幹些。」府內事太多，老主簿處處操心，邊收拾邊囑咐：「小侯爺在醫館，王爺這些日子，夜裡大抵也不會回來。」

「小侯爺要治傷，不回來也就算了。」玄鐵衛不解，「王爺為何竟也不回來？」

「問這個幹什麼！」老主簿橫眉立目，「這個月不想要銀子了？」

玄鐵衛愣愣的，不清楚問一句同本月的月例銀子有什麼關係，遲疑著閉嚴了嘴。

「王爺這些日子，大抵比以往不同。」老主簿嚴格教訓：「若是不想招事，便少看少說話。不論進哪個門，都要先敲三下，等裡頭應聲了再進去。」

玄鐵衛：「……是。」

「這幾日府上應當有隻野兔子。」老主簿又想起來件事，「帶人找一找，看是不是鑽去了哪個偏殿，別把東西咬壞了。」

「京城又非遠郊荒野。」玄鐵衛茫然，「哪來的野兔子？」

「管它做什麼？王爺說有就有。」老主簿怕這些玄鐵衛太憨，四下掃了一眼，壓低聲音：「不要問。王爺想幹什麼便幹什麼，想去哪兒便去哪兒，想……」

老主簿話未說完，眼睜睜看著送王爺出去的大宛馬不用人趕，自己拉著車，慢悠悠回了府。

「王爺沒帶著護衛，把雲小侯爺從醫館帶回來了。」玄鐵衛眼力出眾，隱約瞥見一眼車內情形，「也不能問嗎？」

「……」老主簿扶著門框，橫了橫心，「不能。」

「今夜……你等什麼都沒見著，也不知道王爺回府。」老主簿道：「不用伺候。」

玄鐵衛也知近來府上情形，一陣緊張，「王爺可是要同小侯爺做些不可叫人知道的事？」

老主簿心說何止不可叫人知道，只怕還不可叫人聽見。

壓了壓念頭，「府上總比醫館可靠些……都下去吧。離書房遠些，明日再收拾。」

玄鐵衛齊齊點頭，噤聲去了。

老主簿親自闔了王府大門，嚴嚴實實上了門閂。又去囑咐了一遍府內下人只在外頭候著，絕不可去書房打攪，也悄悄回了屋子。

書房裡，被王爺帶回來的雲小侯爺躺在榻上，裹著王爺的披風，面紅耳赤但求一死。

蕭朔坐在榻前，寸步不離地牢牢盯著他，眼底神色仍變幻不明。

「你還盯著我幹什麼？」雲琅被他扛了一路，顛得幾乎散架，無可奈何，「我連鞋都沒穿，難道還能光著腳從你府上一路跑回醫館去？」

「你若要跑。」蕭朔慢慢開口，聽不出語氣：「縱然什麼都沒穿，也是能跑的。」

雲小侯爺好歹要臉，耳後熱了熱，乾咳，「那……恐怕不能。」

幸而這些年負責抓捕他的，無論府兵還是侍衛司，都只知道對他鐵銬重鐐，最喪心病狂的也不過是吊著手腕拴在房梁上。

但凡有一個像蕭小王爺這般敢想敢做，什麼都不給他穿，雲琅說不定當即就聽天由命了。

蕭朔若有所思，看了雲琅一眼，起身將窗子闔緊了，拿過摞書嚴嚴實實抵在了窗沿。

「小王爺好手段。」雲琅看著他堵窗戶，心服口服，「你怎麼不再在窗戶外頭放個捕兔子的獸夾，一有人踩就自己闔上呢？」

「你沒穿鞋。」蕭朔蹙眉，「若是傷了，如何讓梁太醫給你治？怎麼說傷情？」

雲琅沒想到他考慮得這般長遠，張了張嘴，一時甚至被說服了。

蕭朔並非不曾想過這個辦法，他一路將雲琅扛回來，被這人幾乎嶙峋的骨頭硌得心煩。

「你若實在想要，等養好了，換回你那光明鎧牛皮靴，我自給你放一排獸夾就是了。」

「我想要這個幹什麼？」雲琅訥聲道：「先別折騰了，過來坐……你是要把屋子裡的書都壘在窗戶前頭嗎？」

雲琅撐著坐起來。

看著蕭朔已摞了整整兩排的書，實在忍不住，抬手用力拽住了蕭小王爺的衣襬。

蕭朔被強行扯著立住，看著雲琅與自己衣襬糾結的手指，沒動彈。

他立在榻前，並不去看雲琅。側臉被燈燭映著，看不清神色。

「怎麼了？」雲琅向來看不得蕭小王爺這個架式，皺了皺眉，「想什麼呢？不能同我說？」

「也沒什麼。」蕭朔平靜道：「只是不曾想到，將你搶回來，竟是這般容易。」

雲琅默念著不能動手，拽著他坐下，忍著沒一拳砸在蕭小王爺臉上，「是我太配合了，不夠刺激，不夠叫小王爺過癮？」

雲琅摩拳擦掌，「我當時是不是就該咬你一口？還是你再走一步，就立刻咬舌頭抹脖子，寧可玉碎，不能瓦全？」

蕭朔被雲琅拉著坐下，他方才心神激切，此時眼底仍隱隱帶著血絲，看了看自己的雙手，低聲：「我本以為……」

雲琅探過來，「以為什麼？」

「本以為。」蕭朔道：「會如你說的這般。」

雲琅看著他，心情有些複雜，「那你還敢硬搶我走？膽子不小啊蕭小王爺，我若是當時便咬了舌頭……」

「自然是想好了應對之策。」蕭朔靜靜抬眸，視線落在他身上，「你若自戕……倒不妨一試，看看咬著的會是什麼。」

雲琅怔坐著，被他清冷視線在嘴唇處一掃，沒來由一陣心慌，匆忙搖頭，「不了。」

「你平日裡……究竟都想些什麼，怎麼連這個應對之策都想過？還想了多少種如何折騰我的辦法？」雲琅忍了半晌，到底忍不住，「擇日不如撞日，左右今日的臉也丟盡了，你都用了罷。」

蕭朔眸色隱約晦暗，立了半晌，看他一眼，「今日不行。」

雲琅想不通，「怎麼，還要擇良辰吉日？」

「你都在我府上了，何日不是良辰。」

蕭朔淡淡道：「你如今身子未好，一碰就散，禁不住折騰。」

雲琅才叫他前半句引得怔神，冷不防聽見後頭半句，跟著打了個激靈，乾咳一聲，「哦。」

蕭朔今夜簡直莫名其妙，兩人氣氛從在醫館時便不對勁。

雲琅不很舒服，皺了下眉，自己摸了個軟枕墊著，悶悶不樂扯過條薄衾。

「我既搶你回來，便知你會不高興。」蕭朔起身，去替他倒了盞茶，「你若實在生氣，罵我兩句，打我兩拳也無妨。」

雲琅抱著薄衾，不高興地坐了一會兒，將他扯過來，一口咬在了肩膀上。

蕭朔肩背微繃了下，斂了眸，抬手護在雲琅背後。

雲琅皺了皺眉，「幹什麼？」

「你不肯同我動手，是因為你知道，如今你的拳風根本綿軟全無力道，不想叫我難受。」蕭朔道：「讓你罵我，你又擔心我如今性情偏執，易鑽牛角尖，怕哪句話說不好，戳了我的心。」

雲琅一時被他戳穿念頭，臉上熱了熱，鬆了口忿忿坐回去，「胡扯，我分明是嫌打不過癮、罵不痛快。」

「雲琅。」蕭朔仍扶著雲琅背脊，低聲道：「方才我將你帶回來，一直在想一件事。」

他身量要比雲琅稍高，這樣不收回手，便像是將人整個攬進了懷裡。

雲琅不很習慣這個姿勢，聽著蕭朔微促的心跳，沒立刻挪開，「什麼事？」

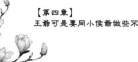

「搶你回來，竟然這般容易。」蕭朔垂了眸，「我這些年……一直都在幹什麼？」

雲琅忽然響起老太傅的話，胸口跟著輕滯，抬起頭。

「不知何時起，你在學宮裡總躲著我。」蕭朔空著的手垂在身側，慢慢攥緊了，「那時我不明所以，既惶恐，又不知是何緣故，不知要怎麼辦？」

雲琅這才弄明白，「所以你就惶恐地來訓我了嗎？」

「我並非訓你，只是想勸誡你一二，叫你多去幾次學宮。」蕭朔低聲解釋了一句，靜了一陣，又道：「可你……反倒去得越來越少了。」

「扯淡。」雲琅磨牙，「你那也叫勸誡？將我堵在牆角，拽著我的衣服領子……」

「我堵了你三日，好不容易見你一面。」蕭朔蹙了蹙眉，「不拽著你，你上房怎麼辦？」

雲琅張了張嘴，一時竟想不出反駁的話，氣得給蕭小王爺的袖子打了個結。

「我想了數日，不知哪裡惹惱了你，叫你看我厭煩。」蕭朔道：「還是你覺得我無用，不能陪你出征，不能在戰場上，與你並肩殺敵。」

「你都胡亂想些什麼？」雲琅一陣頭疼，按著額角，「我那時候還想呢，蕭小王爺犯的什麼毛病，好端端的，怎麼忽然就看我不順眼了？」

「我思來想去，又想到參軍也是文人，一樣能隨軍的。」蕭朔像是不曾聽見他的話，繼續慢慢說下去：「我既學了醫術，想來也能跟著去。只是我若跟著你，又無半點武藝傍身，豈不叫你無端受旁人指點議論。」

雲琅聽得愣然，「想得這般周全嗎？」

「此等事，如何能不想得周全。」蕭朔道：「我練了大半年的袖箭，終於有了準頭，很高興，想等你回來便給你看。」

接下來的事兩人都清楚，雲琅扯著蕭朔手臂，低聲打斷：「射得很準，我見識過了。」

「那之後……一樁事接著一樁事，你我身不由己。」蕭朔忽然停了話頭，抬眸，「我說這些，不是為了教你難過。」

「我沒難過啊。」雲琅愣了下，「我──」

蕭朔抬起手，微暖指腹在他眼尾輕輕一按，拭去了一片水汽。

雲琅胸口跟著翻天覆地絞著一疼，悶哼一聲，急喘了口氣，怔怔地抬頭。

「我不知道。」蕭朔看著他，「對不起。」

雲琅胸口疼得幾乎說不出話，一時又不知自己究竟哪兒難受，張了幾次嘴，低頭勉強扯了扯嘴角，「對不起什麼。」

「我不知道……原來這麼容易。」蕭朔聲音愈輕：「你其實很想回王府。」

「這兒才是你的家。鎮遠侯府與你無關，宮裡先帝先后再溫和慈愛，也終歸隔了一層。你想回王府，我那時分明已扯著你的衣領了……」蕭朔看著他，「明明只要將你扛在肩上，硬帶出學宮，你就會跟著我回來。」

「不情不願、不高不興的。」蕭朔垂著視線，嗓子有些啞：「躺在榻上，支使我幹這幹那，看見我什麼東西好就摸走。給我搗亂，扯著我出去玩，讓我訓一頓，再磨磨蹭蹭起來陪我念書。」

雲琅有些聽不下去，咬緊下唇，倉促閉了眼睛。

「你不常回來王府了，是因為那時父王要謀朝奪嫡，不能與你牽涉過多，怕將來出事會將你牽扯進來。所以不准你整日地往王府跑、不准你再與府中眾人交從過密。」

「你不知是怎麼回事，只知道父王不讓你常來了，又因為父王吩咐，不能明著同我說。偏偏我又訓你，你以為我見了你生氣，故而連我的書房……也只能避著了。」

蕭朔低聲：「跟著伺候你的人說，有時候夜深了，你在外面晃到沒處可逛，會去醉仙樓要個雅間，叫上一屋子的絲竹歌舞，自斟自飲一宿。」

「我那時……竟還以為你是荒怠學業，不思進取，學了那些紈絝子弟的荒唐習氣。」蕭朔閉了眼睛，「你分明是想回來的，可父王不准你說，我竟然就真蠢到半點也看不出。」

雲琅張了張嘴，自己都從不曾察覺留意的疼，忽然死命攪起來。

「我後來明白過來這些，反覆想過，那究竟該是種什麼滋味？」蕭朔嗓子啞透了：「你寧可打仗、寧可去北疆的帳子裡爬冰臥雪。汴梁夜色繁華，到處都是人，哪兒都能盤旋流連，又哪兒都不是你的家……」

「別說了。」雲琅死死咬著牙，「小王爺，我不曾這般揭你的短。」

「天大地大，無處可去。」蕭朔的手也有些抖，看著他，眼底漸漸紅了，「連我這裡，竟也不再是你的歸處。」

雲琅腦子裡嗡的一聲，血氣在喉間翻湧幾次，生生嚥下去。

他撐著榻沿，努力想將骨子裡的寒冷顫慄壓下去，又喘不上氣，眼前一陣陣地發黑。雲少將軍不肯丟人，最煩這等沒出息的矯情樣子，咬緊了牙關想要將胸口瘀滯驅散，卻被格外有力的溫熱臂膀牢牢困住。

雲琅被困在蕭小王爺胸口，疼得走投無路，一口死死咬住了他的肩膀。

「用力。」蕭朔攬著人不放，任他下死力氣咬著肩頭皮肉，「咬下來也是你的。」

雲琅伏在他肩頭緩了半晌，盡力搜刮著周身氣力，攢了幾次，終於鬆開口，狠狠抹了把臉。

蕭朔扶住他，輕握了雲琅仍悸顫的冰冷手腕，「罰得輕了。」

雲琅冷得厲害，被他掌心烙得縮了下，垂眸半晌，笑了一聲，「我又不是野兔子。」

「我知這等過錯，叫你咬碎了也出不盡氣。」蕭朔叫他靠在身上，拿了溫水沁過的帕子，細細替雲琅將臉上淚痕拭淨了，「既然我已是你的了，你幾時想咬，張嘴便是。」

雲琅當時不過貪圖嘴上便宜，一時嘴快罷了，看他竟說得全然鄭重，不由失笑。

「你如何……」雲琅靜了一陣，莫名沒能將後頭的話說出來。

他此時已乏得厲害，打不起精神同蕭朔拌嘴，莫名被蕭小王爺伺候得很舒服，側了側臉，「這邊，再擦一下。」

蕭朔拿著帕子，看著心安理得蹬鼻子上臉的雲琅。

雲琅舒舒服服靠著他，半闔了眼，扯著袖子蓋在自己身上。

蕭朔看他半晌，伸出手，將人向懷裡攬了攬。

雲琅心力尚不濟，也不逞強，任由他折騰，在蕭朔肩頭衣物裡胡亂蹭了兩下。

蕭朔呼吸微頓，攬著他靠穩當，「還要什麼？」

雲琅還覺得有些冷，埋在蕭小王爺暖烘烘的衣領裡，嘟嘟囔囔的，「想喝花雕。」

「你如今不能喝。」蕭朔靜了片刻，定定心道：「我叫人同梁太醫說了，那些酒送他入藥，釀成補身子的藥酒。有哪種你能喝的，賞你兩口。」

「怎麼就送他了？」雲琅微愕，睜開眼睛，「那是給你喝的！」

蕭朔將帕子投進溫水裡，擰乾了，沿著雲小侯爺的側臉慢慢拭過，「那十來罈？」

雲琅買的時候也沒料到有這麼多，乾咳一聲，硬著頭皮，「對啊！」

蕭朔好端端的，實在弄不清雲琅為何平白要灌死自己，「此時朝中正是要緊時候，我進退尚需思慮，喝酒幹什麼？」

雲琅今日已矯情過一次了，不大好意思，悶聲含混道：「還不是老太傅，說你當初想醉一場，找不著人……」

「我不過是找不著你，去同太傅喝了頓酒。」蕭朔蹙了眉，「也值得你這般處心積慮報復，要我一口氣把十幾罈酒灌下去？」

雲琅已是渾身長嘴說不清，憋了半晌，兀自洩氣，「罷了罷了，便宜梁太醫了！總歸也是從你府上拿的銀子。」

蕭朔：「……」

雲琅現在本就身無分文，賴在蕭小王爺懷裡，理直氣壯，「記著帳，來日還你便是！」

「記什麼帳。」蕭朔悠悠道：「雲小侯爺拿了的東西，便是雲小侯爺的。」

蕭朔細看了看雲琅面色，見他已徹底緩過來了方才那一陣心悸，才將按著雲琅腕脈的手不著痕跡挪開，「況且，你當年藉先帝之手倒騰給我那些賞賜，原本也還沒花銷完。」

雲琅愕然，「你怎麼連這個都知道？先帝同我說好了的，不告訴你。」

「先帝的確不曾告訴我。」蕭朔看著他，「只是你大概從沒發覺，這琰王府裡，有一半的殿瓦梁柱、配額用度，其實都是一品軍侯的規制。」

雲琅的確從沒發覺，身心複雜，按了按胸口。

妄議先帝，實屬不妥。

雲琅深吸口氣，慢慢呼出來，咬牙切齒，「回頭咱們倆先別急著埋你那塊新墳，回帝陵，去找先帝他老人家聊聊天。」

蕭朔依著他說的情形想了想，將不合情理處按下，點了點頭，「好。」

「既還沒花完，你再給我支些銀子。」雲琅沒好氣，「我要用。」

蕭朔並不問他要做什麼，點點頭，「好。」

「我餓了，想吃東西。」雲琅四下看了一圈，蓄意找茬，「這般寡淡，怎麼連點香味兒都沒有？點支香，摳摳搜搜的，這東西又不能帶下去點。」

蕭朔將幾個軟枕細細摞好，扶著雲琅靠上去，取了枝折梅香回來插上，「吃什麼？」

「肉鹹豉、爆肉、雙下角子、蓮花肉油餅。」雲琅磨著牙，「群仙炙太平畢羅、假圓魚、假沙魚、柰花索粉……」

雲琅：「……」

蕭朔開門，叫了外面遠遠侯著的下人，「煮一碗筍蕨餛飩，嫩菊苗泡清口茶，小侯爺餓了。」

「你縱然把御宴菜單背一遍，先帝也不會回來收拾你。」蕭朔闔上門，「一會兒便要睡下，不宜吃難克化的東西。」

「誰要睡下了。」雲琅不情不願的，「我還能聊一兩銀子的天。」

蕭朔看他一陣，唇角輕抬了下，過去坐了，「你聊。」

雲琅不料他竟這般配合，愣了半晌，洩氣道：「算了……不想聊這個。」

蕭朔微怔，「什麼？」

「朝堂之事。」雲琅悶聲道：「就今晚，不想聊這個。」

「那便不聊，我自會謀劃。」蕭朔道：「你放心，我過幾日便去拜會蔡老太傅。」

雲琅擺弄著他的袖口，撐著眼皮，胡亂點了下頭。

下人的動作很快，熱騰騰的小餛飩轉眼便被送了上來。蕭朔叫人退下，舀起個餛飩，輕吹了兩下，「張嘴。」

「不用。」雲琅不自在，「我自己吃……你不餓嗎？」

蕭朔並不勉強他，搖了下頭，將調羹遞過去，「我晚間用過飯，你吃就是。」

雲琅是真有些餓了，接過來自己慢慢吃了兩個。

抬頭看看蕭朔，又拿過茶水，磨磨蹭蹭喝了一口。

蕭朔看了他半晌，終於忍不住，「有話就說，你我如今還要這般遮掩吞吐，有什麼意思？」

「不是。」雲琅咳了一聲，忙搖了搖頭，「不好意思。」

蕭朔上次剛被雲少將軍不好意思地點了霓裳羽衣舞，他知雲琅此時心裡終歸難受，不願計較，耐著性子，「說就是了！若是出格的，我未必依你。」

「倒不很出格。」雲琅耳朵熱了熱，垂著視線，拿勺子來回撥餛飩，「你今晚……能不能也來裡間睡啊？」

蕭朔眸光一凜，倏而凝在雲琅身上。

「裡頭那張暖榻那麼大，我試過了，地方夠。」雲琅乾咳，「就跟小時候一樣，抵足而眠就行……」他只是被蕭朔提起舊事，心裡實在難受。若自己一個人去裡間睡，又要忍不住去王妃靈前跪著，說不定還要不爭氣地哭一鼻子。

雲琅自小不喜歡一個人，屋子裡空些都難捱得發慌。他拽著蕭朔習慣了，此時倒也知道不很妥當，面紅耳赤的，「不行就算了。」

「雲琅。」蕭朔凝注他半晌，闔了下眼，低聲：「我有時寧肯希望……你是什麼都懂，有意試探捉弄我。」

雲琅皺了下眉，「好好的，我捉弄你幹什麼？你……」

蕭朔胸口起伏幾次，側過頭，「可你我從小一塊兒長大，你一轉眼睛，我偏偏連你要上哪個房頂都知道。」

蕭朔掀開榻上兩層綿褥，拿出底下藏著的《示憲兒》，扔在他面前，「雲少將軍，敢問拖著別人一塊兒睡，是哪家的教子之道？」

雲琅被抓了包，難以置信抬頭，「你怎麼知道我藏在這兒了？」

「你可知我為何不叫你躺外頭的暖榻？」蕭朔咬著牙，「你這本書有兩寸厚……兩寸！」

蕭小王爺照顧著摯友心情，想不著痕跡拿出來再放回去，又怕不能徹底同原樣一般，叫見微知著的雲少將軍察覺。

蕭朔忍了幾日，都假作不察，硌得整宿睡不好，越想越氣，忍不住埋怨：「你怎麼不把你自己塞褥子底下？」

雲琅張了張嘴，一時心虛。

「你這些年背負的太多，又受父王母妃囑託，待我之心早已成了習慣。故而一時扳不過來……我不怪你。」蕭朔把書扔在一旁，扯平褥子，「可你若有時間，便好好想想，來日你我合葬，碑上究竟要怎麼寫？」

雲琅只是想找個人陪自己睡覺，不及反應，便被劈頭蓋臉訓了一通。他本就神思疲倦，心神一時也跟不上，舀著筍蕨小餛飩愣愣聽著，看著蕭小王爺咬牙切齒一肚子火氣，下意識將勺子裡的餛飩遞過去。

蕭朔已懶得同他生氣，拿過來咯吱咯吱嚼著吃了，擱下碗筷，起身去內室拿出了樣東西。

「怎麼把這個拿出來了？」雲琅記得清楚，一掃便認出來了，「這不是你那不能碰的寶貝雙魚玉珮……不對，我記得當時沒有勾雲紋啊？」

雲琅把手背在背後，自覺地一下不碰，探了腦袋仔細打量，「什麼時候又重雕過了？」

「沒有。」蕭朔一陣來氣，沉聲道：「原本就有勾雲紋，你記差了。」

「不可能，我當時還搶過來看了。」雲琅搖搖頭，「你忘了？你那時說這東西不能輕易給人，叫我還回來。」

「沒有。」蕭朔咬牙，「我那時說的是，上面有勾雲紋，同你的雲字相稱，本就該是你的。」

「……」雲琅看著睜眼說瞎話的蕭小王爺，一時竟不知該說什麼好，「哦。」

雲琅想不通，「那……是我當時非不要，塞還給你，兩相爭執之下，還不小心摔了。」

蕭朔蹙眉，「摔了什麼？」

雲琅從不曾告訴他自己那玉麒麟摔過，把話收回去，「摔了一個屁股墩嗎？」

蕭朔攥著玉珮，掌心已將涼潤玉質握得微溫，肩膀板了板，橫了心沉聲：「是。」

雲琅點了點頭，心說那我可真是太有病了。

「這樣……」

「總歸。」蕭朔不看雲琅，側過頭一口氣道：「如今再給你一次，你若……若戴了這玉珮，便能與我同榻了。你若實在不願意要，拿去扔了砸了，隨手送人，如何處置隨你。」

蕭朔語氣生硬：「怎麼，雲少將軍不敢要，怕這玉珮有什麼蹊蹺？」

雲琅連蕭小王爺都敢要，自然不懼一塊玉珮，順手接過來，端端正正戴在了腰間。

蕭朔垂在身側的手虛攥了下，視線落在他身上，不動了。

「和小王爺同榻抵足而眠。」雲琅低著頭，仔細理好流蘇，「還有別的流程嗎？」

蕭朔深深看他一眼，「……沒有。」

「那就快點兒。」雲琅已睜不開眼睛，拿過清口茶漱了漱口，自暴自棄，熟能生巧地盤在了蕭小王爺的身上，「睏死了。」

蕭朔靜了半晌，抬手將他抱實，護進懷裡。

他抱著雲琅，竟無論如何再放不開手，將人結結實實護著，草草吹了燈，將香爐移進內室。

雲琅靜了不知多久，到蕭朔幾乎以為他已睡著了，才終於又出聲：「小王爺。」

蕭朔低頭，「怎麼了？」

雲琅埋頭扎在他肩上，抿了下嘴角，「你想讓我懂什麼，就教我。」

蕭朔腳步頓了頓，立了一陣，低聲道：「你懂不懂……都很好。」

「不好。」雲琅手臂慢慢收緊，低聲：「當初端王叔要奪嫡，試探過我幾次，見我不懂，他就不准我總回府裡了。」

雲琅不服氣，偷著跳了幾次圍牆，竟都被那些幕僚客客氣氣送了出來。

再後來，連出入王府的腰牌也被拿回去了。

蕭朔胸口狠狠疼了下，將他放在室內暖榻上，自己也坐了，收緊手臂將人護實。

「你們要我懂什麼，告訴我，我去學。」雲琅平時寧死說不出這話，今日不知怎麼，再忍不住了，「別再趕我走了。」

「醉仙樓那個雅間，窗戶對著王府。」雲琅笑了笑，「我夜裡喝酒，看著王府的燈亮了又熄，知道是你讀好書睡下了，心裡難過得很。」

「我不曾睡下。」蕭朔手臂顫了顫，低聲：「你幾時來，我幾時迎你。」

「我剛回京時，知道是你的生辰，很想來看看你，可又覺得你大抵不會想見我。」

雲琅低了頭，碰了碰那塊雙魚玉珮，扯了下嘴角，「我在御史臺獄，想著你只要能沒病沒災、不生我的氣……該多好。」

他攥著蕭朔的衣帶，擺弄了一陣，同自己的打了個結，「可後來當真見了你好好的，又不知足，想讓你有話就同我說，別老冷嘲熱諷地說那些刺人的話。」

「你有話便好好同我說了，我又不知足，覺得你能朝我笑笑就好了。」雲琅：「等你笑了，我又貪得無厭，想多跟你待一待，想扯著你跟小時候一樣睡覺。」

蕭朔安靜聽著，慢慢撫著雲琅的背，「你若知道我心中妄念，便知你這遠算不上貪得無厭。」

「你能有什麼妄念？無非同生共死罷了，我應你。」雲琅灑脫道：「還有什麼？我都應了。」

蕭朔叫雲琅靠在身上，替他脫了外袍，攬著輕緩躺下，「什麼都應？」

蕭小王爺的動作格外穩妥輕柔，室內安穩，折梅香氣氤開月色，將人溫柔地往黑甜鄉裡浸。

雲琅被睡意擁著，帶了些鼻音，含混應了一聲。

蕭朔摸摸他的額頂，不再擾他，坐在榻邊，靜看著雲琅在月色裡安穩睡熟。

燭火輕躍，劈啪打了個燈花。

蕭朔護著雲琅，靜望了一陣，俯身將人攏住，在眉心落了個極輕的吻。

蕭小王爺身上暖暖和和，雲琅被他攏著，身心安穩，做了個夢。

夢裡，他竟又來了醉仙樓。

醉仙樓的清淨雅間，琴曲悠揚絲竹柔美，燈火朦朧著隔在紗簾後。

翠屏金屈曲，醉入花叢宿。

原本是合該一醉的美景良辰。

本朝律例，朝中官員凡成年有官職爵位，一律不准夜宿酒樓。雲麾將軍還差幾年及冠，難得例外，不受朝規約束，已在醉仙樓逍遙了整整三日。

雲少將軍倚在窗邊，眼前擺著花雕酒，手裡慢慢剝著熱氣騰騰的栗子。

「只聽曲子，到底太冷清了，是酒樓照應不周。」酒樓老闆恭敬得很，親自來賠罪，「小侯爺可要換間雅室？另一頭熱鬧些……」

雲琅已半睏不睏，打了個呵欠，「不必。」

「小侯爺有所不知，此處在西北角，位置不好，賞不著半點夜景月色。」酒樓老闆有些遲疑，委婉勸道：「平日裡沒人來的。」

雲琅拋了個栗子在嘴裡，「月色礙眼，我倒覺得這景致很好。」

酒樓老闆看著黑漆漆的窗外，實在看不出半分能賞的景致，「可……」

「怎麼？」雲琅蹙了下眉，撐坐起來，「連這裡也不能讓人睡一覺，也要轟我走？」

「自然能睡！」酒樓老闆是生意人，被雲麾將軍掃了一眼，已嚇出了一身冷汗，「您只管待，夜夜在此都無妨，豈敢轟您走呢？」

雲琅心裡煩悶，側過頭，又往窗外看了一眼。

酒樓老板擦了把冷汗，悄悄叫了人來，把冷透了的菜餚撤下去，換上了幾碟精緻的糕點夜宵。

雲小侯爺以往難得一來，酒樓老闆親自來請人移駕，自然不是為了趕客。

京城這些酒樓，醉仙樓的地段最好。每每天才擦黑，出入的人就開始絡繹不絕。夜越深，客人越盈門，把酒憑欄，賞月摘星，通宵都有人熱鬧。

唯獨這一間靜室，因為位置太差，從來無人問津。一直閒置著，竟連個風雅名字也不曾取。

酒樓老闆生怕照應不周，惹來雲少將軍動怒。本想將人請到那些美人歌舞齊全的雅間，好生伺候，卻不想反倒觸了霉頭。

見雲琅儼然沒什麼好興致，酒樓老闆不敢再打攪，輕手輕腳退到門口。正要出門，卻忽然被人匆匆攔住。

酒樓老闆剛要斥責，聽那人低聲說了幾句，神色微變。

來人還有些慌張，也堪堪停在門口，抬頭看了看雲琅，欲言又止。

雲琅被動靜招得心煩，扔了酒杯，「怎麼了？」

「端王府的世子……蕭小王爺來了，說要見您。」酒樓老闆噓了下，有些忐忑，輕聲詢問：「您要見嗎？」

「他來幹什麼，學宮裡訓不夠，還追到酒樓來訓我？」雲琅皺了皺眉，「不見。」

「只怕不見……也不行了。」酒樓老闆訥訥：「世子已一間一間找過來了。」

蕭朔是堂堂皇孫，又是當今禁軍統領端王爺的兒子，酒樓老闆哪位也招惹不起，苦著臉守在門口，「我們攔不住，世子說我們不告訴他，他便自己問，一定要將您帶走。」

雲琅目光一亮，反倒來了興致，「他要把我帶去哪兒？」

「這個著實不知道。」酒樓老闆忙搖頭，「您既不願見他，可要我們將人唬走？」

「唬走幹什麼？去個人，告訴他我就在這兒。」雲琅抬頭望了一眼，「這雅間叫什麼？聽荷軒？問月閣？」

這間雅室就不曾啟用過，酒樓老闆也不知道叫什麼，乾噓了下，心虛道：「少侯爺難得喜歡，不如您起一個，我們……」

話音未落，身後已傳來些嘈雜動靜。

酒樓老闆回頭看過去，不及反應，蕭朔已叫人候在外面，自己進了雅間。

雲琅眼睛發著亮，嘴角壓不住地往上挑，偏偏還努力繃著個臉，坐直了道：「你來幹什麼，不是說向來看不上這聲色犬馬的地方嗎？」

「自然是來尋你。」蕭朔面沉似水，看著他，「你這幾日究竟在折騰什麼？」

「我折騰……」雲琅被他氣得一樂，揚了下手，一個栗子砸過去，「是我要折騰嗎？你自回府去，問問端王叔那幾個幕僚。」

蕭朔蹙緊了眉，「他們怎麼了？」

雲琅話說到一半，停了半晌，洩了氣靠回去，「沒事，我看他們來氣。」

蕭朔見他打定了注意不肯說，只將此事牢牢記下了，過去一把將人扯起來，厲聲道：「不說就算了，走。」

「去哪兒？」雲琅一時不察，被他扯了個趔趄，「幹什麼？」

蕭朔沉聲：「跟我走，莫非你就喜歡這種地方？」

雲琅站穩了，很不樂意，「我又不看小姑娘跳舞，無非喝幾杯酒，聽聽曲子，你氣的什麼。」

蕭朔早聽人說酒樓裡歌舞昇平一片靡靡之音，一路走來所見也淨是這般，半信半疑盯著他。

「確實如此。」酒樓老闆忙出言幫腔：「小侯爺在這兒待了三日了，只喝酒吃點心，並未點過別的。」

蕭朔聽了，眉頭反而擰得愈緊，「他在此處三日，就只喝酒吃點心？」

酒樓老闆低頭，「是是……」

「整日吃這些亂七八糟的東西，連正經飯菜也不吃。」蕭朔臉色已難看得很，寒聲道：「你們便由著他這般胡鬧？」

酒樓老闆開了幾十年酒樓，看慣了形形色色胡攪蠻纏、酒後失態的客人，頭一次知道不好好吃飯已算是胡鬧，愣愣道：「是……」

「這種地方，如何待得！」蕭朔拉著雲琅，「跟我回府。」

「我不。」雲琅悶聲道：「跟你回去，端王叔定然也不讓我進門。」

蕭朔從不知府內有這等事，蹙眉看了一眼雲琅，並沒放在心上，「你又闖了什麼禍，惹了父親生氣？」

雲琅自己也不知道，想起此事便一陣心煩，又被端王告誡過了不准說，悶悶不樂坐回窗邊。

「你既然不去府上，總該回宮裡。」蕭朔耐著性子，過去低聲道：「你如今已是雲麾將軍，朝中這幾日還在議，等你功勳再多些，便要加封你一品軍侯。你此時更該注意行止，免得平白遭人閒話議論，如何還能這般荒廢放縱……」

「蕭朔。」雲琅終於忍不住，「你如今見了我，就只會訓我嗎？」

蕭朔被他看了一眼，心底倏地沉了下，一時沒能說出話。

雲琅笑了笑，扔了手裡的一把栗子，抬手推開窗子。

夢到這兒，雲琅就有些不願意再夢下去了，蹙蹙眉翻了個身。

他那時賭氣從窗戶翻了出去，蕭朔輕功遠不及他，倉促從酒樓追出去，卻也沒能找得著人。

雲琅坐在酒樓房頂上，看著蕭小王爺帶著人找了一圈又一圈，把順手抄出來的一杯冷酒喝淨了，就這麼在房頂上睡了一宿。

少年時總覺得時日長得很，偏要好強賭氣，從來不知道有話好好地說。

雲琅輕呼口氣，準備同夢裡的自己商量商量，換個好點的夢做。

還不及挑好，腰帶忽然被人拽住了，狠狠向後一扯。

夢裡，蹬在窗子上的雲少將軍沒反應過來，被蕭朔扯著狠拽回來，愣愣地摔在榻上。蕭小王爺不知從哪練出來的身手，解了自己的衣帶，將他雙手俐落反捆在背後，死死打了個結。

雲琅不知為何，竟隱約覺得這段有些熟，「蕭朔，你敢——」

「我有何不敢？」蕭朔沉著臉色，「你敢來酒樓，這便是教訓。」

「我來酒樓吃栗子！」雲琅委屈死了，「我在這裡又沒聽歌又沒看舞，一個小姑娘都沒找！我惹著誰了！」

蕭朔低聲道：「惹著我了。」

雲琅還以為蕭朔會說他惹著了不容褻瀆的聖賢先哲，一時沒回神，怔了下。

「你寧可來酒樓，也不去找我。」蕭朔按著他，「我心裡煩悶得很，幾日都沒睡。」

「終於忍不住了，來酒樓找你。」蕭朔將繩結又繫了一圈，「你竟不跟我回去。」

少時的蕭小王爺絕沒這麼坦白。

雲琅已覺出來不對，不大放心，乾嚥了下，顫聲問道：「你……要幹什麼？」

蕭朔神色陰鷙，將他翻過來，在屁股上狠狠揍了三巴掌

雲琅：「……」

蕭朔絲毫不理會他，將人硬扛到肩上，拿不知從哪變出的鴉色披風牢牢裹了，出了酒樓。

雲琅趴在蕭小王爺肩膀上，捫心自問，自省己身。

覺得自己實在有些不知好歹。

蕭小王爺扛著他氣勢洶洶往回走，他一路走一路顛，頭暈眼花的，竟還有點高興。

是蕭朔把他強搶回去的，王叔總不能訓他了。

雲琅壓不住嘴角，怕蕭朔扛不動，走一段便要鬆手，索性手腳並用牢牢扒著他，「小王爺。」

蕭朔肩背繃了下，低聲：「幹什麼？」

「我有個玉麒麟，你還記不記得？」雲琅趴在他背上，「給你吧，你戴著玩兒。」

「尾巴上鑲了金子那個？」蕭朔蹙眉，「不要，皇后說那東西是你的命。」

「對啊。」雲琅嘟嘟囔囔的，「給你了。」

蕭朔腳步微頓，扯著他的手緊了緊，沒說出話。

「我平日裡又沒個老實氣，說不準什麼時候，就給丟在哪兒找不著了。」雲琅耳根紅了紅，小聲道：「給你吧，你素來比我穩重，幫我看著。」

蕭朔靜了良久，低聲：「好。」

雲琅心滿意足，又忍不住好奇，「對了……你為什麼不願我看小姑娘跳舞啊？」

「亂人神思，惑人心志。」蕭朔冷然道：「有什麼好看的？」

「可別人都有得看啊。」雲琅想不通看個跳舞又怎麼了，有些惋惜，小聲嘀咕：「不然……你穿上小姑娘衣服，給我跳……」

「雲琅！」蕭朔忍無可忍，「你怎麼整日惦記著這個？」

雲琅想不起自己還什麼時候惦記過，趴在他肩上，愣了下。

「你……把身子養好。」蕭朔咬緊牙關，「養到能活蹦亂跳，長命百歲的時候，你要我穿什麼、跳什麼都行。」

「我身子幾時不好了？」雲琅當即便要給他活蹦亂跳一個，「你看！」

他一動彈，才覺周身竟酸疼乏力得厲害，胸口也隱約蟄痛。正錯愕時，穴位上忽然針扎般狠狠一刺。

雲琅不及防備，疼得呻吟一聲，大汗淋漓睜開眼。

榻前竟已有不少人，梁太醫舉著銀針，細看了看他面色，鬆了口氣，「……不要緊了。」

蕭朔跪在榻邊，一手墊在雲琅的背後，空出的右手死死攥著他的手腕，眼底尚有幾分未退的狠厲猙獰。

「你以後再要同他互訴衷腸，開解心結，先同老夫知會一聲。」梁太醫收好銀針，「如今他身上的生機淨是無根浮萍，滿腔心事未了，拖著吊著，反倒能叫他這一口氣鬆不下來。」

「我以為……」蕭朔嗓子啞得厲害，慢慢鬆開了雲琅的手，低聲道：「是我想得不夠周全，忽略了這一層。」

「其實不行針也不要緊。」梁太醫慢悠悠道：「你今早看他叫不醒，只不過是這些年太累，心底壓的事又太多。如今陡然放鬆，一覺睡透罷了。」

梁太醫直起身，看了一眼雲琅，「沒心沒肺的，你叫他睡個三五日，餓急了就知道醒了。」

蕭朔：「……」

雲琅隱約聽明白了怎麼回事，躺在榻上，想不明白，「既然沒事，那您特意來扎我一趟，是為了醫者仁心嗎？」

「是為了你們王爺。」梁太醫神色不明地看著他，「我不過是叫你們王爺同你說說話，牽住你的心神，叫你不至徹底昏睡。你聽聽你這都說了些什麼。」

雲琅一時不察，以為不過是個夢，半點沒想到人間竟然險惡至此，失魂落魄一腦袋撞在了床頭。蕭朔抬手墊住，將雲琅輕輕放在床上，抽出手對梁太醫沉聲道：「勞煩您了。」

「他若好全了，你當真會穿那些個衣服？」梁太醫一把年紀了，實在忍不住，「以這小子的秉性，說不定還要叫人一模一樣畫下來，日日鑑賞的。」

「這是我二人的事。」蕭朔心煩意亂，蹙緊了眉，將雲琅嚴嚴實實擋住，「若是他看一眼……便當真能立時活蹦亂跳。我……」

老主簿隱約覺得小侯爺為了看這個，也許是真的能豁出去，立刻下床活蹦亂跳的，及時出聲打斷：「王爺！」

蕭朔打了個顫，從偏執念頭中醒神，咬緊了牙關，回頭狠狠瞪了雲琅一眼。

老主簿鬆了口氣，驅散了無關人等。

客客氣氣將太醫請出了門，又親自在門外將門牢牢關嚴了。

蕭朔臉色仍難看得嚇人，站了一陣，慢慢坐下來。

雲琅躺在榻上，冤得六月飛雪，「我哪知道不是夢，還有這麼多人聽著！」

「此事再說。」蕭朔壓了壓火氣，將外袍理好，「你下次若再睡得不舒服，先叫醒我。」

雲琅這一覺睡得舒服得很，就半點沒覺出來不對勁。他張了張嘴，看著蕭朔眼底仍未散去的餘悸，心底也跟著縮了下，終歸沒說出來。

雲琅別過頭，委委屈屈的，「哦。」

按照梁太醫說的，他昨晚大抵正是睡得太過安心了。

多年的心結一朝解開，有家可回，有處可歸，一口氣鬆得徹徹底底。

若是不叫他，囫圇睡個三五日的，也總能醒了。

只是蕭小王爺一覺醒來，見他躺在身邊，竟叫不醒，只怕是結結實實嚇飛了三魂七魄。

「當真沒事，太醫不也說了。」雲琅其實睡得極好，這會兒已有了不少力氣，自己坐起來，「我又不是紙糊的，你也不要什麼時候都這般擔心。」

蕭朔看著他自己折騰，垂在身側的手動了下，抬起來想幫忙。

「不用。」雲琅信心滿滿，自己拿了軟枕，抱著被子屈膝舒舒服服靠了，開心道：「你看，這般逍遙。」

蕭朔抬眸，看著雲小侯爺得意洋洋的面色，到底沒能凝起氣勢，只得虛瞪他一眼作罷。

雲琅沒忍住，先笑出來，逍逍遙遙找茬，「上茶，如何這等沒眼色？」

「忍著。」蕭朔淡聲道：「醒來便忙活你，哪有心思煮茶。」

雲琅不服氣，在屋裡四下看了一圈，竟真連茶盞也沒能看著一個。

只要他不在，蕭小王爺的臥房向來都極齊整，今日亂得像是蝗蟲過境，竟隱隱有了幾分當年雲少將軍來過的風姿。

雲少將軍有些懷念，「不騙你，上次睡這麼好的一覺，大抵都已是七八年前了。」

蕭朔仔細看他半晌，眼底神色漸漸鬆了，握住雲琅的手，替他理了理背後軟枕。

「下回若沒有急事，你就先不必叫我，讓我睡過癮。」雲琅打了個哈欠，「對了……幾時了？你今日不是該去宮裡，怎麼還在這裡磨蹭？」

「你就這樣躺著，叫也叫不醒。」蕭朔臉上沒什麼表情，冷冷道：「我去宮裡，怕忍不住一劍捅了皇上。」

雲琅拱手，「你下次再有這等念頭，請務必叫上我。」

蕭朔只是一時激憤，閃念罷了，聞言莫名，「叫你幹什麼？」

「自然是劫你。」雲琅想得很周全，「以咱們那位皇上怕死的程度，你去刺駕，定然是成不了的。到時候金吾衛圍著你，我單槍匹馬殺出來，扛了你就跑。」

蕭朔原本還想斥他胡言亂語，聽了一陣，忍不住道：「跑去什麼地方？」

「跑就完了。」雲琅灑脫道：「跑到哪裡算哪裡，跑不動了讓人家一箭直接串個串，掉到地上滾兩滾沾點土，就算埋骨同歸。」

蕭朔抬了下嘴角，「這般暢快。」

雲琅萬萬想不到蕭小王爺好這一口，生生剎住，扯著袖子將人拽回來，趕緊說：「我就這麼一說，你別信這個。」

「我也只這麼一聽罷了。」蕭朔看他一眼，平靜道：「宮裡來催過一次，我說府上有事，藉故推了。回頭怎麼解釋，你可有主意？」

「解釋什麼？」雲琅想不通，「就說早上太冷，在榻上起不來，不想入宮啊！」

蕭朔坐了片刻，抬頭看他。

「怎麼了？」雲琅有些茫然，「我以前逃宮裡的那些個早朝，都是這麼說的。」

「我知道。」蕭朔壓著脾氣，「為此，御史臺還彈劾過你。」

「御史臺監察百官，誰都彈劾。」雲琅記得當年那個老古板的御史大夫，「不用管，先帝半夜吃了兩個蛤蜊，他們還要說太勞民傷財呢。」

「……」蕭朔咬了咬牙，「我那時不信，想你定不會如此懈怠，同監察御史大吵了一架。」

雲琅始料未及，乾咳一聲。

「還立下賭約。」蕭朔切齒，「第二日的早朝，若你按時到，御史臺便同你賠禮認錯。若是又來晚了，我便替御史牽馬墜蹬。」

雲琅就沒好好上過幾次朝，縮了下肩，訥訥問：「誰贏了？」

「誰也沒贏，你爭氣得很，來得既不早也不晚。」蕭朔瞪著他，憤憤道：「第二日早朝，你根本就沒來。」

雲琅：「……」

這種事實在太多，蕭朔根本同他計較不過來。接過老主簿親自敲門送進來的茶水，倒了一盞，塞進他手裡。

「總之……你現在學會了。」雲琅同老主簿道了謝，接過茶水，抿了兩口，「不過就是沒及時去宮裡，有什麼可解釋的。」

「先帝是被我唬了，總覺得少年人長身體要睡足，才不曾管我。如今這位皇上處心積慮要將你養廢，你不知勤勉，早上起不來床，豈不正合他的意。」

雲琅才發覺兩人的衣帶竟都還不曾解開，撈過來，順手解著繫扣，「你照常入宮，只說早上睡懶了，賠個罪便是了。」

蕭朔低頭掃了一眼，將衣帶按住，「解這個幹什麼？」

「換衣服啊！」雲琅向旁邊看了一眼，「主簿還在呢，我總不方便直接脫。」

老主簿眼疾腿快，當即拋下手中托盤，消失在了門外。

雲琅想不通，看著牢牢關上的門，「為什麼？」

蕭朔抬眸，掃了雲琅一眼，將兩人纏在一塊兒的衣帶一併抽出來。

他早起已換了衣物，倒沒什麼，雲琅眼睜睜失去了自己的衣帶，一瞬門戶大開，倉促抬手按住，「幹什麼！」

「你方才說，主簿還在，故而不方便脫。」

蕭朔攥著衣帶，對著空蕩蕩的內室，慢慢道：「現在——」

「也不方便。」雲琅惱羞成怒，「你背過去。」

蕭朔倒並不同他爭這個，背過身，坐在榻邊。

雲琅身手矯捷，飛快摸了自己的衣物，囫圇套上，「對了……還有件事。」

蕭朔仍背對著他，「什麼事？」

「當今三司使是什麼人，有些什麼關係，你清楚多少？」雲琅理好衣襟，扳著肩膀將人轉回來，「我可認得嗎？」

「潘晃。」蕭朔道：「佑和二十年進士，你應當不至一眼都不曾見過，只是不曾在意罷了。」

雲琅的確沒什麼印象，皺了皺眉，「哪家的人？」

「在明面上，他並沒什麼背景。」蕭朔道：「原本是分管鹽鐵的，這些年一步一步升上來，佑和二十九年任職三司使，執掌三司。」

「三司總管全國財政，下轄鹽鐵度支，是整個朝廷的錢袋子。這樣要緊的職位，誰都要眼紅。」雲琅沉吟，分析道：「我聽太傅的意思，這個三司使未必各方不靠……你再查查，看能不能查出什麼。」

「好。」蕭朔道：「佑和二十年，主持進士試和殿試的主考是集賢殿大學士楊顯佑。他已致仕多年，我找個時機，去問問他那些門生。」

雲琅愣愣聽著，止不住的油然生敬，「這些亂七八糟的，你都背下來了？」

蕭朔平了平氣，不與他一般見識，「朝中勢力盤根錯節，門生故舊還只是最不隱晦繁雜的一層。除此之外，誰是誰的姻親、誰是誰的同鄉，哪個與哪個府邸挨得近，出入時難免交集。」

雲琅訥訥的，「哦。」

「你既沒睡過癮，再睡一覺便是了。」蕭朔起身道：「楊顯佑還做過末相，他的門生如今大都在下面做官，尚在京中的不多。我進宮見了皇上，便設法去問，你不必操心這個了。」

「蕭朔。」雲琅還操心別的，從朝堂瑣事的繁雜震撼裡回過神，伸手扯住他，「你發覺了那藏刺客的暗道，告訴了皇上，皇上定然覺得放心欣慰。」

雲琅看了看蕭小王爺的神色，「若是他……勉勵你，你怎麼辦？」

「忍著聽。」蕭朔面無表情道：「不頂撞，也不說不該說的。」

雲琅放了些心，「若是他要給你賞賜呢？」

「受，拿回來給你。」蕭朔道：「砸了聽響。」

雲琅平白多了個體力活，想了想，倒也沒什麼不行，「若是他提起當年往事，試探於你，你怎麼回話？」

「信他說的那些鬼話罷了。」蕭朔知道雲琅是好心，忍著煩躁，逐一答話：「是他昔日替父王鳴冤復仇，又保住我家爵位。我心中感懷此恩。」

「換個說法。」雲琅橫了橫心，「不這麼說。」

蕭朔蹙了眉，「那要怎麼說？」

「你……先顯得有話要說，卻又欲言又止。」自蔡老太傅走後，雲琅就在盤算此事，已大致有了主意，「皇上定然心中生疑，追問你是怎麼回事。此事是他心中的一根刺，任誰碰了都要疼上一疼，你既有所隱瞞，不明明白白說出來，他是不會放你走的。」

蕭朔知道雲琅定然不只這一層盤算，抬了視線，凝神聽著他說。

雲琅扯他，神神祕祕的，「附耳過來。」

蕭朔看他一眼，坐回榻邊，「你在府上，也擔心隔牆有耳？」

「不擔心。」雲少將軍坦蕩蕩，「說悄悄話，顯得我出的計謀格外厲害。」

蕭朔：「……」

「真的。」雲琅一直惦記著這般高深一次，「若不是怕露餡，我就給你寫個錦囊，叫你在皇上問話的時候偷偷打開了。」

蕭朔一言難盡，沒說出話，被雲少將軍拽過去，在耳畔格外神祕地低語了一刻鐘。

「……就是這樣。」雲琅信心滿滿，撐坐起來，「你只管這麼說。」

「如此應對，兵行險著，只怕不妥。」蕭朔細想了一陣，低聲道：「我也就罷了，若是皇上因此疑心你，定要先滅你的口。」

雲琅將枕邊玉珮仔仔細細戴好了，單手一撐，輕輕巧巧下了榻。

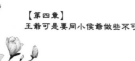

蕭朔尚要入宮，不大想讓他這時候活蹦亂跳，有些提防，「做什麼？」

「你可見過端王叔那些幕僚，是如何跟隨王叔的？」雲琅興致勃勃，「我在軍中時見過，心嚮往之，傾慕得很。」

「你又不是我的幕僚。」蕭朔不耐道：「不必學那些個亂七八糟的虛禮，你……」

「我知道，故而我細想過，自己改了改。」雲琅點點頭，接過蕭朔的話：「既然你我已把話說開，該有個規矩。」

「我將你帶回來，豈是為了這個！」蕭朔根本不想同他立什麼主僕一般的荒唐規矩，一陣著惱，拂袖沉聲道：「少胡鬧！我急著入宮，你若睏了，就自去再睡一覺，待我回來……」

「蕭朔。」雲琅道：「今日起，我便是你琰王府的人。我說回府，便是回你琰王府。我說回房，便是要來你的書房，睡在你的榻上。」

蕭朔肩背輕悸了下，倏而回身，定定看著他。

「我說回家。」雲琅靜了片刻，看著他慢慢道：「便是要去找你。在朝也算，在野也算，活著也算，死了也算。」

「從此，我是你琰王的少將軍。」雲琅還記得蕭朔當時說的話，垂了視線，輕輕一笑，「統你琰王府的兵。」

蕭朔胸口近於激烈地起伏幾次，凝眸看他，終於慢慢俯身，替雲琅將玉珮戴正。

「死生之地，存亡之道。」雲琅輕振了下袖子，從容理順，瀟瀟灑灑，「我命印白虎，生而為將，還沒打過會輸的仗。」

蕭朔看著他，靜立半晌，斂了下眸，「好。」

雲琅立在榻前，朝他半調笑半正經的一拱手。

雲少將軍這些年不曾親自統兵，風姿氣度竟半點沒變，一身的明朗通透，眼裡帶了未戰先知勝的篤定傲氣。

蕭朔看他半晌，眼底一瞬恍惚，斂眸低聲道：「雲琅。」

雲琅好奇，「什麼？」

「先別急著行禮。」蕭朔握住他的手，「總有一日……有你要拜足次數的時候。」

「你我早晚，還有一場禮要結。」蕭朔低聲道：「你還有事欠我，所以……別那麼早就把這口氣鬆了。」

雲琅想了一圈，一時竟沒想出什麼禮竟還要拜好幾次。

他欠蕭朔的多了，債多不壓身，乾脆問都懶得問，被蕭小王爺牢牢攥著手腕，愣愣點了下頭。

蕭朔深深看了他一眼，盡數壓下諸般念頭，匆匆轉身，快步出了書房。

【第五章】

等我把燕雲全打回來，便帶你去跑馬

蕭朔出了書房，一言不發，逕自上了馬車。

王爺要入宮，老主簿向來放不下心。叫人仔細套好了馬車，安排妥當，跟著一路送出了王府。

「車就在宮外候著。」老主簿跟著車，壓低聲音：「您見完了皇上就出來，咱們直接回府。」

老主簿不敢提入宮的事，盡力挑著蕭朔有些興致的說：「梁太醫說了，小侯爺如今可以慢慢用些藥膳，調理滋補。方子都已抄下來了，回頭便叫後廚去試驗。」

蕭朔闔眼靠在車內，握著腰間玉珮，靜了片刻，「藥膳滋味古怪，他一向不肯吃。」

「可藥膳畢竟滋補，於人大有裨益。」

老主簿猶豫半晌，小心道：「若是……您想些辦法呢？」

「他不吃的東西，硬撬開嘴也塞不進去。」蕭朔蹙眉，「我能想什麼辦法？」

「小侯爺嘴雖刁，卻願意跟您學啊。」老主簿幫忙出主意，「您不曾發覺嗎？什麼事，但凡您做了，小侯爺便也定然要跟著做的。」

「當初在府上，您開蒙得晚些，先王請了先生來專門教您。」老主簿道：「小侯爺早背過了，又分明最不愛學這個的，看見您去先生處聽課，竟也日日跑去趴窗戶。」

「還有，您那時練拳，身上磕傷了好幾處，要用通筋活血的藥。」老主簿：「小侯爺以為是什麼好東西，誰勸都不行，也一定不依不饒要喝一口。」

蕭朔也記得此事，他被引著想了一陣這些，心底鬆快不少，微抬了下唇角，「父王無法，給他嚐了一勺，他便苦得飛上了房。」

「正是。」老主簿笑道：「先王拿此事笑話了小侯爺好些年。」

老主簿看著兩人長大，記得清楚，「還有那塊雙魚玉珮，先王命人做了，是給您將來的世子妃定親當納禮的。上面用暗文藏了您的生辰八字，小侯爺不明就裡，竟也鬧著非得要。」

蕭朔平靜道：「我已給他了。」

「您向來慣著小侯爺，可這玉珮畢竟與別的不同，也是沒辦法的事……」

老主簿應了一句，忽然回神，愕然站住，「您將那定親的玉珮給了小侯爺？」

「若無當年意外，他早已該是一品軍侯。」蕭朔神色沉了沉，「我知這般草率，到底折辱了他。可如今形勢太過不利，縱然我想按規矩納采問名、請期親迎，也不容太過張揚。」

「不是……不是問這個。」老主簿乾嚥了下，訥訥：「小侯爺——」

老主簿一時竟也不知自己想問什麼，跟著馬車，心事重重閉了嘴。

「此事我早已打定主意，當年也去求過父王母妃，得來了回話。」蕭朔有些煩躁，「今日與你等說清，勸我納妃生子的話，便不必說了。」

「不是不是。」老主簿忙搖頭，「小侯爺——小侯爺好得很。」

蕭朔這些年的心思，王府是個人便看在眼裡。

當初兩人年紀都還小，小雲琅沒事便來府上搗亂，擾得蕭朔讀不好書。端王看兒子整日氣得磨牙，半開玩笑地作了勢，說要叫人把雲家小子扔出去，再不准進來。

小蕭朔聽了消息，急得當時便扔了書，跑出了王府去找雲琅。

雲小侯爺不過是去了趟廟會，回來才知道世子竟就這麼活生生跑丟了，踩著房頂找了大半宿，才把人從京郊一路扛了回來。

後來兩個人各自年紀長些了，先帝實在喜愛雲琅，有心替雲少將軍成家開府，叫先皇后請端王妃去幫忙相看。

王妃看著雲琅長大，自然也跟著高興。挑了好幾家門當戶對，既懂事又伶俐的，想讓雲琅自己來挑，卻一連三日都沒找著人。

雲琅平日裡來王府一向勤快，王妃疑惑，派人去找，找了一圈，才在世子的書房裡找著了已來了整整三日的雲小侯爺。

蕭朔的書房向來不准雲琅亂翻，弄亂了當即便要叫人收拾。

王妃帶人去時，房裡卻已幾乎沒了原本的樣子。

書房地上，滿滿當當堆了山川流水、丘陵營盤。

隱約看得出是拿木頭削的，盡力上了色，只是仍顯得格外粗糙。

朔方軍帳有套沙盤，端王叫人做的。匠人手製的微縮景致，模擬北疆，做得極逼真，拿來給將軍們討論臨陣戰法。

雲琅看得眼熱，嚷了幾年要親手做一套，卻又沒這個耐性。終於有了機會，已廢寢忘食興高采烈的擺弄了三天。

「娶什麼小丫頭片子……不要。」雲少將軍聽著王妃的話，左耳進右耳出，不以為然，「小姑娘又不能陪我騎馬，不能半夜陪我出去。」

雲琅拿著木頭雕的粗糙小戰車，按著兵書上的演練戰陣，專心致志，「又不會刻這個，您看，這個車軲轆還能轉。」

府上的幕僚並未插手幫忙，王妃不知這些東西是哪裡來的，有些訝異，在書房裡找了一圈自家的兒子。

少年蕭朔靠在榻邊，手上仍攥著小刻刀，握了塊雕到一半的木頭。

他三日未睡，眼底熬得淨是血絲，神色卻極平靜。

半刻也不肯闔眼，視線落在雲琅身上，一下一下，慢慢刮著手中的木頭野兔。

王妃立了一刻，帶人悄悄走了，再沒提要替小侯爺議親的事。

老主簿看了這些年，雖然不及預備，真到了這一日，操心的卻全不是自家王爺這頭，「這玉珮是幹什麼的……小侯爺知道了？」

蕭朔肩背繃了下，一陣心煩，蹙緊眉側開頭。

「您還沒告訴小侯爺。」老主簿心情有些複雜，低聲詢問：「就把定親的玉珮……直接掛在了人家腰上嗎？」

「他自己要的！」

蕭朔咬了牙，沉聲道：「我說過了，扔了砸了都無妨……他不肯，非要戴著。」

「是是。」老主簿忙點頭，「不論怎麼說，總歸是小侯爺自己要的，又不是您設了圈套，設法誆小侯爺戴上。」

蕭朔：「……」

老主簿愁得橫生白髮，「您……還是誆著小侯爺戴上的？」

「小侯爺那個脾氣。」老主簿有些擔心，「您不怕他生氣，不讓您回書房睡覺嗎？」

「不必說得這般不堪。」蕭朔聽不下去，不悅道：「我只不過找了個由頭，與他商量了幾句罷了。他如今已是我的人，便要奉我的令。」

蕭朔剛受了雲少將軍的禮，攥了下拳，語氣生硬：「我縱然不解釋……叫他戴上，他便要戴上。叫他不准生我的氣，他便不能生我的氣。」

「是。」老主簿順著他的思路，訥訥：「叫他同您成親，他便要同您……」

「不必說了！」蕭朔冷聲：「他還不知道，此事不准再提。」

老主簿心說：那您只怕遲早要被轟來偏殿睡。

他看著令行禁止、軍令如山的王爺，將話嚥了回去，低聲：「是。」

蕭朔忍無可忍，煩得不行，抬手關嚴了車廂的窗子。

老主簿滿腔憂慮不敢言說，陪著馬車，一路到了宮門口。

眼看著王爺神色冷沉地下了馬車，帶著一身的陰雲匆匆進了宮。

❖

先帝高壽，新帝繼位不過一年，宮中的各處布置改動還並不很大。

新帝在兄弟中行六，比端王小出幾歲。只是長年在京中，不曾四處統兵征戰，娶妻生子都要早些，如今的兩個兒子都要比蕭朔年長。

同驍勇善戰的兄長迥異，新帝顯得尤為和善，當年尚是皇子時，便已因為敬才禮士，在朝中廣有賢名。

皇上是在御書房見的蕭朔，一見人進來，便笑著放下了正做御批的朱砂筆，「快過來坐。」

蕭朔停在門外，行了面君的禮數，隨內侍進了御書房。

「你來見朕，哪用得著這些虛禮。」皇上叫人撤了桌案，讓蕭朔坐在榻前，又特意吩咐，叫人換了暖身子的薑茶，「這幾日天冷，如何不多穿些？」

蕭朔謝了坐，「習慣了，並不覺得冷。」

「你們少年人，身康體健，血氣總歸還是要旺些。」皇上已慣了他漠然寡言，不以為忤，耐心道：「只是也不能仗著這個，便任意糟蹋身子，知道嗎？」

蕭朔垂目道：「是。」

「晨間時，朕叫人去問過一次，你府上說是你有事。」

皇上溫聲詢問：「可是有什麼不便之處？」

「沒什麼。」蕭朔按著雲琅教的，「只是昨夜睡得晚了些，早上貪睡，沒能起得來。」

皇上微訝，視線落在他身上一陣，失笑道：「也對……民間有言，睡不醒的冬三月。朕像你這般大的時候，也恨不得不去晨練早課。」

「冬日養神，也是常理。」皇上看著蕭朔，神色愈和藹了幾分，「日後若是起不來，隨便派個人，來宮裡回一句就是了。」

蕭朔低下頭，「是。」

內侍送了薑茶

「來，暖暖身子。」皇上親自推了一盞過去，「冬日苦寒，還把你叫進宮，朕向你賠不是。」

蕭朔雙手接過來，道了聲謝，將薑茶拿在手裡。

「你心中大抵也清楚，朕不得不叫你來，是為了那承平樓下……暗門之事。」皇上靜了片刻，苦笑一聲，「朕自己的兒子不爭氣，撞開扇暗門，鬧了半日，竟只知責罵隨從護衛，對肘腋之患視若罔顧。」

蕭朔漠然聽著，並不接話。

「你能發覺此事，又願意同朕來說。」皇上看著他，緩了緩語氣：「朕心裡……十分感懷。」

「陛下於臣，恩深似海。」蕭朔道：「臣發覺此事，自然要同陛下說。」

「那暗門隱患已處置妥當，侍衛司也已暗中調查。朕吩咐了政事堂，按一等軍功賜賞。」皇上格外欣慰，「今日叫你來，是還有些事要親自同你說。」

「一等軍功是攻城克池、三軍之中斬將奪旗。」蕭朔語氣微沉：「臣無功，不敢受祿。」

「如今四境平安，哪來的攻城奪旗。」皇上笑道：「你立了此等大功，朕難道還不能賞了？只管受著就是，御史臺若再說閒話，只管來告狀，朕替你教訓他們。」

蕭朔眸底冷得像冰，垂了眸，並不答話。

皇上看了他一陣，放下茶盞，輕嘆口氣，「朕知道。」

「上次你入宮，朕替雲琅說了幾句話，難免惹得你不快。到了現在，竟還和朕賭著氣。」皇上嘆息道：「朕與你父親，雖非一母同胞，卻自幼如嫡親兄弟一般……雲氏一族與朕，何嘗不是血海深仇？」

「只是當初血案，畢竟是鎮遠侯雲襲一手策劃。」皇上緩緩道：「雲麾將軍……與鎮遠侯，素來親緣淡薄。至多也只是為保功名前程，不得不從旁協助罷了，若說主謀，其實怪不到他身上。」

蕭朔右手垂在身側，慢慢握緊了身側玉珮。

他盡力叫自己不去細想這些話，胸口些微起伏幾次，將諸般念頭死死壓回去，「是。」

「朕這些年，每次一同你說這個，你便很不愛聽。」皇上道：「只是……朕仍想讓你明白。當年之事，總歸有太多不得已，太多人被裹挾牽連。今日抓了一個雲琅，他日說不定又牽扯出哪件事，牽涉了別的什麼人。」

皇上看著他，「朕希望，你能分得清主次，不要一味遷怒冤恨。」

「別的什麼人？」蕭朔神色冷然，靜了半晌，忽然嗤笑一聲，「是，比如……」

皇上蹙了下眉，「什麼？」

「沒什麼。」蕭朔放下手中薑茶，跪下行了個禮，「臣告退。」

皇上視線落在他身上，看著蕭朔冷嘲神色，心底竟莫名沉了沉，「慢著。」

「臣府上還有事。」蕭朔站起了身，並不抬頭，「若陛下要閒聊，臣改日再來伴駕。」

「站住！」皇上沉聲叱了一句，又強自壓了壓語氣，盡力和聲道：「回來……坐下，朕還有話未同你說完。」

蕭朔神色無謂，像是不曾聽見皇上失態，回了榻前落坐。

「朕……方才發火，並非衝著你。」皇上閉了閉眼，「只是此事於朕，也非同尋常。」

「當初朝中便有說法，只靠鎮遠侯一家，做不成這等驚天大案。朕也曾再細查過，卻終歸一無所獲。」皇上盯著蕭朔，緩聲道：「你方才欲言又止，可是聽說了什麼？」

「沒什麼，只是些風言風語罷了。」蕭朔道：「不值得陛下煩心。」

皇上眼底隱約透出些厲色，在蕭朔身上一落，斂得重新不見端倪。

「縱然是風言風語，倒也不妨一聽。」

「你也知道，朕為此事，這些年來都夜不能寐。」皇上慢慢道：「若是還有主犯逍遙法外，誅殺懲戒，仍有疏漏……又豈對得起你的父王母妃？」

蕭朔低著頭，似是被他的話說動了，靜坐半晌，「當年之事，臣偶然聽見些別的說法罷了。」

皇上目光一凝，神色不動，「什麼說法？」

蕭朔握住腰側墜著的流雲玉珮，讓微涼玉質貼在掌心。

直到這一步，皇上的反應……都同雲琅的推斷絲毫不差。

雲少將軍向來用兵奇詭，喜歡險中求勝。

今日給皇上下這一個套，便是要賭皇上的反應。

他心中其實並無把握，但行到此處，也再容不得猶豫退卻。

「有人同臣說，臣這些年，其實都恨錯了人。」蕭朔垂眸道：「當年血案罪魁禍首，既非鎮遠侯，也非雲麾將軍。」

皇上坐了一陣，語氣有些沉：「既然如此，主犯又是什麼人？」

蕭朔神色平靜，「不知道。」

「不知道？」皇上牢牢盯著他反應，「此人既然這般故弄玄虛，同你說了這個，竟不告訴你罪魁禍首其實是誰嗎？」

「他對臣說，要想知道當年謀害父王的主犯究竟是誰，要先替他做件事。」蕭朔道：「臣沒有做，自然也無從知曉了。」

皇上蹙緊了眉，「他讓你做什麼？」

蕭朔並不再說下去，側過頭，看了看那杯冷了大半的薑茶。

皇上倏而想透了，霍然起身，「那道暗門——」

「臣平日裡又不入宮，哪會留意到承平樓，更何況什麼暗門。」蕭朔平淡道：「他讓臣做內應，替他往那暗門裡運送火藥。臣不敢做，思來想去，只能叫蕭泓堂兄去摔一跤……可惜。」

「臣在邊上，看著堂兄罵了半日的人，竟無一人留意暗門，只得橫了橫心扯了個金吾衛。」蕭朔道：「如今宮內宮外，只怕都已知道了。那人恨臣還來不及，更不會告訴臣更多的事了。」

皇上愕然看著他，半晌終於將整件事連起來，搖了搖頭，「竟是這樣……」

「朕原本心中還有些奇怪，你難得入宮一次，竟就這般湊巧，發覺了此等要緊大事。」皇上苦笑，「原來你是有備而來，特意為了叫朕知道。」

「謀逆行刺，是滿門抄斬的大罪。」皇上緩聲道：「那人既然叫你配合，定然還許了你極豐厚的報酬吧？」

「掉腦袋的事。」蕭朔回想著雲琅說的，搖了搖頭，「再豐厚，臣也不敢拿。」

「你如何是不敢？分明是惦念與朕骨肉親情，下不去手。」皇上握了他的手，輕嘆道：「你父王便素來忠義，你是他的兒子，自然也不會做這等事。」

「想來是朕前日替雲琅說話，叫你以為朕忘卻血仇，心寒意冷，爭執得激烈了些。」

皇上一顆心徹徹底底落下來，無奈笑道：「在旁人看來，便是你與朕離心離德，想趁虛而入，將你拉過去為他們所用了。」

「可當年罪魁禍首，臣也的確很想知道。」蕭朔死死壓著胸口煩悶躁意，並未掙開，低頭道：「陛下對此事並不意外，莫非早知道那人身分？」

「縱然知道，也不會告訴你。」

皇上搖搖頭，「有些事一旦知道了，反倒危機重重，再難得安生。」

「再說，朕若是告訴了你，你莫非打算直接問到他眼前去嗎？」皇上拍了拍他的手，半開玩笑，「他要拉攏你，你卻壞了他的好事，就不怕他下手報復？」

「若他說的是實話。」蕭朔冷聲：「就算死，臣也要問清楚。」

皇上看了蕭朔一陣，眼底凝著的神色反倒漸漸鬆了。

靜了片刻，又道：「你猜得不錯，朕的確有些事瞞著你。」皇上語重心長：「可你要知道，朕瞞著你，是為了你的安危，不想叫你再如你父親一般涉險了。」

「小小年紀，也不准再提什麼生生死死的。」皇上溫聲道：「若是照顧不好你，朕如何向你父親交代？」

蕭朔肩背冷硬，強行逼著自己退開半步，俯身行禮。

「去罷，此事你不必再管了。」

皇上稍一沉吟，「那些人手段向來狠辣……你府上防衛可還夠？」

蕭朔點了點頭。

「這幾日留神提防著些，若是不夠應對，便同朕說。」皇上關切囑咐：「切不可掉以輕心。」

蕭朔匆匆點了下頭，低聲：「臣告退。」

皇上見他一味急著走，也不再強行挽留，賜了一領厚實披風，叫內侍送著蕭朔出了宮。

一出宮門，老主簿便匆匆迎上來，「王爺……」

蕭朔面色極不好，他在宮中不得不與皇上周旋，已煩躁得幾次險些失控，全靠死死握著玉珮、反覆回想臨走時雲琅說的話，才將胸口幾欲擇人而噬的冰冷恨意強壓下去。

此時只怕尚有宮中耳目，蕭朔不欲多說，上了馬車，低聲道：「走。」

「好好。」老主簿忙點頭，招呼前頭駕車的人，「回府——」

「不回府。」蕭朔闔了眼，用力按著眉心，「去醉仙樓。」

老主簿愣了下，半句不敢多問，忙又傳話讓改了道。

蕭朔靠在車廂裡，欲嘔的躁鬱煩悶一陣接一陣向上翻騰。

……一品軍功。

雲琅豁出去大半條命，幾乎毀了根基，絕了生路，一口氣打下七座邊城。

也沒能掙來的一品軍功。

蕭朔看著雙手，一時只覺嘲諷至極。

他看了看腰間的流雲珮，還想再去碰一碰，又覺得這雙手被皇上握過，實在噁心得很。

車內照例備了清水，只是在外頭等的時間太長，已格外冰涼。

蕭朔拿了皂角，不知涼熱地反覆搓洗過幾次，擦乾垂在身側，逼了自己闔上眼睛。

馬車慢吞吞向前走，蕭朔愈增焦躁，沉聲道：「快些！」

老主簿不知怎麼給車夫傳的話，隔了好一陣，才又壯著膽子回來，訥訥道：「您這麼急去醉仙樓……要做什麼？」

蕭朔做了這麼多年的琰王，不知什麼時候去個地方竟也要解釋了。他還在想朝中如今的荒唐賞罰，眼底透出些冷嘲，寒聲道：「管弦絲竹，美人歌舞，什麼做不得。」

老主簿面色愈苦，糾結半晌，還是放了車簾去前面傳話了。

馬車非但不曾加快，沒走出多遠，忽然晃了下，竟逕自停在了半道。

蕭朔再壓不住火氣，厲聲道：「怎麼回事？」

「醉仙樓……花雕酒，都被買完了。」

老主簿從車前繞回來，哆哆嗦嗦掀開車簾，「您願意去醫館……杏林裡喝嗎？」

蕭朔只想去雲琅當初常去的那處雅間，自己靜上一宿，待緩過來再去見雲琅。

他胸口一片冰冷，本就難受得厲害，此時耳邊幾乎都已嗡鳴起來，「怎麼？如今我要去哪兒，竟也不能自主了？」

「可能是……不很能自主。」老主簿心驚膽戰，頻頻回頭，「您再想想……」

「想什麼？」蕭朔語氣一片寒涼嘲諷，神色冷得懾人，「本王剛受了皇上恩賞，如今只想去醉仙樓逍遙快活，有什麼不行的？」

老主簿已盡了力，絕望地退到一旁。

蕭朔用力闔了眼睛。

他分不清自己恨的究竟是誰，只覺得噁心得厲害。

腦中一時是皇上的臉，一時又是自己在謝恩。

只憑著幾句媚上的話、順了幾句皇上的心思，就換回來沙場將士豁出命也掙不到的豐厚賞賜。

車內煩悶得人幾欲作嘔，蕭朔頭疼得厲害，昏昏沉沉撐身下車，卻被一隻手牢牢扶住。

「放開！」蕭朔抬眸，厲聲呵斥：「本王如今說話……」

老主簿縮在邊上，苦著臉，不敢出聲。

來趕車的車夫扶著他，掀起嚴嚴實實遮著臉的斗笠，看著要去醉仙樓逍遙快活的琰王殿下，「如何？」

蕭朔死咬著牙，立了半晌，「……不算數。」

「那就好。」雲琅放心了，點了點頭，「醉仙樓……」

蕭朔眼底仍一片暗沉，眉宇冷戾，低聲：「不常去。」

雲琅姑且信了，「花雕……」

「雲琅！」蕭朔寒聲：「你不要得寸進尺，如今這般危險，你這麼跑出來……」

雲琅按著胸口，嘟嘟囔囔的：「唉呀好疼。」

蕭朔用力閉了閉眼睛，「不喝。」

老主簿站在車外，身心敬服，看著軍令如山倒的王爺被雲少將軍三下五除二塞回了車廂裡。

雲琅身形矯健，將趕車的斗笠鞭子扔給老主簿，利利索索一塊兒鑽進車廂，「回府。」

「不回！」車廂裡，王爺氣急敗壞厲聲：「雲琅，你適可而止！」

雲少將軍胡亂一捂，疼得應付至極，「唉呀。」

王爺：「……」

車廂內悶響了幾聲，隔一會兒便沒了什麼大動靜。

老主簿守在車旁，凝神聽了聽。

隱約聽見幾句極低的「怎麼哪兒都不舒服」、「何曾那般用力」。語氣冰冷，聽起來格外不耐煩。

看影子，卻分明已替雲少將軍揉到了前些日揍疼的屁股。

老主簿鬆了口氣，樂呵呵戴上斗笠，嚴嚴實實將車簾掩上，去前頭抖了下鞭子。

馬車晃了晃，踩著暮色，慢悠悠往琰王府回去了。

先前蕭朔一個人進宮去面聖。

雲琅留在府裡，等了小半日，不知蕭朔在宮裡的情形，又放不下心。

他如今尚且不宜大張旗鼓在外頭露面，本想尋個機會進宮逛一圈。

悄悄出來，才跟守在宮外的老主簿打了個招呼，就被老人家心驚膽戰牢牢抱住了兩條腿。

雲琅閒著沒事做，索性徹底遮嚴實了，搶了車夫的活計。

卻沒想到王爺才出宮，竟就要去醉仙樓夜夜笙歌，花天酒地了。

「我幾時說……」蕭朔一陣氣結，按著脾氣，「不過幾句話，你不要借題發揮，不依不饒。」

「那可是醉仙樓。」雲琅可還記得此前的事，「我不過是去吃兩顆栗子，小王爺都不准。」

蕭朔：「……」

雲琅跟他翻舊帳，「還將我從酒樓訓出來了，說我不學好，來這等亂七八糟的地方。」

蕭朔咬咬牙，掃了一眼他腰間玉珮，「雲琅。」

「一轉頭。」雲琅有些悵然，像模像樣扼腕輕嘆，「王爺就要去逍遙快活。」

蕭朔實在聽不下去，自車廂一側摸索了下，打開個暗格，拿出塊精緻的點心塞進了雲少將軍這張嘴裡。

雲琅不及防備，滿當當塞了一嘴，使了半天勁乾嚥下去，「怎麼還有吃的？」

蕭朔蹙了蹙眉，「是你要的。」

「我幾時要的？」雲琅一陣茫然，他極喜歡這些機巧的小東西，倒也顧不上計較，扳著蕭朔的手臂湊過去看，「怎麼打開的？再按一下我看看。」

蕭朔看了雲琅一眼，抬手按住那塊蓋板，向內推進半寸，又掀了一次。

那暗匣設計得極精巧，接縫毫不起眼，在外頭幾乎看不出。內裡是個錦盒，小白玉托盤裡放著幾樣點心，都做得可愛巧思，上面扣著剔透的琉璃罩。

「有專人替換，都是新鮮的。」蕭朔道：「你若餓了，自己拿出來吃。」

雲琅正在興頭上，隨口應了一聲，自己按著蓋板，一推一開試了好幾次。

「你那邊也有。」蕭朔將人戳回去，「自己找，裡頭放了糖蒸酥酪。」

雲琅目光一亮，當即仔仔細細摸索了一圈，果然也發現了個小巧的暗匣。

「這是誰做的？」雲琅興致勃勃，將酥酪顫巍巍小心端出來，「這等巧思，當賞一賞。」

蕭朔看著他各處翻騰，闔了下眼，神色也跟著隱隱和緩，輕聲道：「賞什麼？」

「這你就不懂了。」雲琅自小愛吃這些甘甜不墊饑的零嘴，舀了一勺擱在嘴裡，「既是要賞，定了賞什麼哪還有意思？」

「既然是賞，自然得叫人家自己挑。」

雲琅耐心教蕭小王爺，說：「合了心意，才算賞得對地方。」

蕭朔靜坐了一刻，將話記下，點了下頭。

「這酥酪做得不錯，你也吃點。」雲琅給他推過去，「甜香滑嫩，比宮裡的差不出多少。」

「宮中各處路徑，你雖瞭若指掌，也不可太過大意，動輒往裡面跑。」蕭朔正想說此事，他並無胃口，搖了搖頭，將調羹遞回雲琅手裡。

「我今日看宮中防衛，雖不至水潑不透，卻也比當年防備得嚴密許多。」

蕭朔看著他，緩聲道：「我不過是進了趟宮，皇上一時不會動我，你不必太過擔心。」

雲琅被他戳穿，咳了一聲，訕訕的，「幾時擔心了？我是來盯著你的。」

「若是我不來盯著。」雲琅怏怏不樂，「你定然要去醉仙樓，點上一百個會跳舞的小姑娘。」

蕭朔聽得莫名，實在忍不住，「為什麼要點一百個？」

「你看！」雲琅惡人先告狀，「你都沒問為什麼要點小姑娘！」

蕭朔：「……」

雲琅終於抓了琰王的把柄，目光灼灼，按著蕭朔不准他跑。

蕭小王爺罕少遇著這般胡攪蠻纏的，平白遭人指控，一時幾乎有些沒能跟得上情形。

車在路上，終歸不很穩當。他被雲琅牢牢按著，看著雲少將軍幾次晃悠悠要撞到車頂，下意識抬手墊了下。

「揉腦袋這等伎倆，早不管用了。」雲琅等了半天，不見那隻手落下來，自己向上踮了踮，胡亂蹭了兩回。

「是要王爺找個時機，和我痛痛快快喝醉了酒罵一場，才能好的。」

蕭朔尚未回神，「罵什麼？」

「我怎麼知道。」雲琅皺眉，「你因為什麼不高興？我們罵一通不就行了，你不讓我進宮，我又沒法趴在房頂上聽。」

蕭朔靜了片刻，抬手覆在雲琅背上，闔了下眼。

這些年，蕭朔有時甚至覺得慶幸，雲少將軍生來疏曠，心胸明朗襟懷坦徹，從來不知什麼叫自尋煩惱。

有時……卻又恨得想將人捆起來，怎麼求饒賣乖也不理，結結實實教訓一次。

此前不過打了三巴掌，已被小侯爺訛詐到了現在。

蕭朔將念頭驅散，臂間稍稍施力，低聲道：「雲琅。」

「在呢。」雲琅低頭，細看了看他的臉色，「去不去喝酒？」

蕭朔低聲道：「不想去。」

雲琅也不勉強他，盡力搜刮一圈，「那就不去……想不想回家砸東西？」

蕭朔靜闔了眼，搖頭，「不想砸。」

雲琅看了他一眼，不著痕跡去摸蕭朔的手腕，才一碰上，便落進了蕭朔掌心。

雲琅由他握著，皺了皺眉。

才一進馬車，便覺得蕭小王爺的手涼得簡直過分，緩了這些時候，竟還沒能暖和徹底。

雲琅索性同他學，將蕭朔的手扯過來，抱著焐了焐，「想不想揍我？」

蕭朔想不通，睜開眼睛，「雲琅，我在你心裡便是這般樣子嗎？」

雲琅怔了下，「啊？」

「喝酒，砸東西，打人。」蕭朔將他放開，「我幾時竟已變得這般不可理喻了？」

雲琅被他一總結，竟也才覺出蹊蹺，愕然半晌，「不對啊……」

蕭小王爺分明還同舊日一般，一逗就惱，一哄就忘，好欺負得很。

雲琅難得體貼一次，竟平白將琰王的名聲糟蹋成這樣，一時很是歉疚，「是我不對。」

蕭朔還在自省，聞言蹙緊了眉，「什麼？」

「哄你的辦法不對。」雲琅直起身，細聽了聽外頭的動靜，「停車。」

老主簿剛將車趕過舊宋門，聽見後頭吩咐，忙停下馬車，「小侯爺？」

「到景德寺了嗎？」

雲琅拿過蕭朔的披風，順手披上，仔細繫好，「先停一停，等會兒再走。」

老主簿探身仔細看了看，「到寺後的空場了。」

景德寺這些年的香火都很不旺，寺後空場交兌給了禁軍屯田，卻也並沒什麼人細緻打理。

如今一片雜草，落在黑透了的天色裡，映著廟宇的遙遙香火，幾乎已有了些清冷荒蕪的意味。

此處平日裡便很是僻靜，向來少有人走。

老主簿不明所以，探身道：「可是有什麼事？吩咐下人去做就是了，您——」

「等著。」雲琅將蕭朔按在車裡，自己跳下了車。他目力向來出眾，在雜草叢中凝神找了半晌，終於盯準了要找的東西。

蕭朔下了車，並未回應老主簿詢問，靜看著他。

雲琅右手一揚，變出來柄匕首，牢牢扎進樹幹寸許。他提氣縱身，踏了下匕首藉力，擰腰旋身伸手一探，握住了個什麼東西，右手抄著樹枝一扳一晃，已穩穩落回了地上。

這套身法，雲琅自己都已許久不曾用過。

此時使出來，尚有些氣息不平，扶著樹幹穩了穩。

老主簿不放心，忙要去扶，被蕭朔抬手止住。

雲琅自己喘勻了氣，朝蕭朔一笑，攥著拳過來，「伸手。」

蕭朔定定望著他，迎上雲少將軍眼裡的明朗月色，無端煩擾竟一時散淨了。

他知道雲琅抓的是什麼，抬起雙手，包住了雲琅仍虛攥著的那一隻手。

汴梁城中，只在景德寺後，尚有一眼未乾透的溫泉。

山寺桃花始盛開，泉溫地熱，四時景致都跟著有所不同，隆冬時節尚有花草。

本該成蛹過冬的螢火蟲，也會偶爾被地熱所惑，以為春暖花開，破土而出，提前長成。

蕭朔接了那一隻暈頭暈腦出錯了時節的流螢，張開手，看著被掌心熱意引出來的星點亮芒。

「運氣好，還真找著了。」雲琅被夜裡寒風引得喉嚨發癢，咳了兩聲，高高興興探頭看他，「不生氣了吧？」

冬日本就沒有流螢，縱然此處特殊，能碰上一個也是難得。

兩人小時候，不論蕭朔因為什麼不高興，拿這個都是能哄好的。

「話本上說了，這東西吉利。」雲琅像模像樣，在蕭小王爺腦袋上施法，「亮一下諸事順利，亮兩下一年平安，亮三下心想事成。」

螢火蟲被掌心暖了一刻，昏昏沉沉爬起來，振了幾次翅，搖搖晃晃飛了起來。

「欸！」雲琅還沒念完，忙跟著蹦起來，「快抓——」

蕭朔抬手，握住了雲琅的手腕。

「抓牠！抓我幹什麼！」雲琅愁得不行，「你還沒心想事成呢！」

「已成了大半。」蕭朔牽著他，慢慢道：「我沒事了，回府去罷。」

「你不是一直喜歡這個？」雲琅惋惜得不行，回頭盡力找破土的痕跡，「算了，等回頭有時間，我再來給你捉幾隻。」

蕭朔搖了搖頭，「我喜歡的不是這個。」

「裝。」雲琅嘖嘖，「也不知誰小時候弄丟了一隻，心事重重了一個月。」

蕭朔勸不動他，索性將人從地上拔起來，抱穩當了，一併進了馬車。

「的確不是這個。」

雲琅自小便被養在這附近的偏院，是幼時四處亂跑，無意間發現的這片地方。

蕭朔第一次被他帶來，是夏日最明朗的時候，月色遠比今日好得多。

兩人都只七八歲，小雲琅被先皇后收拾得格外仔細，穿著一身緙了游龍暗紋的銀白錦袍。

一身通透明淨，連髮帶也是純白的，只頸間墜了條細細的紅線，拴著壓命的玉麒麟。

小蕭朔立在樹下，看著雲琅探手摘了一點流光，笑吟吟從樹上躍下來，將手遞在他眼前。

……

蕭朔自車窗外收回視線，看了看這些年都只會拿這一手撩撥他，偏偏渾然不覺，這會兒竟還念念叨叨著惋惜螢火蟲的雲小侯爺。

他閉了閉眼睛，將雲琅按回身邊，拽著胳膊牢牢看住了。

近日來第七次，將不知為何仍想把人拴在榻上，再結結實實揍一頓屁股的荒唐念頭按了回去。

回府後，蕭朔摒退旁人，將宮中的情形同雲琅大致說了一遍。

「與你所料不差。」蕭朔關了窗子，叫人送了參茶過來，將雲琅塞在暖榻上，「皇上聽說我知道了些別的事，臉色便變了，險些沒能裝得下去。」

「他最怕這個，臉色如何不變。」雲琅被他裹了兩層，哭笑不得，「我就是下車去逮了隻蟲子，還不至於被凍成這樣。」

蕭朔不為所動，「有備無患。」

梁太醫應了要治雲琅，這些日子都在奔走找藥，連雲琅不回醫館，也無暇日日盯著管教。

縱然有蔡老太傅幫忙，再找一回當年那些杏林舊友，要將人徹底治好，只怕遠不如表面上看著這般容易。

蕭朔盯得嚴，從不給雲琅折騰的機會，「等你好了，跳進汴水裡游十個來回，我也不管你。」

雲琅想不通，「我去游汴水幹什麼？水裡又沒有螢火蟲。」

「……」蕭朔將他徹底裹嚴實，拿了條衣帶捆上，「我按你說的，只說有人以當年真相作餌，誘我配合行刺，竟當真騙過了他。」

雲琅被他拐回來，細想了一陣，點點頭，「這麼說……咱們這位皇上應當已經很清楚，是什麼人謀劃著要他的命了。」

「雖然侍衛司還沒查清楚，但他心裡定然已有了答案。」雲琅沉吟，「所以縱然你說得模棱兩可，他也自然而然，在心中替你補全了整件事的始末。」

蕭朔點了下頭，將參茶吹了吹，自己試了一口，遞給雲琅。

雲琅的確有些渴了，一氣飲盡了，將空杯子遞回去，「你那時猜得不錯，看他的態度，這場刺殺的確不像是外面來的。」

蕭朔接過來，又替他添了半盞。

「只是這主使之人，直到最後，他也不曾與我說明。」

「他要驅虎吞狼，怕你一聽就嚇跑了，自然不會事先同你說。」雲琅笑笑，「等你替他做了幾次事，敵對之勢已成，再無退路的時候，就會告訴你了。」

蕭朔冷笑了下，拿過鐵釺，慢慢撥著紅泥火爐下發紅的炭火。

「此事已過，暫時不必想了。」雲琅被裹得行動不便，解了半晌，好不容易恢復自由，挪到他邊上，「有件事……我還不放心。」

蕭朔抬眸，「什麼？」

「馬上就是冬至大朝了。」雲琅道：「若是再有人趁亂刺殺皇上，該怎麼辦？」

蕭朔眸底倏而轉寒，晦暗一瞬，側過頭。

「你今日去看宮中防衛，不也是為了這個？」雲琅按著蕭朔手臂，「如今看來，咱們這位皇上是打定了主意要韜晦了。此事他非但不會徹查，還會假作有心無力，叫對方稍微得一得手。」

「自毀長城。」蕭朔已有了心理準備，卻仍壓不住滿腔厭惡，「今日他竟還對我說……四境安寧，無城池可奪。」

蕭朔語氣極沉：「醉心權謀，半點不想若是此時示弱，叫京城顯出疲軟之態，一旦落在邊境那些戎狄部族眼中——」

「此事……」雲琅扯了下嘴角，靜了片刻，「你早晚要做準備。」

蕭朔眸底倏而一凝，牢牢盯住他，「什麼意思？」

「當年我便有些擔心這個。」雲琅道：「你也知道，朝中一直有種說法……與其窮兵黷武，不如與邊境部族國家議和，予其歲幣，換四境安寧。」

「此事我知道。」蕭朔冷聲：「近幾年來，朝中已定好了規制。說是給各國的賞賜，給銀子給茶絹……只是勉強蓋了塊遮羞布罷了。」

雲琅點了點頭，握著他的手，輕按了兩下。

「有話就說。」蕭朔看不得他這個樣子，看著雲琅的眼睛，「漏了什麼事，我還不曾想到？」

「倒也不是不曾想到。」雲琅笑笑，「你對北疆那幾個部族不很熟悉，他們與別處不同，部落個個悍勇善戰，極有野心。」

雲琅垂了視線，慢慢道：「只是銀子和財貨，餵不飽他們。他們世代游牧，逐水草而居，塞外氣候惡劣。」

蕭朔牢牢盯著雲琅，靜坐了一刻，倏而起身。

雲琅一把扯住他，「蕭朔！」

蕭朔咬緊牙關，他看著雲琅，一時竟說不出話，像是被盆冰水當頭澆下，自骨縫裡向外透著徹骨寒意。

「我先同你說了，是怕冬至大朝時提起此事，你事先沒有準備，倉促之下……」雲琅一時也有些不知該怎麼說，攥著他手臂，清了下喉嚨，「應對……應對得未必得體。」

「如何得體。」蕭朔閉了下眼睛，「叫他們把你拚死打下來的城池，交給那些戎狄人，當做議和的籌碼嗎？」

雲琅肩背繃了繃，側過頭。

蕭朔將雲琅扶回榻上，靜望了他半晌，低聲道：「此事不必說了。」

「蕭朔。」雲琅低聲：「你信我，我能打下來一次，就能再打下來第二次。」

「等朝局穩定了，你幫我看好朝堂，讓我沒有半分後顧之憂。」雲琅看著他，「我比任何人都清楚這仗該怎麼打，你相信我，燕雲早晚還會是我們的，你——」

「雲琅。」蕭朔垂眸，「今日我進宮，你出來找我，為什麼會帶了匕首？」

雲琅不想他竟還注意了這個，心口微跳，肩背滯了滯，沒能說得出話。

「你出了這個主意，叫我險中求勝，既不怕皇上因此疑心你，也不怕皇上會逼你送命。」蕭朔道：「但你怕我應對不妥，怕皇上看出我們的謀劃，怕我在宮中衝動。」

「所以你揣著一把匕首，等在了離我最近的地方。」蕭朔抬起視線，落在雲琅身上，「你那時說的話，不是玩笑。若我出事，你的確會將我拚死劫出來，能跑出多遠便跑多遠。」

「說這個……幹什麼？」雲琅手指有些僵，慢慢挪了下，扯扯嘴角，「真的就是為了給你抓個螢火蟲。」

蕭朔看著他嘴硬，並不反駁，繼續向下說：「這次也一樣。」

「我的確說過，真到必須抉擇的時候，恨你從沒選過我。」蕭朔看著他，「但我那時也對你說了這是句氣話，不是叫你下次遇到這種事，真的違心來選我。」

雲琅低了頭，訥訥：「可我不……」

蕭朔：「什麼？」

「沒有。」雲琅耳根一熱，不自在地側了頭，抿了下嘴角，「你說。」

「沒什麼可說的了。」蕭朔掃他一眼，「此事我絕不會點頭，皇上若執意要割地求和，我便去撞大殿的柱子。」

雲琅心情有些複雜，把人牢牢扯住，「你不要老和御史中丞說話了。」

「父王執掌朔方軍，鎮守燕雲。」蕭朔並不理會，坐在榻前，「我寧死不同意割地，並不會叫人覺得奇怪。」

「話雖這麼說。」雲琅低聲：「你這樣明面上逆著皇上幹，我終歸……」

蕭朔淡聲道：「你怕我會如父王一般。」

「胡說什麼！」雲琅壓著不安，定了定心神，「舉頭三尺有神明，能不能說點好的？」

蕭朔並未說下去，靜了片刻，又道：「若是不割邊城，以你看來，北疆那邊會如何反應？戎狄可會興兵來犯？」

「我已盡力將他們打散了，一兩年內，小仗或許有幾場，大戰不會。」

雲琅細想了下，「三年之後，不可預料。」

蕭朔點點頭，「足夠了。」

「北疆縱然守得住，可皇上呢？」雲琅仍不放心，「若是皇上因此惱了你，你在朝中，只怕處境要難受不少了。」

「他既然要利用我，便不會同我徹底撕破臉。」蕭朔不以為意，「恩威並施，罰一罰而已，不會真如何的。」

雲琅實在想不出還能勸他的話，靜了半晌，兀自洩氣，「哦。」

蕭朔抬手，才碰了下雲琅的肩，雲小侯爺便已一頭倒在榻上，賭著氣一聲不吭，將被子嚴嚴實實蒙住了頭。

「雲琅。」蕭朔看著他折騰，輕聲道：「若將邊城讓出去，最難受的不是你。」

雲琅一時擔心蕭朔會被罰跪，一時又怕他被皇上杖責。

心煩意亂地不理蕭朔，自顧自往榻角挪了挪。

蕭朔給他扒開個小口，好往裡透氣，「你這樣賭著氣，不同我說話，最難受的倒是你。」

蕭朔：「沒人煩我，樂得清靜。」

雲琅：「……」

蕭朔拿過本書，「點心都叫我吃了，也不必給你留。」

雲琅：「……」

蕭朔將那本書翻了一頁，「我自去醉仙樓，看絲竹歌舞，也不帶著你。」

「蕭朔！」雲琅一把掀了被子，磨著牙坐起來，「你怎麼又去醉仙樓？」

「我心中煩悶，無從排解。」蕭朔找到了對付他的辦法，將被子挪開，替雲少將軍理了理衣襟，「我不止沒能守住你，如今竟連你打下來的城池也守不穩當。」

雲琅坐在榻上，被他慢慢理順著衣物，悶了半晌，小聲嘟囔：「你別……總在意這些個。」

「這不是……城也在，我也在嘛？」雲琅不大知道怎麼正經開解人，瞄著蕭朔神色，「別去醉仙樓了，我給你吹個笛子？」

「你會吹笛子？」蕭朔看他，「當初你吹了三天，也沒能把笛子吹出響，最後惱羞成怒，劈開做彈弓了。」

雲琅咳了一聲，「那彈琴，彈琴我總會……」

蕭朔：「你學了半月的琴，先皇后派人在宮內找了半個月，是何人在彈棉花。」

雲琅拍案而起，「這也不行那也不行，你到底看上醉仙樓什麼了？」

蕭朔看著雲琅仍泛紅的耳根，不知為何，心底竟跟著微微動了下。

他其實並沒真準備去什麼酒樓，對所謂的絲竹歌舞，也全然不感興趣。

此事沒什麼可生氣的，雲琅同意也好，不贊同也罷，他都不會將雲琅親手打下來的城池交出去半寸。

既然沒必要爭執，更不必再為此生一場氣。

但……雲少將軍，還欠他一件賞。

雲少將軍親口說過，那馬車上裝點心的暗匣做得好，准他自己挑的。

蕭朔靜坐一陣，垂了視線，低聲說了句話。

「……」雲琅幾乎懷疑自己聽錯了，「你喜歡這個？」

蕭朔蹙了蹙眉，輕攥了下拳。

他也知道這念頭實在荒唐無禮，只是一經冒出來，便再按不下去，「不行便罷了。」

「倒也沒什麼不行的。」雲琅看他半晌，「等著。」

蕭朔抬眸，不急開口，雲琅已從榻上跳下來，俐落出了門。

老主簿聽聞書房情形不對，匆匆趕過來的時候，雲小侯爺正坐在書房的窗欞上。衣襬撩上來別著，擼著袖子，一手拿著蒲扇，熟練地對著烤全羊搧風。

蕭朔衣著齊整，坐在假山石上，面沉似水。

「王爺說什麼了？」老主簿躲在角落，看著眼前的詭異情形，一時有些磣的慌，「如何便到了這一步？」

「王爺對小侯爺說。」玄鐵衛想了想，「想吃小侯爺親手做的東西，讓小侯爺親手餵他。」

老主簿：「……」

老主簿一時竟挑不出什麼問題，「於是小侯爺就弄來了羊嗎？」

「起初是想去打一頭野豬的。」玄鐵衛道：「太耗時間，運回來也不易。」

老主簿心情複雜，「……哦。」

「醉仙樓的廚子做好了菜，還會有侍女端上來，餵食客吃嗎？」

玄鐵衛有些好奇，「王爺說他喜歡這個，小侯爺若不給做，便去醉仙樓了。」

「怎麼可能！」老主簿只覺荒謬至極，「王爺一向不准別人近身，別說那般荒唐行徑……縱然是旁人布的菜，王爺都從不動一筷子的！」

玄鐵衛哦了一聲，有些失望，回去盡職盡責地幫雲小侯爺給烤羊翻面了。

老主簿大致清楚王爺的心思，想了半晌，隱約猜出了是怎麼一回事，悄悄探頭看了看。

雲琅在邊疆沒少烤這些東西，指揮著玄鐵衛和親兵一塊兒幫忙，不斷翻著羊均勻火力。他自己熟練地抄了匕首，在羊身上隔些距離便扎幾刀，細細塗了調料蜂蜜。

雲琅腰間墜著玉珮，做事不方便，又擔心流蘇叫火燎了。忙得來不及看顧，索性要了塊布巾仔細細擦了手，將玉珮摘下來穿了根細繩，戴在頸間，沿著領子貼身塞進了衣服裡。

老主簿看著那塊玉珮，再看看坐在一旁的王爺，輕嘆了口氣，「去……拿些西域進貢過來的葡萄釀。」

老主簿看著大馬金刀烤羊的小侯爺，絞盡腦汁，盡力營造氣氛，「拿最好看的琉璃杯子裝，放兩塊冰，冰要剔透的，葡萄釀只取最澄澈那一層。」

「還有，找個府上會彈琴的。」老主簿：「彈個好聽些、風雅閒趣的曲子，要似有若無，能聽見些，細聽卻又聽不清，像是在腦子裡自己響的那種。」

老主簿特意囑咐：「藏好了，千萬別讓小侯爺看見。」

玄鐵衛不明就裡，依言盡數安排了，又弄來澄澈帶冰的葡萄釀，交到老主簿手裡。

老主簿端著刻了暗紋的檀香木托盤，托著冰涼酸甜的葡萄佳釀，聽著似有若無的縹緲琴聲，屏息凝神，小心翼翼過去。

剛走了兩步，便看見小侯爺一撩衣襬，塞在腰間，扛著烤全羊瀟瀟灑灑地坐下。

切了塊最肥嫩的後腿肉，細細吹了吹，在事先磨製妥當的蘸料裡凝神滾了幾滾。

拿匕首一把扎起來，盡數懟進了他們王爺的嘴裡。

老主簿眼看著那塊羊肉的大小，生怕蕭朔被噎出好歹。躲在暗處懸心吊膽看著，見王爺食肉寢皮般狠狠嚼著嚥了，才終於稍放了心。

晚了一步，氣氛已然再救不回來。

老主簿自問已然盡力，看著叼著匕首擼袖子分羊肉的雲少將軍，嘆了口氣。

叫來玄鐵衛，將琉璃杯子拿走，換成了粗瓷大碗。

把托盤收好，換成了鋪地的硬挺毛氈。

琴師被玄鐵衛扛著，在房頂縹緲又不縹緲地彈琴，顫巍巍的，緊閉著眼睛彈了半曲，便被好生扛下來送回了家。

「烤得倉促了，都不入味。」雲少將軍還不很滿意，在熱騰騰的大塊羊肉裡挑著，「羊也不夠好，肉質半點不緊實，一看就沒在戈壁上跑過。」

蕭朔險些被他一塊羊肉緊實地噎死，掃了一眼，淡聲道：「來日去北疆，我陪你去捉。」

「好。」雲琅來了興致，隨手將匕首插在肉上，「等我把燕雲全打回來，便帶你去跑馬。」

雲琅少年征戰，早在北疆跑得熟透，不比京城差上多少。

他瀟灑慣了，近來在京城待得久，終歸處處覺得約束，總放不開，「就是大宛馬，也要在那裡撒開了瘋跑，才能看出點汗血寶馬的意思。」

「冬日下了雪，便更好看。」雲琅興致勃勃給他講：「雪擁秦嶺，四境素裹，山上險峻得很，馬都不敢走。」

蕭朔靜聽著，替他倒了碗葡萄釀，遞過去。

雲琅難得見了酒，有點受寵若驚，「我能喝這個？」

「不醉人，酸甜爽口罷了。」蕭朔垂眸看了看，「他們不都說，沙場該喝這個。」

「葡萄美酒夜光杯？」雲琅念了句詩，「那大抵是臨行前送出征的，真到了地方，喝的都是燒刀子。」

雲少將軍飲慣了烈酒，若是擱在幾年前，不要說葡萄釀，花雕都覺得綿軟沒趣。

這些日子叫身邊人看得太緊，雲琅能屈能伸，接過來端著，細斟慢酌品了兩口，「回頭我叫刀疤弄來些，也給你嚐嚐。」

「放心，咱們兩個誰跟誰。」雲琅極大方，拍拍蕭小王爺的肩，豪氣道：「我有的，定然都叫你也有一份。」

蕭朔搖了搖頭，「你只是沒能拿羊肉噎死我，想拿酒再嗆一回，看我能不能醉死在榻上。」

雲琅一眼叫他看穿，有些訕訕，咳了一聲，「這般……明顯嗎？」

蕭朔早摸透了他的脾氣，懶得與雲琅計較，將匕首自他手中接過來，將羊肉重新分成適合入口的小塊。

雲琅坐在邊上，看著蕭小王爺埋頭切肉，也挪過去，「我要這個。」

蕭朔按著雲少將軍的北疆風俗，拿匕首戳了一塊切得最好看的，遞過去。

雲琅叼著吃了，又看了一圈，挑了塊最滿意的，指揮道：「還有這塊，帶皮的，皮烤酥脆了的最好吃。」

蕭朔抬眸掃他一眼，將那塊肉扎起來。

雲琅心安理得張嘴等著，眼看蕭小王爺將肉遞過來，探頭去接，竟接了個空。

蕭朔將肉扔進蘸料，換了筷箸夾著，來回沾了幾次，自顧自吃了。

雲琅措手不及，愕然看了他半晌。

「小王爺，就是一塊肉，也值得你這般放下身段跟我搶嗎？」

蕭朔平靜道：「這羊不是給我烤的？」

「雖說是……」雲琅訥訥點了下頭，看了看少說三十來斤的烤全羊，「你……都要吃完嗎？」

「吃不完，便叫人拿去燻製了，放起來存著。」蕭朔道：「等逢年過節，再拿出來慢慢吃。」

雲琅：「……」

蕭小王爺當真勤儉度日。

雲琅此前沒想過這個，此時看著，竟隱約有些不忍。

「王府可是銀子不夠了？面上風光，內裡其實只能吃糠嚥菜，點完的蠟燭把蠟油刮下來，用火融了灌進杯裡，戳根撚繼續用。」

「……」蕭朔闔了下眼，「不是。」

蕭朔被雲琅教了幾次，已能分辨肉質。夾了塊香嫩些的，細細蘸了料，擱進瞎操心的雲少將軍嘴裡，「府上銀子夠用，你不必擔心。」

雲琅想不通，「那——」

「那也不行。」蕭朔立刻接口道：「若是明日我從朝中回來，這羊叫你分乾淨了，我當即便去再買十隻。」

雲琅：「……」

他才轉了這個念頭，話都還未說，便被蕭朔堵了個結實。

雲琅端著葡萄釀，看著眼前料事如神、敢想敢說的蕭小王爺，一時忍不住抬手按了按額角。

「我說這句話，只是為了威脅你，怕你瞞著我將羊分了。」蕭朔靜了靜心神，慢慢道：「不是真的要買十隻羊。」

「我知道。」雲琅輕嘆，「不然呢？我在王府擺攤賣烤全羊嗎？」

蕭朔掃了一眼他頸間，沒說話，抬手替雲琅理了理衣領。

雲琅怕弄壞了玉珮，烤羊時便穿上繩子戴上，塞進了衣服裡頭。

玉珮戴得貼身，在外面雖看不出，卻能看見條細細的紅線，若隱若現地藏在頸間。

蕭朔看了一陣那條紅線，也一併仔細理順了，輕聲道：「多謝。」

「謝我什麼。」雲琅不知他這句話從何說起，由著蕭小王爺親手伺候，忽然想起件要緊事，

「對了，我比起那醉仙樓如何？」

蕭朔將手收回來，看著他。

「快說啊！」雲琅興沖沖道：「我比之醉仙樓——」

蕭朔：「雲小侯爺。」

雲琅聽了這四個字，就覺得後頭沒好話，當即囫圇起身，擺擺手，「罷了罷了，若不是誇我的，就不聽了。」

「是誇你。」蕭朔淡淡道：「你當年也曾打馬遊街，把酒臨風。」

雲琅聽著他誇自己，仍覺不對，乾咳，「那又如何？」

蕭朔：「也曾緩帶輕裘，買桂載酒。」

「你直接損我罷。」雲琅訕訕，「再吟詩酸詞，我要上房了。」

「好。」蕭朔看著他，「你不妨一想。若是醉仙樓有一日忽然烤了隻羊，一整頭扛上雅室，將客人按在地上，切成肉塊，挨個塞進嘴裡……」

雲琅聽不下去，遮著眼睛，「……不必說了。」

蕭朔長了見識，「人，不可貌相。」

【第六章】

雲琅總覺得蕭小王爺
這些年嘴上功夫見長

蕭朔設想了不知多少種情形，也想過縱然雲小侯爺不會做飯，去拿些後廚蜜漬著的梅花，用熱水一沖，當成湯綻梅端來給他。

總歸不失風雅閒趣。

一時不察。

花前月下，蕭小王爺坐在十分硌屁股的假山石上，看著雲琅，身心敬服，「我的確不曾想到，你竟還有這一手。」

雲琅有些心虛，端著還剩半碗的葡萄釀，挪著坐過去，「小王爺。」

「既是我自己挑的人，便也認了。」蕭朔語氣沉了沉：「可你烤好了，竟然還想著分下去。」

雲琅心說這麼大一頭羊，縱然燻製掛上，只靠你我兩人慢慢吃，還不知要吃到哪年。

要哄小王爺也是門本事，雲琅如今長了記性，腹誹一句便將話嚥回去，扯了扯蕭朔的袖子。

蕭朔垂了眸，身形不動。

雲琅好聲好氣，「不分，都是你的。」

蕭朔靜坐了片刻，低聲道：「你也能吃。」

雲琅失笑，想要說話，心底莫名酸軟了下，將葡萄釀遞過去，「喝一口。」

「花前月下，這般難得。」雲琅小聲：「我已算是焚琴煮鶴了，不喝酒豈不是對不起月亮？你幫我喝一口，給這美景良辰賠個禮。」

蕭小王爺只要被哄對了路子，便格外好說話，就著雲琅遞過來的瓷碗，低頭喝了口酒。

雲琅將酒碗放下，深吸口氣長呼出來，伸開腿，坐得舒服了些。

蕭朔將羊肉切好了，放下匕首，「你若累了，便靠著我。」

「倒還不累。」雲琅笑笑，「只是……忽然就覺得，這樣倒也很好。」

蕭朔蹙了下眉，抬起視線，落在雲琅身上。

「我原本總覺得，受了王叔王妃託付，就要看著你，把你看周全了。」雲琅隨手摘了幾片葉子，比了比，挑了片最好看的，「凡事先衡量上一圈，哪種做法最有利，我便去做哪個。」

雲琅靜了片刻，輕聲說道：「可做了之後，你難不難受、憋不憋屈，心中又是如何想的？我竟全然……」

蕭朔打斷他：「我那時說的這句話，也是氣話。」

雲琅張了張嘴，失笑，「是是，蕭小王爺最是善解人意，知道我一身苦衷，有心無力。」

蕭朔淨了手，拿過布巾，遞給雲琅，「你縱然再說好話，今夜也給我活烤了一整隻羊。」

雲琅繞了這麼大個圈子，竟沒能繞得過去，一陣頭疼，「回頭再給你做別的還不行？別去醉仙樓了，沒什麼意思。」

「真的。」雲琅擦乾淨了手，扯著蕭小王爺的袖子，盡力詆毀：「他們家賣酒還坑人錢。」

蕭朔原本便不想去，看著雲琅指間糾纏的布料，神色緩了些許，「你接著說。」

「倒也沒什麼可說的，就是忽然覺得這樣也很好。」

雲琅咳了一聲，耳後莫名熱了熱，扯了下嘴角，「我方才烤羊時，仔細想了半天，我真心想要的……定然不只是你活著。」

蕭朔眸底凝了下，落在他身上，半晌沒有出聲。

「將心比心。」雲琅低聲道：「有些事做了，其實未必是當下最好的那一種……可你若這麼做了，便能比過去覺得開心些，倒也很好。」

雲琅捲著那片葉子，他向來說不習慣這種話，只覺得格外不自在，清了下喉嚨，「故而……往後也是，你有什麼想做的，直接做就是了。」

雲琅：「我說的話，你若覺得聽不進去，是不必照做的。」

蕭朔輕聲：「什麼話都算？」

「對啊。」雲琅不明白話與話還能有什麼不一樣，「你若不愛聽，就當我在唱歌。」

蕭朔靜坐良久，點了下頭，「好。」

「話說回來，與戎狄議和、邊境劃定的事，倒也不必非要爭出個結果。」雲琅說了一句，看著蕭朔忽而沉下來的神色，伸手按住他，「你先聽我說。」

術業有專攻，雲少將軍在這件事上遠比旁人內行，稍一沉吟又道：「有幾樁事情，我們得立即去辦。」

蕭朔看他篤定神色，沉默一刻，點了下頭，「你說。」

「朔方軍無將，只能守不能攻。戎狄也定然是看準了這一點，才會來趁火打劫。」

雲琅道：「如今舉朝避戰，要叫他們不打我們的主意，朝廷是靠不住的。得設法叫他們自己亂起來。」

「北地苦寒，若非乘機襲我邊城，大都不願在冬日有所動作。」蕭朔搖了搖頭，「要在此時挑起各部族紛爭，並不容易。」

雲琅不知蕭朔竟還時時關注著這個，怔了下，笑笑，「是。」

雲琅扔了葉子，撐著胳膊坐正了些，「雖不容易，可也還有些辦法。」

蕭朔蹙了眉，「你當年回朝之前，在北疆仍有布置？」

雲琅端詳他半晌，抬手扯著蕭小王爺的臉，抻了兩下。

蕭朔將他的手攥住，按在一旁，「胡鬧什麼？」

「看一看。」雲琅一本正經，「你這些年要看著朝中動向，要四處找我，還去盯著邊境動向。

想得這麼多，如何竟半點不見未老先衰。」

蕭朔沒心情同他插科打諢，壓了壓脾氣，拿披風將人裹住，「接著說，你布置了什麼？」

雲琅沒能研究出來，有些遺憾，收回念頭，「他們的腹地，我曾叫人暗中引水，挖了條渠。」

「戎狄不通引水修渠之法，只當是天然水源，自然沿水有了人煙。」雲琅道：「這些年下來，附近已漸聚了不少人。」

蕭朔靜默了片刻，「你若要下巴豆，府裡……」

「不下巴豆！」雲琅惱羞成怒，「你能不能改改這記仇的毛病！」

蕭朔看了一眼那頭烤全羊，不置可否，「接著說。」

雲琅想咬他一口，磨了磨牙，壓著脾氣，「一條水渠，下藥有什麼用？且不說有傷天和，他們又不缺別的水源，再找就是了。」

蕭朔知道他定然還有後話，點了下頭，將雲少將軍的手拉過來。

雲琅不及防備，被他拉過去暖起了手，耳根一熱，不爭氣地沒了脾氣，「又不冷。」

蕭朔閒應了一聲，並未放開，反倒將他的手又向袖子裡攏了攏，「既然不是為了下藥，這條水渠又有什麼用處？」

「水是地下暗河，從陰山腳下引出來的。」雲琅道：「那一片水草豐盛，冬日又有陰山阻隔風雪，是三個部落的腹心之地。」

「那條水渠是活水，冬日裡凍不上。你派人帶兩箱子金沙，暗中混在水底淺沙裡，一日倒下去一些。」雲琅道：「隔個三五日，找個沒人出來的風雪夜，叫人去陰山背後。隨便找一片山石炸毀，裝作山石塌方……」

「再將金沙一股腦倒下去。」蕭朔緩聲：「凡有金礦的地方，定然會有細碎金沙逐水。戎狄見了，自然會以為是山石塌方塌出了金礦，去陰山背後尋找。」

雲琅點了點頭，「若是游牧逐草的時節，倒也未必能成。但此時隆冬嚴寒，任哪個部族，也不會放棄這種機會。」

蕭朔心裡已然有數，不用雲琅再細說，一頷首，「知道了。」

雲琅笑笑，也不再多廢話，「第二樁，你想辦法把殿前司要過來。」

「做什麼？」蕭朔冷嘲，「到不可為之時，我帶著八千禁軍去北疆打仗？」

雲琅細想了半晌，居然覺得也無不可，「倒也行，到時候說不定還能被記上，父子三人死社稷，八千壯士守國門，青史傳名。」

「別鬧。」蕭朔低聲道：「如今宮內有金吾衛，宮外有侍衛司，殿前司被死死壓制，我要來又有什麼用？」

雲琅收了調侃，握了握他的手。

當初的事，他也只是聽長輩說起。雖是陳年往事，如今物是人非、故人不在，可畢竟還有些東西留了下來。

若是利用得當，未必不能再派上用場。

雲琅看著蕭朔，稍一沉吟才又道：「你知不知道，當初端王叔剛去北疆時，朔方軍軍力其實遠不如現在，軍心渙散，已經吃了好幾次敗仗？」

蕭朔記事時，朔方軍便已是驍勇善戰的鐵軍，聞言蹙了蹙眉，「多少有些耳聞，但那時年紀太小，不曾親眼見過。」

「是。」雲琅點了點頭，「端王叔整頓軍制，將朔方軍徹底打散重編，定了分明賞罰，以新軍法訓練作戰，才將軍中風氣整肅一新。」

雲琅給他數，「那時候，騎兵有驍銳、寧朔、雲翼。步軍有廣捷、雄威。除此之外，還有最精銳的一支……」

蕭朔：「龍虎營。」

「正是。」雲琅笑了笑，「景參軍那時在軍中，就在龍虎營。」

這些都已是二十餘年前的舊事，雲琅只知道大概，也不再細究，「後來燕雲戰火暫息，京中卻又不安寧。不得已，才將端王叔調回京城，做了禁軍統帥。」

「端王回京時，帶了一支五十人的精銳親兵，都出自龍虎營。這隊親兵被編入了禁軍，夙夜護衛京城，後來便成了殿前司。」

「你是端王叔的兒子，戎狄自然會畏懼你。」雲琅看著他，緩緩道：「若是你領了殿前司，在朝中人看來，雖然未必有什麼感觸，但當年那些叫龍虎營打慘了的戎狄人，只怕餘悸仍在。」

蕭朔靜了片刻，眼底先出些冷冷自嘲，「也好，左右還算有用。承祖蔭……」

「況且，連大哥也同我說過了。」雲琅輕聲打斷：「你其實早已做好了準備，若國境生變，縱然我沒有回來找你……沒有你我今日之事。」

雲琅攥了下拳，「我去了北疆赴死，你也一樣會去死守那些邊城。」

蕭朔神色冷了冷，將人牢牢扯緊了，視線凝落在雲琅身上。

「就是打個比方。」雲琅緩了下心神，乾咳一聲，「我人不都在你府上了嗎？」

「連比方也不必打。」蕭朔咬緊了牙關，盯他半晌，森然道：「你該慶幸……」

他的聲音太低，雲琅沒能聽清，怔了怔，「啊？」

「無事。」蕭朔壓下了建個屋子、將人徹底鎖起來的瘋狂念頭，「你要我統領殿前司，震懾戎狄。我知道了，也會設法運作周旋。」

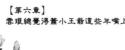

雲琅坐在假山石上，不知為何，沒來由打了個激靈。

今夜無風，烤全羊的炭火還未全息。他不知自己是不是又著涼了，茫然不覺地往暖暖和和的蕭小王爺身邊湊了湊，「唔。」

蕭朔眸底晦暗，盯了他半晌，「還有什麼事？」

「還有⋯⋯那幾個你救下的幕僚。」雲琅想了想，「我知道，你這幾日沒再叫他們來，是不想讓我因為這個心煩。」

蕭朔被他擠擠挨挨地貼了幾下，看著已不自覺蹭到身邊的人，眸底冷色稍減。

「此事不必說了。」

「還是說一說。」雲琅緩聲打著商量，「這些年下來，如今能統兵打仗的，有一個算一個，能保住已很不易了。」

雲琅知道蕭朔的心思，特意沒提那些煩心的事，「他們總歸算是我的舊部，叫我帶些日子。將來放出去打個仗、統個兵，還是靠得住的。」

「再說了，我也沒那麼容易欺負，動不動就叫人戳心捅肺。」雲琅看著蕭小王爺沉得能滴水的面色，胸口無端熱了熱，笑著拍拍他，「按這個說法，你看見皇上，不也恨得想咬桌子嗎？我不也給你出主意，叫你去和他虛與委蛇。」

「我不曾想咬桌子。」蕭朔蹙緊眉，「當年沒打過驍銳的都尉，氣得回來直咬桌子的是你，不要算在我頭上。」

「那就是我推己及人了。」雲琅打了個呵欠，揉揉眼睛，胡攪蠻纏，「我自小牙癢癢，見了什麼都想咬一咬。」

蕭朔看他半晌，抬手覆在雲琅頸後，慢慢揉了下。

雲琅打了個激靈，格外警惕，「這又是什麼新招式？」

「捉咬人的野兔子。」蕭朔按著他後頸，順手拎著披風一裹一兜，將人抄了起來，「夜深了，先回房。」

「怎麼又——」雲琅這些天都很懷念自己的腿，倉促反應過來，拽住蕭小王爺的衣裳，「等會兒，羊還沒吃完呢！」

「有人收拾。」蕭朔道：「你既累了，便先歇下，有什麼話在榻上說。」

雲琅覺得這句話莫名不對，剛要說話，已有一隊玄鐵衛迎面走了過來。

王爺嚴令過，每當此時，不論出了什麼事，都切不可看上一眼。玄鐵衛軍容整肅，不容雲琅反應，已鼻觀口、口觀心目不斜視，齊刷刷地面朝著院牆站了一排。

雲琅不爭氣地從頭紅進了衣領，當即狠狠踹到了蕭小王爺的腳上，「蕭朔！你若再胡來，莫怪我日後……」

蕭朔氣定神閒，「如何？」

雲琅搜腸刮肚想了一圈，竟想不出半點能拿來威脅的東西。

唯一一個醉仙樓，居然還被自己先不遺餘力詆毀了一通。

雲琅氣得磨牙，口不擇言：「日後再遇著什麼事，定然不再像今天這樣，什麼都不管了，居然忍不住想先叫你高興……」

蕭朔停住腳步，回身看著他。

雲琅脾氣一上頭就藏不住話，反應過來，一時追悔莫及，整個人又極丟人地紅了一層。

「我那時對你說，遇到這種事，不用你違心選我。」蕭朔看著他，聲音輕了輕：「可你今日選了我，其實既不是違心，也不是有什麼別的用意？」

雲琅面紅耳赤站著，說不出話。

蕭朔聲音極低，幾乎只看得見嘴唇輕動，「你是真心想讓我高興。」

雲少將軍羞憤交加，「這種事你反應這麼快幹什麼！」

蕭朔仍看著雲琅，他素來慣了不動聲色，此時反倒做不出什麼更激烈的反應，只是抬手，握了雲琅的手臂。

雲琅深吸口氣，決定蕭小王爺若再沒眼色地廢話一句，當即抬腿蹬了他上房。

蕭朔垂了視線，靜立半晌，自語一般道：「有件事，我曾對你有氣。」

雲琅愣了愣，「啊？」

「你今年回京，到了京城那日，正是我的生辰。」蕭朔輕聲：「我在書房等了你一整夜，怕你翻不動，叫人搭了梯子，還將圍牆下面挖的坑都填實了。」

「怎麼你——」雲琅心情有些複雜，忍不住問道：「圍牆下面都挖了坑嗎？下雨將地基泡鬆了，牆倒了怎麼辦？」

「倒了便倒了。」蕭朔不知是不是真聽進去了他的話，仍自顧自低聲道：「若沒有這牆，你在府外那三日，我只一抬手，就能將你留下來。」

雲琅胸口酸了酸，沒說出話，抬手扯了扯蕭朔的袖子。

「我那時沒有等到你，很生你的氣。」

蕭朔由他牽著袖口，靜了片刻，輕聲道：「想著你若有一日，能徹底明白我的心思，定然先揍你一百下屁股。」

雲琅：「……」

「聽你說這個，我很高興。」蕭朔試著抬了下唇角，他每到這時仍有些不得要領，卻仍仔細體會著，盡力叫語氣輕鬆愉悅了些：「今年生辰禮，就算你送過了。」

雲琅還想問他一百下的事，看著蕭小王爺站在面前，努力又生疏地做出少年時的樣子，心底忽然猛地一疼，「蕭朔。」

月色正好，美景良辰。

雲小侯爺站在皎潔月色裡，看著眼前的人，想了幾次，竟沒能再說得出話。

蕭朔忽然好好地朝他笑了笑。

雲琅打了個激靈。

他恍惚了下，心底不知為何，竟忽然莫名騰起些這些年從未察覺、或是曾在某個時候一閃即過，不及明悟，便已被接下來一樁連一樁變故死死壓著，狠狠碾成齏粉的念頭。

雲琅看著他，喉嚨輕動了下。

蕭朔走近了兩步，照著少時的慣例，在雲琅肩上輕捶了一把。

他盡全力叫自己做得與記憶裡無二，將手收回來，轉身便走，匆匆沒進了漆黑夜色。

❖

這之後，雲琅堵了整整三日，都沒能堵著蕭小王爺。

「我就不信了。」雲琅坐在書房的房頂上，「怎麼我去了醫館，他偏偏恰好回府，我回府就趕上他剛好出門？」

老主簿進退兩難，愁得白髮都添了幾根，好聲好氣哄著雲小侯爺先下來，「王爺這幾日要忙的事多……」

雲琅氣樂了，「他就算再忙，也總得睡覺吧？」

「不回書房也就罷了，我去東邊找他，他在西邊，我去了西頭，他又到北面去了。」

雲琅已在王府裡遊蕩了三個晚上，竟一次都沒能逮著人，無論如何想不通，「蕭小王爺是躺在了輛繞著王府轉圈的馬車上睡的覺嗎？」

老主簿欲哭無淚，扶著梯子不敢說話。

「我打了這麼多仗，還從沒抓個人都抓不住過！」雲琅就只是有些事想問清楚，周旋了這三天，要問什麼已拋在了腦後，被激得滿腔鬥志，「您告訴我，他究竟又跑哪兒去了？」

「再等幾日。」老主簿硬著頭皮，低聲道：「您再等上幾日，王爺定然給您個滿意的答覆……您先下來。」

雲琅不很高興，抱著屋簷銅製的瑞獸，「先叫蕭朔過來。」

「王爺此時的確過不來。」老主簿按著王爺的吩咐，從箱子裡拿出了個極精緻的木製小戰車，踮著腳舉高高，「您下來，這個就是您的。」

雲琅：「……」

老主簿也覺得這法子很不靠譜，迎著雲少將軍的視線，訕訕的將小木頭車收了起來。

這幾天下來，雲琅滿王府地堵蕭朔，老主簿滿房頂地追雲小侯爺，已追得身心俱疲。

王爺不准旁人多勸，打定了主意不見小侯爺的面。

老主簿就只在烤羊那天晚上沒時時跟著，弄不清兩人間究竟出了什麼事，格外擔心，「您——」

「那木頭車又是誰做的？」雲琅探出頭，往下看了看，「蕭錯嗎？」

「怎麼會？」老主簿微訝，「雖說的確請教了景王，這都是王爺自己做的……當年書房裡那個沙盤，也全是王爺自己一點點做的啊。」

雲琅皺了下眉，單手一撐，人已輕巧掠在了地上。

老主簿叫他嚇了一跳，一邊忙叫人蓋嚴了那一盒子的木頭玩具，一面急著要了領披風捧過來，「您如今尚在養身子，還是仔細些。」

話雖這麼說，雲琅如今見著，卻分明已比剛來王府時的情形好出了太多。

梁太醫盯得嚴，每天喝藥，日日行針。

蔡老太傅雖不曾再來，那些稀有難得的藥材，各色醫家妙手不肯輕示於人的方子，都如當年一般，被陸續送進了府。

老主簿虛扶了下，看著雲小侯爺隨手拎了披風抖開繫上，都止不住跟著欣慰，「好好，您再多養一養，就能跟王爺在榻上打架了。」

「打架就打架，去榻上幹什麼。」雲琅沒工夫細想，揮了下手不叫人跟著，進了書房，「您幫我望個風。」

老主簿過去沒少替他望風，幾乎已成了慣性，當即熟練揮退了侍從，虛掩了門，立在門口。

屋裡沒什麼動靜，老主簿守了一陣，忍不住好奇地向裡望了望。

雲琅在屋內反覆走了幾次，找著塊平平無奇的青石地磚，蹲下來敲了敲，翻出匕首插在磚縫裡，來回撬了幾次。

老主簿看得詫異，不敢出聲，悄悄瞪圓了眼睛。

雲琅撬鬆了四周邊縫，摸索著試了試，將匕首拋在一旁，又摸出了兩個形狀奇異的薄銅片。

地磚已經鬆動，雲琅將銅片沿著縫隙順進去，來回晃了幾次，卡著向上一用力，便將那一整塊石頭提了出來。

老主簿幫忙望風，眼睜睜看著雲琅熟練地拆書房，一時不知該不該勸，「小侯爺……」

雲琅伸手摸索了幾次，拿出來了個錦盒。

老主簿愕然，「您幾時藏在這兒的？」

雲琅鬆了口氣，逕自坐在地上，拍了拍盒子上積的灰塵，放在了地上。

這處地磚底下是何時挖開的，他自己其實都記不大清了。

少時小雲琅到處亂跑，看見什麼都覺得有趣。

有天迷了路，陰差陽錯看見了端王叔藏寶貝的地下密室。

端王府從不將他當外頭的孩子，半點兒也沒避諱，甚至還把小雲琅扔進去，讓他自己翻揀了大半日。

小雲琅對珍寶沒什麼興致，挑了把最好看的匕首。

他總在書裡見暗格密室，覺得有趣，心心念念了好幾日，也想要個自己的藏寶庫。

王妃慣著他，笑吟吟叫了人來，跟著雲小侯爺一本正經在府裡踏勘了三圈。

雲琅憶及往事，也覺得自己太淘氣，乾咳一聲，「王妃說了，既然是密室，就得挖在最安心的地方。」

老主簿看著地磚，「所以……您乾脆就把王爺的書房挖開了嗎？」

先王和王妃素來慣著雲琅，老主簿其實清楚，可也沒成想慣到了這個地步。

「王爺竟還全然不知道。」老主簿百思不得其解，「先王和王妃是怎麼把這件事瞞住的？」

雲琅亡羊補牢，把那塊石頭蓋回去，輕輕拍了拍土，「他那時在宮裡念書，不是日日都能回府……挖個放盒子的大小，也用不了一天工夫。」

當初在王府，小雲琅也只是愛湊熱鬧，見了什麼都覺得好玩有趣，並不是真非得要了不可。挖了個幾寸見方的小藏寶庫，埋進去了個錦盒，已知足得高興了好一陣子。

原本這東西打開並沒這麼麻煩，王妃給他做了個機關，就藏在書房的珍寶架上。是個格外不起眼的花瓶，一轉一擰，就能打開了。

小雲琅搜刮來的好東西，凡是不捨得玩、怕人惦記、金貴著生怕碰壞了的，全藏在了這小密室的錦盒裡頭。

老主簿懂了，「後來，王爺以為您走了，竟什麼東西都沒留下，叫我們從裡到外反覆翻了三遍書房，還拆了珍寶架。」

「幾番折騰。」老主簿一時百味雜陳，「這花瓶的機關……就不好用了。」

雲琅點點頭，輕嘆了口氣，「天有不測風雲。」

老主簿心有餘悸，「此事您切不可告訴王爺。」

「告訴他幹什麼，讓他來找我在榻上打架？」雲琅打開錦盒，在裡面翻了翻，拿出了個木製的小玩具，擦乾淨遞過去。

「您看一眼，這也是蕭朔自己做的嗎？」

「如何不是！」老主簿萬萬不曾想到這東西雲琅竟還留著，瞪圓了眼睛，問道：「王爺對您說是景王做的？」

雲琅將木頭拿回來，摸了摸嵌得還不很對稱的紅寶石。

「他說找蕭錯幫我做了這些，時間倉促做得不好，若是不喜歡，便去找蕭錯算帳。」

景王蕭錯是先帝幼子，按輩分比兩人大一輩，按年紀卻只大了雲琅不過五歲，從小便不幸被扔在了皇孫堆裡。

蕭錯整日被差不了幾歲的一群侄兒按在榻上揍，從來沒聽見過一聲叔叔。

大抵是揍得太多了，硬生生揍沒了心氣，對文韜武略都沒什麼興趣，也不喜歡聲色犬馬，唯獨醉心木工，立志要與公輸班比肩。

手藝差得太過懸殊，雲琅當時其實便不很信，只是無論如何套蕭朔的話，都沒能套出來。

「我還想，會不會是他太缺人誇獎，需要些自信。」雲琅摩挲著手裡的溫潤木質，「還追著他誇了三天，這貓當真做得很好。」

老主簿訥訥：「可這是隻兔子啊！」

雲琅：「……」

老主簿看了看神色錯愕的雲小侯爺，又看了看雲琅手中的木雕，終於大致弄清了王爺死不肯承認的原因。

老主簿從一開始就知道始末，先入為主，覺得王爺雕得其實也有幾分相似，「當真……看不出來是兔子？」

「您這麼一說。」雲琅托著木雕，心情有些複雜，「倒也有些神韻。」

「可不是。」老主簿鬆了口氣，「只是耳朵短了些，尾巴長了些。」

雲琅點了點頭，「是。」

「後腿雕得稍許消瘦了，不如尋常兔子那般肥碩有力。」老主簿：「又因為太急著給您，沒來得及漆成白色。」

雲琅：「……是。」

老主簿說不下去了，雙手捧著王爺雕的小木頭貓，恭恭敬敬放回了錦盒裡。

雲琅看著老主簿仔仔細細蓋上錦盒，忍不住抬手，按了按額頭。

那時的事，雲琅其實印象已不深，只隱約記得蕭朔急匆匆將自己拉進書房，卻又無論問什麼都不肯說。

他那時心比現在還大，沒能問出來，又忽然見了一屋子的木頭沙盤，興奮得什麼都忘了，當即沉迷進去了整整三天。

期間又有些什麼事，就都印象不深了，只記得王妃似乎來過，同他說了幾句話。

王妃走後，蕭朔便通紅著眼睛，搖搖欲墜一步三晃地走過來，將這木頭做的小貓遞到了他面前。

「我接過來，他一頭就倒了。」雲琅對這件事倒格外印象深刻，說起時仍覺餘悸，「我被嚇了個半死，還以為他得了什麼不能治的絕症，最後的願望是弄個沙盤看我玩三天。」

老主簿不知該怎麼明示，斟酌著勸：「您……還是多看些正常的話本，不要總是看這種。」

雲琅乾咳一聲，摸摸鼻子，「總之，醫官來看了，說不過是幾日不曾闔眼、心神消耗過甚。我不放心，就又陪了他一天一宿。」

老主簿心說才不是，那是因為小王爺縱然昏睡過去，也死死拽住了您的手腕，您不捨得剁手，又狠不下心把我們小王爺的手指頭掰斷。

這等話自然是不能講的，老主簿聽著，點頭附和，「是。」

「再醒過來，我誇了一句這木貓雕得靈動，他就死不承認了。」雲琅輕嘆，「後來我才知道，那幾日正好替我選媳婦，偏偏到處都找不到我。」

老主簿尚在走神，聽見這一句，心頭倏地一緊，霍然抬頭。

雲琅被他嚇了一跳，「怎麼了，可是又有什麼我不知道的？」

「不是……」老主簿乾嚥了下，訥訥：「您、您知道給您議親的事？」

雲琅失笑，「給我議親，我為什麼會不知道？」

老主簿心下發虛，一時不知該怎麼解釋，心事重重低了頭。

「前人不是都說了，匈奴未滅，何以家為。」雲琅道：「我覺得說得很好，故而先皇后同我提時，便盡數給辭了。」

他還記得當時的情形，笑了笑，「聽說好幾家在搶我，打了好些日子。虔國公的孫女……」

雲琅蹙了下眉，話頭忽而頓了下，沒再繼續說。

老主簿有些不安，「您——」

「虔國公是不是來京城了？」雲琅收了眼底輕鬆神色，靜坐了片刻，抬了頭，「來幾日了，為何沒人告訴我？」

老主簿奉命瞞著雲小侯爺，半點沒想明白怎麼竟憑空聯繫到了此處的，一時不知該不該說，「此事……」

雲琅神色微沉了沉，斂了衣襬起身，走到窗前。

虔國公是王妃的生父，論親緣，是蕭朔的嫡親外祖。

若沒有他梗在當中，兩家如今是最該彼此支持、走動親近的。虔國公是三朝老臣，開府儀同三司，若有國公府為後盾，蕭朔這些年也不必獨自苦撐王府。

自然會有長輩看顧、有本家扶持。

「他要見虔國公，是為了朝會。」

雲琅這一會兒已理清了思緒，緩聲道：「虔國公也曾執掌禁軍，又是先帝倚重的老臣，雖然如今致仕了，在朝中說話也仍有些分量。」

「若是能得了虔國公出面支持，哪怕只有小半朝臣附議，議和的事也要先壓下來。」

雲琅低聲道：「只要能拖到戎狄那幾個部落打起來，不攻自亂，便沒工夫再來折騰我們了。」

老主簿立在他身後，翻來覆去將自己說過的話回想了一遍，仍沒能想明白是哪句露了餡。

雲琅卻已不用他多說，撣了撣衣襬灰塵，「備車。」

「您不能去！」老主簿最怕這個，匆忙上前攔住，「虔國公如今仍不能釋懷往事，聽不進勸，只認定了您也是當年血案的兇手。若是……」

「虔國公還認定了琰王包庇我，想一劍捅了蕭朔呢！」雲琅向外走，「怎麼不攔著他？」

老主簿何曾沒抱過王爺的腿，只是終歸攔不住，堵著門滿心滄桑，「當真不可……」

雲琅平了平氣，回頭看了一眼窗外的天色。

連日陰沉，已兩天沒能看見月亮。

昨夜雲間遮蔽，忽然有了月暈，月暈則有大風。

風自北面來，今日大抵要有場暴雪。

「備車，車裡多放些厚裘皮，放幾個暖爐。」雲琅收回視線，「虔國公住在哪兒，還是京郊那處莊子嗎？」

老主簿已知終歸攔不住，掙扎片刻，不再說話，點了下頭。

「車走得慢，我先騎馬過去。」雲琅去摸碧水丹，攥到玉瓶，在掌心停了停，卻又放了回去，「梁太醫留的方子，照著給我熬一碗藥，我喝了再走。」

老主簿低聲應了是，正要跑去忙活，又被雲琅叫住。

「府裡還有多少蕭朔攢給我的酒？挑最好的，一塊兒裝在車裡帶過去。」雲琅道：「再給我來條繩子。」

雲琅被麻繩綁多了，想了想滋味，終歸沒狠下心，「有天蠶絲沒有？若是不夠，軟和些的布料也行，只是要長些，能連成兩三公尺最好。」

天蠶絲珍貴，尋常勳貴能得一匹已極不易，又豈會有裁了做成布條的。老主簿不知雲琅要拿來幹什麼，盡力想了想，「綢子行嗎？太長的也實在沒有，要幾條接起來。」

雲琅點了下頭，「有勞您了。」

老主簿忙搖了搖頭，「府上的酒都帶嗎？大抵有幾百罈了，都是小罈子的，有豐樂樓的眉壽，忻樂樓的仙醪，還有方宅園子正店的瓊酥，中山園子的千日春……」

雲琅靜了片刻，壓了壓胸口的念頭，低聲道：「挑好的，帶上……十罈罷。」

雲琅按按額頭，「燻羊腿就不帶了，是蕭小王爺的，不給別人吃。」

老主簿不敢多問，應了一聲，下去忙活準備了。

雲琅在屋裡坐了一刻，去老主簿帶來的那個箱子裡翻了翻，拿出據說是要給自己的木製戰車，細看了看。

這些年蕭朔當真長進，雕得已不比景王差多少，戰車不止軲轆能動，幾扇精緻的小門都能打開，上面還特意留了插戰旗的地方。

雲琅撥弄了幾次，將小戰車也放在那錦盒裡仔細收好，沒再放回幾寸見方的「密室」，端端正正擺在了蕭朔榻前的書架上。

又將那只頗具神韻的木頭兔子揀出來，細細擦拭乾淨了，揣進了袖子裡。

行軍布陣，看天氣是最基礎的本事。雲琅帶了親兵趕去京郊莊子，走到一半，已飄起了雪。

「少將軍，這雪只怕不小。」一刀疤頂著風追上來，「咱們——」

雲琅緊了緊披風，再度催馬，「快些，雪下透前趕過去。」

刀疤稍一猶豫，還是沒再說話，應了聲是。

雲琅已有幾年不曾這般跑馬，刀疤原本還不很放心，見他在馬上仍與過往全無不同，才稍放了些心，調轉馬頭回去傳令。

雲琅伏低了些，避開愈冷冽的風頭，扯著韁繩，抄進了草木茂盛的小路。

京郊不像京城那般繁華，林子裡雖難走些，卻能避風避雪，又是條難得的近路。

原本該近半日路程的獵莊外，不過一個時辰，已多了一隊馬蹄印。

「記得掃尾，抹去痕跡。」雲琅辨了辨方向，「府上的莊子也在附近，向東見的第一個，你們先過去避避雪，喝碗熱薑湯。」

刀疤應了聲，吩咐下去，接著問道：「少將軍，你呢？」

雲琅四下裡掃了一眼，隨手扔了韁繩，偏腿跳下馬，大步走了過去。

雪下了個把時辰，目力所及已一片銀白。

刀疤不曾留神看，竟幾乎沒看見莊門口立了個人，一時愕然。

雲琅走過去，將蕭朔一把硬扯了過來。

蕭朔被他拽得晃了下，睜開眼睛，蹙了蹙眉，「你來幹什麼？」

「你說呢？」雲琅被他氣樂了，胡亂拍了蕭小王爺身上積的雪，「你在這兒站了幾天了？」

「你給我派了那麼多事，我還能站幾日？」蕭朔淡淡道：「今日才來的，前兩天去拜訪了幾位父王舊部，並非故意躲著你不肯見。」

雲琅還不曾盤問他，先被堵嚴實了話頭，沒了脾氣，「罷了……此事回頭再審你。」

雪實在太大，蕭朔身上凍得冰涼。

雲琅越摸越皺眉，忍不住抬手要解披風，被蕭朔抬手按住。

「死心眼。」雲琅皺緊了眉，忍不住訓他，「老國公不給你開門，你就不會翻牆進去？就在門外站著？」

「……」蕭朔看著他，「雲少將軍，我們現在是在謀劃朝局。」

雲琅自然知道現在是在謀劃朝局，「廢話，我知道……」

「我來見虔國公，是希望在朝堂上能有堅實助力。」蕭朔：「此事要細加商議，反覆揣摩。你要我騎在牆頭上，拜託他在大朝時助我一臂之力，再上諫言，不向戎狄割地求和？到時候史書怎麼寫，騎牆之盟嗎？」

雲琅張了張嘴，咳嗽一聲。

「無非賣一賣慘，效仿古人府門立雪，叫外祖父於心不忍罷了。」蕭朔站到現在，好不容易被雪埋得有了些效果，就讓雲琅拍了個乾淨，「你看看你都幹了些什麼。」

雲琅看著蕭朔，有些心虛，「雪還夠，我再給你埋上？」

蕭朔闔了下眼，「……不必了。」

他算了時辰，虔國公每年此時都回去祭奠女兒，再過一刻就要出門。看見他在雪地裡站著也就罷了，再不願見他，至多無非是訓斥幾句，將他強行轟走。若是開了門，正看見雲小侯爺在門口拿雪埋他，三個人少說也要打出去一條半的命。此事再如何處置，也要翻扯出往日舊怨。蕭朔本不想叫雲琅摻和進來，卻不想老主簿竟還是沒能將人瞞住。

風雪愈寒，蕭朔眸底暗了暗，將雲琅向避風些的地方拉了拉，側身替他擋了擋風。

雲琅陪他站了一會兒，也有些發愁，「我若在門口跪著，能把門跪開嗎？」

「能。」蕭朔掃了他一眼，冷聲道：「你若跪了一刻，仍沒有人開門，我便會再忍不住，過去將你扯起來。」

雲琅凝神聽了半天，愣了愣，「可門還是沒開啊！」

「你我扭打時，只要有一個人站不穩，便能不小心撞開這扇門。」蕭朔道：「滾進去時，記得伸出一隻腳，把門卡住，放另一個人進來。」

「……」雲琅總覺得蕭小王爺這些年嘴上功夫見長，面無表情打消了念頭，捧了一捧雪攥實，砸在了蕭小王爺的臉上。

蕭朔從容抹了把臉，「府上的莊子也在附近，向東見的第一個，你——」

「先過去避避雪，喝碗熱薑湯。」

雲琅洩了氣，蹲在他身邊，「我不去。」

蕭朔壓了壓脾氣，半跪下來，替雲小侯爺繫嚴實了披風，「你在這裡有什麼用？若是外祖父不願見你，你在此處，反而給我添亂。」

「我怕外祖父揍你。」雲琅不情不願，低了頭，嘟嘟囔囔的，「外祖父要揍你，你定然不躲，我只好撲上來，抱著你給你擋。」

蕭朔靜了片刻，摸了摸他的髮頂，「羔羊跪乳，烏鴉反哺。」

雲琅幾乎懷疑自己沒聽清楚，「什麼玩意兒？」

「我替你擋了那麼多次，終於教會了你這個。」蕭朔道：「可此事你的確擋不得。」

蕭朔格外仔細，將雲琅腦袋上頂著的積雪盡數拂淨了，收回手，「外祖父要教訓的是我，惱的也是我。你沒有做錯事，不該受罰。」

「管他該不該，你不知道馬上將軍原本的力氣，若是不留手……」雲琅看他一眼，重重嘆了口氣，又攥了個小雪球砸在門上，「還有個辦法，你聽不聽？」

蕭朔蹙眉，「什麼辦法？」

「你還記不記得？你在宮裡，激切時吐了口血。」雲琅往他身邊湊了湊，低聲說悄悄話：「哪兒來的血？是血包嗎？給我一點兒。」

蕭朔靜了下，抬眸看著雲琅，「給你？」

「你的身子到底怎麼樣，虔國公是知道的。」雲琅計劃得很周全，「你吐血能瞞得過皇上，虔國公卻未必信。可若是我來，無論他氣不氣我，對我的情形應當大抵有數。」

雲琅拽著蕭朔，信心滿滿，「我吐一口血，倒在地上，你抱著我哭，求他救命。」

蕭朔眼底隱約帶了些冷沉，側過頭，「不行。」

「這都不行？」雲琅想不通，詫異抬頭，「依著我以前的脾氣，都不跟你商量，直接運內力自震心脈，先吐了血再說別的了。」

雲琅自覺已改了不少，想不通蕭朔是哪裡不情願，「又不是真的，只是裝一裝。」

「雲琅。」蕭朔輕聲：「你放過我，我好不容易才不再做這個夢。」

雲琅怔了怔，心頭也跟著微微一扯，一時竟沒能說得出話。

「再說……那血，也不能分給你。」蕭朔垂眸，「這個主意不好，你換一個。」

「不好不好，再不用這個主意了。」雲琅囫圇搖頭，握了蕭朔的手，又挪得近了點，把自己身上的暖和氣分給他，「你看看，我活蹦亂跳的。」

蕭朔被他熱乎乎握著，闔眼靜了一陣，撐了下地支起身。

雲琅也跟著站起來，他雖穿得暖和，體質卻畢竟不如蕭朔，此時已凍得有些發僵，跺著腳活動了幾次。

「如何不帶馬車來？」蕭朔將他拉到簷下，「若是冷了，也能回車上避一避雪。」

「馬車走得那般慢，我哪等得及。」雲琅往掌心呵了口熱氣，「你放心，我不逞強。」

「就是來看看你。」雲琅知道他的心思，格外配合，「能陪你一會兒是一會兒。若是撐不住了，我自去咱們府上莊子裡等你，喝熱薑湯，躺在暖榻上睡大覺。」

蕭朔難得聽他說了句順心的話，神色緩了緩，伸手將人牽住，試了幾次腕脈。

「就是血行不暢，老毛病了。」雲琅看著蕭朔，嘴上依舊閒不住，高高興興湊過來，「小王爺，給我暢一個？」

蕭朔被他平白調戲了一回，不為所動，按著腕間細細診過了脈，「好，如何暢法？」

雲琅自小欺負蕭朔到大，靠的就是蕭小王爺不經逗，稍一撩撥就要跺著腳，咬牙切齒罵他成何體統。兩人眼看年歲漸長，雲琅一時不察，竟被他舉重若輕般接下了話頭，一時竟不知該怎麼回，張口結舌：「我——」

「你若說不出。」蕭朔道：「就由我來挑。」

雲琅隱約覺出些不祥預感，退了兩步，「蕭朔。」

「你方才同我要血，我卻說不能給你。」蕭朔道：「不是不想給，而是不方便。」

雲琅愣了兩秒，忽然反應過來，耳後倏地滾燙，「我不用了！你——」

「我那時在皇上面前，若不示弱，無從取信於他。」蕭朔慢慢道：「情急之下，索性將舌根咬破，嗆出了口血，瞞天過海。」

「不用說細節！」雲琅悔之莫及，「你舌頭好了沒有？好了就閉嘴。」

「接連幾日都吃得清淡，也用了藥，原本已快好了。」蕭朔道：「三日前，被人請了頓烤全羊，這幾日便又有些上火灼痛。」

雲琅：「……」

蕭朔這些日子將話本夾在朝堂卷宗中，一心二用苦讀，此時這般直白說出來，耳後竟也不自覺燙了燙。

他靜了片刻，回想著書上的句子，一板一眼照本宣科，「想……勞煩閣下，幫我看看。」

雲琅：「……」

蕭朔定了定神，上前一步。

雲小侯爺轟一聲熟了，氣血暢得直沖頭頂，走投無路轉了兩個圈，飛進了虔國公獵莊的圍牆。

兩人自小一塊兒長大，雲琅仗著比蕭朔讀的話本多，時常沒個正經，尋個機會便要逗弄蕭小王爺。不想後來者居上，竟一朝叫對面翻了身。

蕭朔比他橫得下心，敢說未必不敢做。

雲琅走投無路，腳底下沒了方向，一時順腿，飄進了虔國公獵莊的圍牆。

雲少將軍家學淵源，自小身法奇絕。好不容易從面紅耳赤裡緩過來稍許，回過神，人已在牆對面徹底站穩當了。

「什麼人！」院內，家丁正四處巡邏，聽見動靜立時抽刀出鞘，「出來！」

雲琅不曾想到前國公府的家丁竟這般悍勇，當即收斂氣息，蹲在了牆角草垛後。

不過幾息，已又有人趕過來。

「可找著了？究竟是什麼人？」

「不知道。」有人道：「還是和方才一樣，只聽見響動，其餘的都沒看見。」

「莫非是雪壓塌了圍牆？」有人猜測，「今夜這雪實在太大，咱們這處獵莊久不修繕，說不定是哪處損毀了。」

「若是壓塌圍牆，倒也罷了。只怕有奸人潛入，如今情形，不可大意。」為首的家將掃了一圈，沉聲道：「快搜，定然要找出來！」

雲琅按著額頭，藉風雪遮蔽，向角落躲了躲。

國公府的家丁不少，四散開來各處搜尋，一時眾目睽睽盯著，再要翻牆出去已來不及。

雲琅一時無法，盡力矮了身形，繞著圍牆邊找人。

「蕭朔！快點兒，回我一聲。」

蕭小王爺既然來找虔國公，向來多少已有周全計劃，這時候把老國公府上的家丁無緣無故打一頓，不論如何都不很合適。

雲琅不知蕭朔安排，不打算添亂，用力敲了幾下牆，壓低聲音：「你那邊究竟什麼安排，抱著虔國公的腿哭行嗎？」

虔國公的這一處獵莊，他們兩個少時也跟著王妃來過幾次，圍牆並不算很結實，裡外都能隱約聽見對面的動靜。

隔了一陣，蕭朔也已在牆外聽見了他的聲音，尋過來，「靜觀其變。」

「再靜就觀不了了！」雲琅有點著急，催促道：「快點兒，拿個主意，要嘛給我扔進來幾根荊條背上。」

蕭朔在牆對面，大抵是搖了搖頭，「天寒地凍，荊條都拿去燒火了。」

雲琅愁得不行，「那怎麼辦？」

家丁正在四處搜索，雲琅不能待在一個地方，貼著牆根慢慢走，盡力回憶聽人說過的過堂法子，「立風雪也立過了，還有什麼賠罪的辦法，滾釘板行嗎？脊杖，自斷一臂，穿小姑娘衣裳跳舞，三刀六洞……」

「……雲琅。」蕭朔靜了片刻，終歸想不明白，問：「你為什麼總能把這件事這般自然與別的摻在一起？」

雲琅頓了頓，乾咳一聲，「古人不都是這麼幹的？彩衣娛親……」

蕭朔一時不察，竟被他引經據典說通了些許，在牆對面沉吟了一刻。

「能不能快點拿主意！」雲琅回頭掃了一眼家丁，又向前挪了些，邊走邊說：「在我前頭好像還有一個蹲牆角的，已經驚動了他們。眼下到處都在搜人，你要是再想不出來，我就……」

蕭朔不得不跟著他，在牆外繞了大半個圈，「什麼？」

雲琅：「……」

蕭朔沒能聽見他回應，敲了兩下圍牆，「雲琅？」

蕭朔隔著牆，不知裡面情形，放不下心，「可是搜著了？不要同他們動手，你先設法出來。」

雲琅蹲在牆角，訥訥：「……我不動手。」

蕭朔心下沉了沉，「你面前有幾個人？」

雲琅身心複雜，「一個。」

只一個家丁，雲小侯爺一扇子都能順手敲暈過去，此時不出手，只怕是被什麼給絆住了。

蕭朔蹙了下眉，沉聲道：「你應付不來？先設法自保，不可教他們傷你，我去叫門。」

「你叫得大聲些，把門拆了也可。」雲琅喃喃：「最好把所有人都引過去，多牽制一陣，我這裡有些不方便。」

蕭朔聽的雲裡霧裡，愈發焦灼，「雲琅！」

雲琅嘆了口氣，藉著柴草垛遮掩蹲在牆角，看著眼前面色同樣格外陰沉的虔國公。

……彩衣娛親，臥冰求鯉。

雲小侯爺屏著呼吸，顫巍巍伸手，幫老人家摘了眉毛上掛的一根稻草穗穗。

⊹

琰王來拜會外祖父，在獵莊外頂風冒雪立了大半日。

終於如傳言一般，不由分說，甚是凶悍地叫人拆了獵莊的圍牆與半扇大門。

家丁不敢動武，一時盡數圍了過去，連勸帶攔地阻了半日，總算盼來了已不知所蹤了大半個時辰的國公爺。

「表少爺帶了人，說這門不好，硬要全拆下來。」家將沒能勸住，灰頭土臉跪下，「是屬下護衛不力，老爺——」

家將愣了下，看著跟在老國公身後的雲琅，錯愕半晌，慢慢瞪圓了眼睛。

虔國公負著手，掃了一眼遍地狼藉，冷哼一聲，一言不發向室內走過去。

雲琅一眼瞄見蕭朔，躡手躡腳要過去，聽見背後一聲沉叱：「滾過來！」

雲琅腳步一頓，老老實實轉了回來。

蕭朔蹙緊眉，伸手將雲琅牢牢拽住，幾步上前，「國公。」

「多年不見，你倒越來越長本事。」虔國公掃了兩人一眼，面色冷然，「不止知道和老夫對著幹，膽子也愈發大，已不必認我這個外祖了。」

蕭朔不知雲琅為何忽然叫他拆門，此時卻打定了主意，半句不提。

過去俯身跪下，「外祖父。」

雲琅貼著邊過來，也想跟著跪，被蕭朔抬手攔住。

雲琅有點著急，想和他說話，彎下腰低聲：「等會兒，你聽我說……」

「此事不該你說。」蕭朔道：「你的親兵拿了暖爐厚裘，你先去暖一暖，緩過來再說話。」

雲琅欲言又止，徘徊半晌，還是過去抱了暖爐，蹲在了蕭朔邊上。

「今日之事，怪我不知輕重，與他調侃胡鬧，以致一時失了分寸。」蕭朔收回視線，「怪不得雲琅冒犯。」

虔國公轉回來，負了手看著他，「又是怪你？」

蕭朔低聲：「是。」

「老夫不過閒來無事，沿圍牆散心，憑空便從牆上掉下來個人。」虔國公幾乎有些匪夷所思，「莫非是你給扔進來的？」

蕭朔掃了一眼雲琅，攥了下拳，「是。」

雲琅：「……」

虔國公沒想到他竟真敢答應，愕然瞪了蕭朔半晌，冷笑，「好、好。」

「你就打定了主意，什麼事都護著他，是不是？」虔國公是軍伍出身，脾氣上來，照四下裡一掃，順手抽了條寸許粗的木棒，「既然找打便跪著！」

「外祖父年事已高，動氣傷身。」蕭朔跪得平靜，將人牢牢護在身後，「您要打要罰，只吩咐便是。」

雲琅蹲在邊上，按著額頭，嘆了口氣。

這些年祖孫兩人便不曾好好說過幾句話，一地的家丁都看熟了這等事，不敢勸，心驚膽戰悄悄散了，抱著柴草盡力堵上了門。

風雪愈寒。

蕭朔垂了眸，仍油鹽不進地跪著。

虔國公氣得咬了牙，舉了棍子便要打，卻還不及落在蕭朔身上，面前已又多跪了個人影。

雲琅跪得鄭重，將暖爐擱在一旁，伏在雪地上，給老人家叩了個頭。

「怎麼，一個兩個的都要給老夫來這套，你也要替他挨揍？」虔國公面色冷了冷，沉聲冷嘲：「真以為老夫會心軟……」

雲琅膝行兩步，低聲：「外公。」

虔國公腳步一頓，花白的眉毛死死蹙緊了，冷然挪開視線。

「我不替蕭朔挨揍。」雲琅老老實實道：「風雪這般大，太冷了，我想先進去。」

虔國公有些年頭沒見識過雲家小子的不見外，眼看著雲琅蹬鼻子上臉，一時竟叫他氣樂了，「你倒敢說話，不怕老夫一刀劈了你？」

「劈就劈了。」雲琅小聲：「還能給外公聽個響，解解氣。」

虔國公張了張嘴，竟不知該怎麼接，百思不得其解瞪著他。

雲琅總算弄清了這對祖孫怎麼吵到了今日，牢牢按著蕭小王爺，絕不准他再多說一個字。

「您先揍蕭朔，我進去喝口茶，暖暖身子就出來。」

「不過些許風雪，也好意思說受不住。」虔國公看了雲琅半晌，冷然回身，「你們兩個昔日可沒這般嬌貴，想來這些年……」

「這些年，蕭朔隻身支撐琰王府，背負血仇韜晦轉圜，勞心傷神。」雲琅主動接話：「我四處逃命，破廟睡過，山溝滾過，弄來一身傷病，到現在都沒好全。」

「這般糟蹋下來，都不如少時那般康健。」雲琅輕嘆，「自然也不能履圍牆如平地，視風雪作等閒。」

虔國公在牆邊蹲了小半個時辰，親眼看著雲琅從圍牆外如履平地飛進來，掉在的地上。他有些年沒見過這般信口開河的，看著雲琅，一時竟不知該從何駁斥起，「你——」

「我翻進來，都費了很大力氣。」雲琅唏噓，「可惜偏偏無人看見，沒人能替我作證。」

雲琅看向右邊。

「家將大哥，您看見我進來了嗎？」

家將防衛不力，面露愧色，「回國公爺，屬下未曾看見。」

「可惜。」雲琅嘆了口氣，看向左面。

「這位家丁大哥，您看見我進來了嗎？」

家丁只聽見了聲音，有些愣怔，搖了搖頭，「不曾。」

雲琅點了點頭，扼腕惋惜，「他們都沒看見。」

「自然……您是堂堂國公，開府儀同三司。」雲琅：「也是絕不會大雪天裡用斂息術避開自家護衛，蹲在自家獵莊牆角，偷聽我們在外面說話的。」

雲琅誠誠懇懇，「也不會因為不小心驚動了護衛，引得一群人四處搜尋，不得不躲在了柴垛後面。故而，您也絕不會看見我進來。」

虔國公怒從心中起，「混小子，莫以為老夫真不敢揍你！你——」

雲琅要說話，不留神嗆了口冷風，一疊聲咳起來。

他如今身形單薄，瘦得衣物都有些空蕩。這陣咳嗽緩不下來，力氣不濟，單手撐在了雪地上。

雲琅面色蒼白，壓著咳意，努力朝他壯烈笑了笑，「您放心揍，我絕不跑，叫您揍過癮……」

虔國公巴掌舉得老高。

蕭朔再忍不住，抬了頭，想要將他攔在身後。

雲琅跪在雪地裡，搖搖欲墜的，不著痕跡把人一腳踹回去，「不瞞您，如今我二人在朝中步步維艱，原本也累得快撐不下去了。」

「前陣子，蕭朔已找好了塊風水好的墓地，只等著什麼時候有幸一塊兒丟了性命，埋下去一了百了。」

雲琅垂眉低聲：「您將我們揍散架了，便就此撒手，什麼都不用再管。」

「胡說八道！」虔國公再聽不下去，怒氣攻心，「才幾歲的黃口小兒，就滿口生死之事！」

「不就是朝堂裡那些破事！叫人欺負到頭了，覺得心灰意冷了？」虔國公氣得雙目圓瞪，「一個兩個的有骨氣，只知悶頭鑽撓，不知道借外頭的助力，不知道去找人幫忙！現在跑來喊委屈，早些年……」

雲琅撐著雪地，慢慢跪坐下來，低了頭。

虔國公咬緊了牙關，死死盯著他。

【第七章】

你懷了老夫的重外孫，還在嗎？

雲琅還想再沒邊沒沿地哄老人家幾句，將此事輕輕揭過，話到嘴邊，攥住了袖子裡的木頭小兔子，竟沒能說得出。

雲琅坐了一陣，跪伏下來。

他闔了眼，額頭靜抵著冰涼的雪地，不再出聲。

虔國公眼底通紅，胸口起伏幾次，冷著臉色轉過身。

雲琅終於在心底鬆了口氣，闔了眼，將眼中熱意慢慢斂回去。

他回手摸索幾下，扯了扯蕭朔的袖子。

蕭朔擰緊了眉，將他從雪地上扶起來。

雲琅按著約好的，沒再不管不顧倒在蕭朔面前，朝他笑了下，輕聲道：「沒事。」

蕭朔握住他的腕脈，將人護進懷裡，「少說話。」

「外公好歹也曾是禁軍統領，在朝中待過這麼些年。雖說當時悲憤交加，受人蠱惑，過了這些年，早全都想明白了。」雲琅靠著他，指指點點，「還不是你，半句好聽的話也不會說，每年照例來氣人找打。」

蕭朔肩背無聲繃了下，垂了視線，「是我的過失。」

「也不怪你，你一個人支撐著琰王府，眾矢之的。處處都死盯著你，稍有不慎就是粉身碎骨。」雲琅大聲嘟囔：「你不敢與外公走得太近，是怕他日你出了事，再牽連虔國公府。」

蕭朔不欲他再多說，拿過暖爐放在雲琅懷裡，又用厚裘將人裹嚴。

雲琅這會兒是真冷了，咳了兩聲，壓了壓氣息，「外祖父沒有服軟，也不是想見你又不好意思見，故而今日，也並沒躲在牆內，悄悄探聽我們在牆外的動靜。」

雲琅靠在蕭朔懷裡，字正腔圓，好心強調，「家丁大哥們找了半日，也並非因為外公偷聽見了

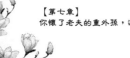

我說你吐血，一時緊張，踩翻了一處柴垛。」

虔國公再聽不下去，大步走過來疾言厲色：「老夫聽得見！」

雲琅心安理得，把蕭朔推出來，「揍他。」

虔國公看著蕭朔，一時甚至有些想不通，今日為何不在見著雲琅的第一眼便將這小子攢了手腳捆上扔出去。

好不容易緩和了兩邊氣氛，雲琅來回看了看，抓緊時間扯蕭朔，無聲做口型：快，說幾句好聽的，叫外公心疼。

蕭朔抱著他，闔了下眼，「外祖父。」

虔國公已被雲琅氣得不知該怎麼生氣，回頭看著蕭朔，虎了臉沉聲：「幹什麼？」

蕭朔低聲：「您……疼疼雲琅。」

虔國公：「……」

雲琅：「……」

雲琅就少說了一個字，快被他愁死了，「叫外公心疼你。」

「您疼疼他。」蕭朔閉上眼睛，「求您……替母親對他說，叫他不要再難過了。」

雲琅話說到一半，愣了愣，轉過頭。

虔國公慢慢擰緊了眉毛，看著雲琅茫然無措的神色，靜立半晌，沉聲道：「先進去。」

蕭朔膝行兩步，「外祖父——」

「進去！沒看見他凍成什麼樣了？」

虔國公狠瞪一眼，咬牙吩咐道：「去熬薑湯，拿虎骨酒過來。」

家丁回過神，忙送著兩人進了會客的外堂，又依言跑去準備。

虔國公冷眼旁觀，看著蕭朔小心將雲琅安放在榻上。

他立了半晌，走過去，半俯了身牢牢盯著雲琅。

雲琅剛把老人家蹲牆角的事抖落乾淨，一時有些心虛，咳了咳，「外……」

「亂叫什麼。」虔國公寒聲道：「誰是你外公？」

雲琅微怔。

當初兩人年紀都還小，成天跟在王妃身後到處亂跑。他看著蕭朔有這麼多親眷長輩，很是眼熱，也跟著亂叫。

除了爹娘沒叫在一塊兒，什麼都是跟著蕭朔叫的。

後來出了事，雲琅其實自知，早已不該再這般覥著臉張口。

他摩挲了下袖子裡的小木雕，垂眸靜了片刻，盡力笑了笑，從容道：「國——」

「當初老夫的孫女要許給你。」虔國公冷然瞪著他，「你為何不要？」

雲琅：「……」

蕭朔手臂一緊，倏而抬頭。

雲琅一時不察入了套，乾嚥了下，訥訥：「前人……前人說的，戎狄未滅，不讓成家。」

「定親你也不要！」虔國公這口氣憋了好些年，「叫你相看相看你都不肯，前人說了戎狄不滅不讓看小姑娘嗎？」

虔國公只這一個寶貝女兒，便宜了端王，剩下幾個兒子都不成器，唯獨長子生的閨女看著水靈，很肖似端王妃的性子。

虔國公看著雲琅長大，當初不由分說，在一群要嫁自家女兒孫女的老臣裡，硬搶來了雲琅的生辰八字。

結果雲琅從頭至尾，不要說相看，連面都沒朝，拎著槍就火急火燎去了北疆。

虔國公森然盯著他，「抑或是……你眼界太高，嫌棄老夫的孫女，覺得配不上？」

「定然不是！」雲琅矢口否認：「您老的孫女，定然極像王妃，豈能用嫌棄二字！」

雲琅越說越義憤，拍腿而起，「誰嫌棄，我便去揍他！」

蕭朔被他一巴掌拍在腿上，蹙了蹙眉，低聲道：「我家表妹，要去也是我去，你添什麼亂？」

「你妹妹，不就是我妹妹。」雲琅大包大攬胡言亂語，「有什麼不一樣。」

蕭朔聽他說了這一句，臉色反倒好看了些，揉了揉被雲小侯爺一巴掌拍麻了的腿，垂了視線，又不說話了。

虔國公看著這個悶葫蘆一樣的外孫就生氣，看雲琅便更氣，含怒翻舊帳，「我聽說先帝親自叫人問你，你竟然還信誓旦旦說，是端王妃偷著給你挑好了。」

雲琅縮了下脖子，一陣心虛。

他當時對這些實在沒興趣，煩得很，又被追得沒完沒了。

索性兩頭堵實，對著先帝信誓旦旦說端王妃給挑好了。

對上端王，又一口咬定先皇后那兒有了屬意的人家。

兩邊又不能對質，都以為他這兒已大致定下了，一拖二拖，就這麼給糊弄了過去。

雲琅不知虔國公家的小孫女現在如何了，生怕還未許配舊事重提，硬著頭皮嘴硬：「王妃、王妃的確給我挑好了啊。」

虔國公冷眼看著他編，「挑誰了？」

雲琅一時已想不起當時都挑了什麼人，戳了戳蕭朔，示意他盡快幫自己想一個。

虔國公看著兩人眉來眼去，冷著臉掃了一眼蕭朔，沉聲問道：「你替他說，你母妃給他相看的是哪一個？」

蕭朔攥了下拳，搖了搖頭，沒有做聲。

雲琅一時氣結，「你——」

「少扯他。」虔國公牢牢按著雲琅的腦袋，「哪個？快說！」

雲琅咬牙切齒，想不通這般要緊的時候，蕭小王爺為何竟半句話不幫自己說，一陣賭氣，隨口說道：「他。」

虔國公愕然，「誰？」

「就他。」雲琅豁出去了，摸出那塊玉珮，硬著頭皮編：「這就是定親的納禮。」

虔國公掃了一眼，眼睛徹底瞪圓了。

雲琅根本不知道這塊玉珮是幹什麼的，又有些什麼名堂。

事急從權，他橫了橫心，靠著這些年看過的話本，磕磕絆絆胡編亂造：「您看這雙魚，其實是同心結。這裡的刻花，是子孫滿堂。」

雲琅胡亂一指，「這些鏤空的地方，您看見了嗎？這是暗文，是蕭朔的生辰八字。」

玉珮就是虔國公當年受端王所託，親自找玉匠刻的，虔國公實在聽不下去，「老夫知道！」

「這勾雲紋，是……」雲琅還在編，說到一半，忽然反應過來，「啊？」

虔國公原本還覺得定然是雲琅胡說八道，此時見了這塊玉珮，縱然再不信，一時竟也生出了七、八分的疑慮。

虔國公費解地看著蕭朔，又看了看雲琅，又看了看兩個人膩歪在一塊兒、糾纏不清的衣襬，抬手用力揉了揉眼睛。

蕭朔從方才開始便沒了動靜。

雲琅不知這人是不是凍傻了，一時顧不上他，乾咳一聲，「國、國公——」

「叫什麼國公。」虔國公恍惚道：「不是一直叫的外公嗎？」

雲琅心說這也未免太過朝令中午改，偏偏此時氣氛莫名詭異，他竟也不很敢反駁，乖乖改口：「外公。」

「你那時，被人押去法場。」虔國公一時有些拿不準，仔細看了看，「曾說你……懷了老夫的重外孫。」

蕭朔：「……」

雲琅：「……」

虔國公神色複雜，「還……在嗎？」

雲琅自己都快忘了龍鳳胎的事了，眼前黑了黑，一陣頭疼。

「您怎麼也知道了？」

「都是胡編的。」雲琅那時無非只是覺得死前無聊，想折騰出些熱鬧看看，此時追悔莫及，「沒有這回事，我也沒這個本事。」

「不盡然。」虔國公死盯著玉珮，「不然……這塊玉珮，也不該給了你。」

虔國公一時不知該說什麼，看著雲琅，字斟句酌：「老夫這些年，並非真生你的氣。只是死要面子，知道誤會了你，又不知該如何對你賠禮，你不要因此記恨老夫。」

雲琅失笑，「您說這話，要折死我了。」

虔國公：「也不要因此……遷怒老夫這個外孫。」

雲琅：「嗯？」

「和……」虔國公橫了橫心，「老夫的重外孫、重外孫女。」

「沒有這回事！」雲琅愁得不行，「我當真生不出來！」

「生不出來就生不出來，你二人……」虔國公來回看了看，他戎馬慣了，此時對著自家外孫明媒正娶、有定親納禮的王妃，竟不知該擺出個什麼架式，「鸞鳳和鳴，琴琴同譜。蕭朔的母妃最喜歡你，看見你們兩個好，心裡定然高興。」

虔國公訓斥外孫：「今後，不可將人從牆外扔進來。」

雲琅還在「鸞鳳和鳴、琴瑟同譜」的新用法裡震撼著，一時不知自己是不是點了老人家什麼穴，抬手按了按額頭。

蕭朔靜了半晌，低聲道：「好。」

「蕭朔的母妃最想看見的，便是你們兩個高興平安，好好長大。」虔國公忍著心裡絞疼，深吸口氣，替蕭朔的母親教導：「之子于歸，宜其室家。」

蕭朔低聲：「好。」

虔國公看了看雲琅，他一向將雲琅當子侄小輩對待，糙得很，此時忽然轉換了身分，竟格外不適應，「你……娘，最怕你鑽了牛角尖，把什麼都怪罪到自己身上。所以才把蕭朔託付給你，釘牢了你的最後一口氣。」

「故意不對你說明，就是為了拖著你，不叫你什麼時候扛不住了，就輕易把命也扔了不要。」

虔國公看了一眼雲琅，低聲道：「你往後別因為這個難過了。」

雲琅胸口疼木了，沒說話，低頭笑了笑。

「既然是……回來省親的。」虔國公起身，讓了讓，「進去說話。」

眼下情形未免太過詭譎，雲琅雖未從老國公那一番話裡緩過來，依然本能覺得有些不對。

他向四下裡看了看，拽著蕭朔還想低聲商量兩句，已被蕭小王爺連根端起來，穩穩進了內室。

家丁忙忙碌碌，滿獵莊收拾了半天，終於將圍牆勉強修好，又端來了熱騰騰的薑湯和虎骨酒。內室暖融，榻上鋪了三層軟墊、五層厚裘，火盆不要錢地攏了一排。平日裡掛在牆上的虎皮狼頭盡數收起來了，換了不知從哪淘換來的字畫，燈燭拿細紗朦朧隔著，盡數藏在簾後。

❖

家將不敢多問，按著國公爺的吩咐，翻遍內外府庫，焦頭爛額捧來了最好看的暖爐。

雲琅看著眼前情形，不大敢動，謹慎扯著蕭朔，「我是不是說錯話了？」

蕭朔靜看他一陣，搖了搖頭，「說得很對。」

雲琅：「……」

這一家子只怕都很不對勁。

此番來是有正事的，雲琅設法東拉西扯，是有心幫蕭朔先把老國公哄好，把事辦妥了再說。一時不慎，眼下竟偏出了不知多遠。

雲琅坐不住，低聲道：「外公是不是誤會什麼了？你去解釋解釋，當真沒有重孫女。」

「沒有便沒有。」蕭朔拿過薑湯，濾去細碎薑末，吹了吹，「外祖父方才特意同我說，順其自然、不必強求。」

蕭朔試了薑湯冷熱，遞過去，「只要你我和睦，沒有也很好。」

雲琅接過薑湯，食不知味嚥了兩口。

不知為何，話雖沒什麼問題，聽起來卻格外不對勁。

尤其方才老國公拽著蕭朔，嘀嘀咕咕說話的時候，看他的神色都顯得與往日格外不同。

雲琅才硬推了人家虔國公府的孫女，此時心中格外沒底，拉著蕭朔，低聲問：「外公會設法叫我放鬆警惕，趁我不及防備，把我捆了直接扔進洞房，逼我成親嗎？」

蕭朔神色有些複雜，抬頭看了雲琅一眼，拿過簪了花的暖爐，擱進他懷裡。

雲琅心中警惕，「當真？那我先去避避，你……」

「放心。」蕭朔道：「我不會逼你。」

雲琅心說關你什麼事，他終歸心裡沒底，抱了暖爐，挪得離蕭朔近了近，「若是情形不對，你要幫我。」

屋內避風，雲琅喝了薑湯，又抱著暖爐，身上早暖和過來不少。

蕭朔被他熱乎乎靠著，垂眸輕點了下頭，「好。」

蕭朔看著雲琅頸間玉珮，坐了一刻，低聲道：「你早知道……」

雲琅愣了下，「什麼？」

蕭朔理順了念頭，搖了搖頭，替雲琅將玉珮放回衣領裡，理了理，「沒事。」

雲小侯爺看著瀟灑，其實最不會應付這些事。當年聽見要議親，嚇得當即跑去打翻了戎狄的三個部落，把戎狄的首領一路追到了陰山背後。

若是真知道這玉珮是做什麼的，定然不會收得這般痛快。

更不會到哪兒都要拿出來顯擺，烤個羊都要摘下來幾次，生怕別人看不見。

大抵……的確只是情急之下，隨口編的。

蕭朔垂了視線，看著仍格外警惕、擠擠挨挨跟自己貼在一塊兒的雲少將軍，抿了下唇角，伸手覆了他的髮頂，「編得很好。」

雲琅不過是信口開河，有些費解，「哪兒好了？」

「哪裡都很好。」蕭朔替他理好衣襟，「外祖父來了，你坐正些。」

雲琅怔了下，一眼看見門外的魁梧人影，當即收斂心神，跟著正坐在了榻上。

虔國公忙活了一通，堪堪恢復神智，想起在牆角聽見兩人的話，才記起了蕭朔此來怕是還有正事。他知道輕重，摒退了眾人，叫家將守在門外，特意放緩了神色，隻身進了內室。

蕭朔起身見了家禮，雲琅也要跟著起來，被虔國公一把按回去。

「你跟著湊什麼熱鬧？去暖和著！」

老國公寶刀不老，雲琅被生按回榻上，哭笑不得。

「方才說的是嚇唬您的，我倒也沒病成這般……」

虔國公充耳不聞，拿過他沒喝完的那碗薑湯，逕自懟過去。

雲琅張了張嘴，乾咳一聲，暗中踹了一腳蕭朔。

蕭朔起身，去替他拿了個湯勺。

雲琅：「……」

盛情難卻。

雲琅被兩個人盯得嚴嚴實實，蔫巴巴回了榻上，端著薑湯，一口一口往下硬灌去了。

「你喝這個。」虔國公把虎骨酒撂在蕭朔面前，「說罷，今日來究竟什麼事？」

蕭朔道過謝，端起虎骨酒，抿了一口，「朝中同戎狄議和，有意割讓燕雲三座城池。」

雲琅同他說時，尚且只是推測。

蕭朔這兩日藉著在外面奔走，見了幾個昔日的端王舊部，終於徹底問得清楚，「不止如此，還要將朔方軍駐地後撤三十里，其間當作飛地，只能放牧，不可耕作居住。」

「朝廷瘋了？」虔國公已久不問國事，聞言錯愕半晌，「朝中就沒人反對，一致覺得可行？樞密院也就罷了，兵部、御營使、諸閣……」

蕭朔道：「並非無人反對，只是不成勢。」

當年滔天血案猶在，有太多人仍記得清楚。如今朝中各自為政，縱然有人有心反對，也不敢擅自走動聯絡，生怕被扣上一頂勾連的帽子。

若是到時再無人領頭，縱然再多人心有不滿，此事只怕也難免要就此定下。

「你要老夫領頭？」虔國公擺了下手，「自無不可，冬至大朝說句話罷了。」

「您已致仕養老，無權理政。」蕭朔道：「若要反對，只怕會被政事堂駁斥。」

「那你說怎麼辦？總要有個人……」虔國公忽然反應過來，看著蕭朔，「你要自己出頭？當年你父王是怎麼出的事，你莫非不記得了？」

「不止我記得。」蕭朔平靜道：「皇上和朝臣們也記得。」

「廢話！」虔國公一陣窩火，掃了一眼雲琅，盡力壓了壓脾氣，「他們記得，你竟還敢做這等事，不要命了？」

「雲琅勸過我，讓我妥協一時，日後再設法將邊城打回來。」蕭朔擱下手中酒碗，冷聲道：「是我不同意。」

「於私，這是他打下的城池，我一寸疆界、一抔土也不會讓。」蕭朔道：「於公，不論我說什麼做什麼，皇上與朝臣其實都會疑心。」

虔國公聽著，慢慢皺緊了眉。

「我若韜晦，他們會忌憚我是否暗中謀劃。我若順從，他們也一樣會懷疑我是不是假意作偽。」蕭朔神色平靜，「既然早晚要懷疑，拖得越久，這根刺便扎得越深。不如索性藉機發作，提前將此事引發出來。」

「這有什麼不同？」虔國公不解，「你立足未穩，此時便強出頭，一旦引來朝中忌憚……」

蕭朔這幾日已盤劃周全，搖了搖頭，「正因為立足未穩，才不易招來忌憚。」

他如今才與宮中稍許緩和，受了些賞賜，卻仍不曾領來什麼職分。

此時頂撞冒犯，最多只被當作年少衝動、不知天高地厚，並不會被當成是挾權相迫。可若是將來手中有了權兵，再有半句話說不對，都要招來是否有不臣之心的懷疑。

虔國公默然半晌，嘆了口氣，「你既已有了周全打算，還要老夫說什麼？」

「大朝之時，禮制繁瑣。若要朝堂駁辯，不能貿然為之。」蕭朔看了一眼雲琅，緩緩道：「今日前來，是想先同外祖父商量。」

虔國公面無表情，看著這個外孫，「說人話。」

蕭朔：「……」

雲琅總算喝淨了那一碗薑湯，鬆了口氣，擱下碗，「外公，蕭朔寫了篇稿子，要您背下來。」

蕭朔：「……」

「這不就結了？拽那麼多詞，得什麼酸儒聽得懂。」

虔國公一拂袖子，「拿來，老夫去背。」

蕭朔向來不知該如何同虔國公說話，坐了片刻，取出早備好的幾張紙，雙手呈遞過去。

雲琅沒忍住樂，拿過盞茶假作漱口，小聲教他，「少說廢話，揀要緊的說。」

蕭朔掃了雲琅一眼，抿了下唇角，「你既說得清，由你來說就是了。」

「還能次次都讓我說？」雲琅趁著老人家沒工夫理會，低聲傳道授業：「外公是武人，講究乾脆俐落。」

雲琅悄聲：「外公說什麼，要是願意，就直接說是。」

蕭朔又不是連話都不會說，被他這般亂七八糟地教，忍不住皺了眉，「我知道，若是不願意，便直說……」

「直什麼直。」雲琅心說就是你這個脾氣，才會同虔國公僵了這麼些年。

「你要是不願意，就跪下磕頭。」

蕭朔蹙眉，低聲道：「外祖父不讓。」

「不讓你就不磕了？」雲琅自小在長輩中遊刃有餘，對著眼前的蕭小王爺，格外恨鐵不成鋼，「你就照著撞暈了磕，誰拉都不好用，看到時候誰心疼。」

「剩下的你們兩個不必管了。」虔國公埋頭看著那幾張紙，忽然想起件事，「帶他去家廟，給你娘的牌位磕個頭。」

雲琅剛朝蕭朔偷著眨眼睛，冷不防聽了這一句，嗆得一疊咳嗽。

虔國公抬頭，朝他瞪眼睛，「你不該磕頭？」

雲琅自然也很想同王妃待一會兒、說說話。

可虔國公府的家廟，是給同宗族親眷子弟祭拜用的，他縱然再常去端王府，同蕭朔關係再好，也終歸不便進去。

好不容易才哄得老人家緩了脾氣，雲琅張了張嘴，斟酌著要再開口，已被蕭朔握住了手，跟虔國公說：「是。」

雲琅：「……」

雖然教了蕭小王爺願意就說是，可雲琅也沒想到，竟還能這麼學以致用。
雲琅心情複雜，闔上嘴轉過來，瞪著蕭朔。
蕭小王爺久經磨礪，視眼刀如無物，拿過披風替他繫上。
虔國公看了看兩個小輩，很是滿意，揮手，「去罷。」
蕭朔替雲琅繫好披風，拿過簪了花的小暖爐，放在雲琅懷裡。
牽著人下了榻，給虔國公行了個禮，出了內室。

◆

家廟離獵莊不遠，風雪愈大，虔國公還是特意叫人備了車。
國公府的馬車顯然不如琰王府氣派，雲琅擠在車廂裡，愁得不行，「你怎麼什麼都答應？」
蕭朔扶著車廂，視線落在雲琅身上。
「你們家的家廟，我怎麼進去？」雲琅鬧心道：「簡直胡鬧，一會兒到了，你自進去磕頭，我在外面拜就是了。」
蕭朔輕聲道：「雲琅。」
雲琅皺了皺眉，抬頭看他。
「若是——」蕭朔挑開些車簾，看著外面茫茫風雪，「我只是打個比方，你不必多想。」
雲琅聽得莫名，「我多想什麼？你說就是了。」
「若是當年，不曾有過這一樁血案。」蕭朔慢慢道：「你我一同長大，從未分開過，你做你的少將軍，我當我的王府世子。」

「如此五年，你已開府成了雲麾侯，替父王了卻心願，收回了燕雲十三城。」蕭朔緩聲：「我也已讀好了書，在朝堂領了官職。」

雲琅聽著，胸口無聲揪著一疼，扯了扯嘴角，「那老國公一定最想揍你。」

雲琅側過頭，勉強笑道：「王妃出身將門……雖不習武，可也性情淑真不拘。端王叔更是久經沙場，英武不凡。怎麼兩人加在一塊兒，偏偏就生了你這麼個說話都要拽詞的外孫。」

「外祖父原本也最想揍我，沒什麼不同。」蕭朔平靜道：「我想問你的不是這個。」

雲琅喉嚨輕動了下，隔著衣服，不自覺摸了摸那塊玉珮。

雲琅靜了下，低聲嘟囔：「那你要問什麼？直接問就是了……七拐八繞的。」

「若是這些年，什麼意外都沒有、什麼事都沒發生。」蕭朔不再繞圈子，看著他，「今日，我們回來見外祖父，我帶你去家廟，你還會不肯去嗎？」

雲琅打了個激靈，張了張嘴，沒能發出半點聲音。

他看著蕭朔，腦中卻空得一片茫然，馬車軋雪的轆轆聲都像是憑空不見了，胸口被暖爐溫著，偏偏察覺不到半點溫度。

雲琅愣愣坐了半晌，竟不知自己想要說什麼，血氣湧上來，在喉間隱約瀰開。

蕭朔闔了眼，「……我知道了。」

蕭朔傾身，將他擁進懷裡，低聲：「對不起。」

雲琅怔怔被抱著，急促喘了兩口氣。他摸索著去找蕭朔的袖子，努力想要攥住，卻又偏偏使不上力，幾次都叫布料從指間滑了下去。

蕭朔將自己的衣袖交過去，攏著雲琅的手一併握住，「是你的，你牽著。」

雲琅手指冰涼，靜了半晌，側過頭低聲：「我不去。」

蕭朔看著他，點了點頭，輕聲：「好。」

蕭朔掀開車簾，要吩咐外頭的車夫掉頭回府，卻又被雲琅扯著袖子，用力拽回來。

「你……幹什麼。」雲琅皺了眉，垂著視線低聲：「這些年了，你莫非不該去看看王妃？你可知她有多惦念你，你如今長大成人了，理當……」

雲琅實在說不下去，用力抿了下唇角，「你進去，我在外面磕頭就行了。」

蕭朔半蹲下來，「我進家廟，留你在外面？」

「對啊。」雲琅皺緊了眉，「你帶我進去算什麼？成何體統……」

蕭朔搖了搖頭，「我不帶你進去，才是不成體統。」

雲琅胸口起伏幾次，攥緊了指間布料，怔看著他。

「你我已過了明路，有父母長輩首肯。」蕭朔道：「我卻不帶你進家廟，只教你在外祭拜。舉頭三尺有神明，見我舉止這般荒唐，視禮數為無物，要遭天譴。」

雲琅學《禮經》那會兒嫌無聊，跑去找驍銳的都尉打架去了，並不如蕭朔學得這麼透徹，乾嚥了下，「這般……嚴重嗎？」

「是。」蕭朔平靜道：「母妃大概還會入我夢來，親自教訓我。」

雲琅覺得蕭小王爺多半是在胡扯，一時找不到確切證據，擺弄著衣角，將信將疑皺了眉。

「父王與母妃那般恩愛，如今魂靈想必也在一起。」蕭朔道：「見到母妃訓我，父王一定會在旁喝采助威，加柴添火。」

「雖然如此。」這個雲琅倒是相信，看了他一眼，好心開解，「如今你都已長大成人了，王叔想來……不至於再將你扒了褲子打屁股的。」

蕭朔細看著他臉色，眸底緩了緩，抿了下唇角，「雖說不會，總還是不挨訓的好。」

「也是。」雲琅糾結半晌，小聲問：「我若是隨你進去，便沒事了嗎？」

蕭朔點點頭，「不止，還會因為高興，在夢裡賞我們些好東西。」

小王爺分明已經開始胡說八道了，雲琅有心戳穿，終歸不捨得，失笑道：「能不能自己要？」

「能。」蕭朔輕聲：「要什麼都行。」

「那我想讓王妃回來，給我也做個枕頭。」雲琅低聲嘟囔：「我看你那個枕頭好，早就想要了，你偏不給我。」

蕭朔：「的確不便給你。」

雲琅就知道，抱著暖爐轉了個圈，「行了，知道你喜歡，天天半夜還偷偷抱著睡覺。有天端王叔給藏起來了，險些急死你。」

蕭朔：「……」

蕭朔只想說些能哄他高興的，一時不察，竟繞到了此事上，有些後悔，「你還想要什麼別的？我幫你同母妃求。」

雲琅想了半天，沒想出來，搖搖頭，「沒了。」

蕭朔微怔，「沒有了？」

「的確沒了。」雲琅呼了口氣，扯扯嘴角，開心道：「我如今就覺得夠好了，想要的都有、想求的都應。」

雲琅自問，若放在半年前，有人對他說半年後他要過的是這般日子，他只怕寧死都不會信。

「我沒什麼想求的，你就求個平安順遂吧。」雲琅給他出主意，「這個不算太難為人。你若是求了別的，母妃做不到也就罷了，王叔做不到，只怕還要惱羞成怒，再揍你一頓。」

從端王府到虔國公，一家子不服就揍的火爆脾氣。

雲琅從小看著蕭朔被揍大，心裡其實很是同情。

家變之後，雲琅再沒想過能去蕭朔的家廟。一時有點壓不住高興，話多了些，拉著蕭小王爺拍了兩拍，安慰道：「不過也不妨事，王叔要是夢裡來揍你，你就大聲喊我。我當即打你兩巴掌，醒過來就好了……」

蕭朔靜聽著他的周全計劃，「於是，便由父王來打我，換成了你親自動手。」

雲琅不料他反應這般快，輕咳一聲，強詞奪理，「我來打你，自然……同別人打得不同。」

蕭朔抬眸，「有何不同？」

雲琅：「……」

蕭小王爺如今靈臺清明，段數眼看愈發高了。

雲琅答不上來，頓了下，磕磕絆絆，「自然、自然是……」

「你打我，便不是教訓。」蕭朔已翻了數冊民間話本，大致知道了雲少侯爺這些年苦讀的內容，照本宣科，「這打也分幾種，若是直接動手，輕重拿捏不好，不成意趣。有房內祕術，要用紅綢將人綁縛上，不至太鬆，不至太緊，還要有美酒佳釀，要涼的，不能熱，雖說用來入口，卻並不真喝下去……」

「別說了！」雲琅潰不成軍，「小王爺，你知道這些說的是什麼嗎？」

「暫時還不知。」蕭朔平靜道：「那本只講到此處，綁上後打了會怎麼樣，與普通打法有何不同，為何要綁上再打，要美酒做什麼，都在下冊。」

雲琅按著胸口，命懸一線，「下冊你也買了？」

「下冊違禁，朝廷有令，不准書坊印發售賣，只在民間有零星傳抄。」

蕭朔道：「府中有人在找，尚未……」

雲琅眼前一黑，「不必找了。」
蕭朔看了雲琅一眼，他其實仍想再往下看，但此時不欲與雲琅爭執，點了下頭，「好。」
馬車到了地方，蕭朔起身，朝他伸手，「去見母妃。」
「等會兒，舉頭三尺。」雲琅恍惚道：「你方才想的……都忘了沒有？」
「只不過是將人綁上斥打罷了，有什麼可想的？」蕭朔原本就不明白，如今知其然不知其所以然，愈發不解，「我這些年，也時常既想揍你，又想將你綁上。」
雲琅：「……」
蕭朔看他像是有些發熱，蹙了蹙眉，伸手試雲琅額頭，「不舒服？」
雲琅自作孽不可活，一口血噎在胸口，奄奄一息，「太舒服了！」
蕭朔不放心，叫人在車外等候，回了車上，拉過他腕脈。
雲琅的脈象向來虛浮，十次有九次要叫人懸心。
蕭朔凝神診了半日，蹙緊眉，「你又服了碧水丹？」
「看你像碧水丹。」雲琅面紅耳赤，咬牙道：「就喝了一碗湯藥，效力早沒了。」
蕭朔將信將疑，又細診了幾次，仍覺無端急促。
「那又是怎麼回事？」
雲琅把胳膊連袖子一塊兒扯回來，他實在沒臉帶著滿腦子亂七八糟的念頭進去見王妃，怏怏坐了半晌。
「沒事……我下去涼快涼快。」
蕭朔不放心，隨他一併下了車，叫人在避風雪的廊下設了座。
暮色愈沉，風雪呼嘯著低嗚，幾步之外便已看不清人。

雲琅坐了一陣，盡力想了一圈不相干的，揀了件始終在意的事說：「對了，我那時候問你三司使的事，那個叫潘晁的。」

雲琅想了想，「你那時候說，他是集賢殿大學士楊顯佑的門生，是不是？」

蕭朔點了下頭，「那天之後，我也託人試著拜訪過他的幾個門生，有所試探，卻都沒摸出什麼端倪。」

「我見了老國公，忽然想起件事，不知你記不記得。」雲琅道：「當初你那妹子……就我險些娶了的那個，她父親，是不是曾和人起過衝突？」

蕭朔平靜地看著自幼沒什麼像樣親眷的雲小侯爺，「在家裡，我一般叫他舅舅。」

雲琅惱羞成怒，「我算不清楚輩分怎麼了？我就願意這麼說！」

「我表妹的父親。」雲小侯爺自然願意怎麼叫怎麼叫，蕭朔點點頭，替雲琅倒了盞茶，「的確曾同人起過衝突，還被捅到了開封尹，只是後來各退一步了事了。」

蕭朔那時尚且年幼，對此事知之不多，只模糊知道個大概。

「我表妹的父親與楊閣老也有關？」

雲琅捧著茶思索。

「你舅舅和楊閣老倒沒什麼關係。」雲琅喝了口茶，斂了心神，「我只是忽然想起，那時候我在集賢殿閒逛，曾見到端王叔去走動過。」

端王一向不願與文臣走動，總嫌禮數太麻煩，講究太多，雲琅頭一回見他來這幾個編書的文殿，很是好奇，還特意在門口埋伏起來，絆了端王一跤。

「不能怪我……端王叔前幾天剛把我從房頂上踹下來。」雲琅被蕭朔看著，多少有些心虛，「再說了，也沒能絆成。端王叔身手敏捷，踉了兩步看見我，順手就把我從窗子扔出去了。」

蕭朔沉吟片刻，搖了搖頭，「我只是慶幸，父王被我氣狠了，竟只會打我的屁股。」

「你小時候不大會武，走路都摔，收拾起來總要有顧慮。」雲琅自小被端王滿天扔慣了，如今想來還有些懷念，喝了口茶，「不提這個……那時我聽王叔說了一句，是家中有事要去開封尹走動，但走不通。」

開封尹叫衛准，是先帝朝的探花郎。

人長得溫和儒雅、一身斯文，沉默少語，講話聲音都不很高。

先帝看著很中意，就派去做了開封尹，專管京城治安。

「誰知道這位衛大人六親不認，只要有證據，誰都敢關、誰都敢砍。」雲琅從小在宮裡，沒少聽這段故事，「先帝那時候有個妃子，本家的弟弟犯了法，先帝不過試著幫忙說了幾句話，便被開封尹直言面諫了大半個時辰。」

蕭朔也聽過此事，他心念素來轉得俐落，雲琅尚不及鋪墊完，便已將諸事聯繫起來，「那時候父王去集賢殿，是想託閣老的關係，疏通開封尹。」

「自然後來也沒成。」

雲琅已習慣了他的反應，點了點頭，省了後頭的話，「但那時的情形下，王叔既然能去找那位楊閣老，這兩人只怕也有些不為人知的淵源。」

蕭朔派人查訪時，並未查出楊顯佑同開封尹有什麼關係。

聞言點了點頭，將此事記下，「我知道了。」

雲琅盡力想了一圈，也再想不出更多的，揉了揉額頭，無奈笑笑，「王叔也是，當初把咱們護得太嚴，一點兒也不叫你我沾上，如今事事也只能從頭摸索了。」

蕭朔抬眸，望了他一眼。

「怎麼了？」雲琅微怔，「你別多想，我只是隨口一說。」

「我不曾多想，只是覺得你的膽子實在很大。」蕭朔看著他，「我們在家廟外面，一會兒要進去見父母，你現在竟還敢講父王的壞話。」

雲琅一時不慎，竟忘了這麼回事，打了個激靈，後知後覺閉嚴了嘴。

先王王妃英靈在上，雲琅合掌，心誠則靈，「不是我，蕭朔說的。」

「……」蕭朔懶得同他計較，將冷茶潑了，起身，「好了，進去罷。」

雲琅跟著起身，特意仔細理了理衣物。

◆

雲琅還不曾正經進過家廟，一時幾乎有些忐忑，跟在蕭朔身後亦步亦趨，小聲叨叨：「王妃看我這麼進來，真不會生氣？」

蕭朔停步看他一眼，輕抿了下唇，牽住了雲琅的手。

雲琅被他牽著，心裡踏實了很多，忍不住又有點兒高興，耳朵紅了紅，「有沒有什麼要念誦的？祈福求緣？誠心禱祝……」

蕭朔搖了搖頭，「心中想的什麼，認認真真反覆想就是了。」

雲琅怔了下，「就這樣？」

「不然如何。」蕭朔不解，「每次進家廟，先在門口背三段經文？」

雲琅又沒進過家廟，小聲嘟囔了幾句，紅著耳朵不肯走了。

蕭朔回身，輕聲道：「怎麼了？」

「我想讓王妃跟先王生生世世都在一塊兒，要是還沒走，就多去幾個地方逍遙，不用老是看著我們……」雲琅掌心有些涼，微攥了下，「要是這麼說，王妃會不會生氣？」

「怎麼會。」蕭朔垂眸，「母妃若是生氣，我替你挨訓。」

雲琅攥著他的手，欣然道：「那要是王叔生氣……」

蕭朔溫聲：「你自己挨揍。」

雲琅：「……」

「你若實在太閒。」蕭朔就沒見過有人在家廟裡話也這麼多的，將人引了引，去拿了兩支香，「就想想紅綢和酒的事，待你我回去，還要再細問你。」

雲琅好不容易忘了這一回事，絆了下，咬牙切齒低聲：「你提這個幹什麼？」

已經進了家廟，雲琅不敢高聲不敢動，站在一眾牌位前半點不敢造次，恨不得生吃了蕭朔，「什麼紅綢、什麼酒……我不懂，也不知道，你別提這個了。」

蕭朔掃他一眼，將手中香點燃了，分一支過去。

雲琅接過來，反覆念了告罪，鼻觀口口觀心，清心明目。

「不必這般緊張。」蕭朔覆上他頸後，揉了兩下，「這些都是我們的長輩。隨心所欲，不逾矩即可。」

雲琅一時不察，被他這一句結結實實戳了心，沒說出話，跟著癟了下嘴。

蕭朔引著他，在牌位前上了香，依次跪拜過。

這些年，蕭朔也不曾這般正經地祭拜過。

他闔了眼，潛心念了幾句，起身時，雲琅尚不曾動。

廟內昏暗，燭光閃爍。

雲少將軍仍伏在地上，肩背微微打著顫，靜得能聽見筋骨微慄。

蕭朔安靜陪著，直到雲琅抹了把臉，紅著眼睛長吁口氣站起來，才又伸出手。

雲琅不知這是不是也是家廟的禮數，把手交出去仍叫他牽著，跟在蕭朔身後，「我跟王妃說了好多話。」

蕭朔點了點頭，「母妃定然聽得見。」

「我還跟王妃保證。」雲琅有點高興，小聲道：「一定百年之後，才和你去找她。」

蕭朔腳步頓了下，牽著雲琅，繼續向外走。

這幾年下來，直到今日，雲琅還是頭一次這麼想長命百歲好好活著，腳下都跟著輕快，扯了蕭朔興致勃勃念叨：「王妃定然就在廟裡，看著咱們兩個，你……」

他話頭忽然停在半道，蕭朔從心神中抽離，抬頭跟著望了一眼。

家廟外停了輛馬車，格外眼熟，一眼便認得出是琰王府的。

車轍比平日裡看著清晰很多，大抵是裝了不少東西，這一路走過來，都沉甸甸得格外壓分量。

蕭朔不曾叫府裡派過馬車，大致猜出了怎麼回事，看向雲琅，「你叫來的？」

雲琅腳程太快，沒想到這輛車能來得這麼慢，幾乎給忘乾淨了，「是……」

「大抵是送到了獵莊，外祖父以為我們兩個有用，便叫趕過來了。」蕭朔過去，掀開車簾，「裝的是什麼？」

雲琅心情複雜，「是……」

蕭朔俯身，拿出來了一小罈美酒。

「不是那一回事。」雲琅生硬道：「是我怕你挨罵，想送給外公的。」

蕭朔點了下頭，將酒放回去，翻了翻，扯出一截紅綢。

王妃有靈，還在廟裡看著。

雲琅同手同腳過去，搶過來，「也不是那一回事，是我怕你不肯跟我商量，非要跪在門口不走，準備拿來綁你的。」

蕭朔信了，點點頭，「你說的那一回事，這些應當怎麼用？」

雲琅抱著大紅綢緞，眼前一黑。

蕭小王爺看話本不看全，根本不知道自己打開了什麼，還很有興致，等著他展開講解。

雲琅深吸口氣，端過一罈酒，鄭重抱在胸前，「當真想知道？」

蕭朔點了下頭。

雲琅把那罈酒遞過去，「抱著。」

蕭朔伸手接過來。

雲琅：「頂到腦袋上。」

蕭朔頓了下，還要開口，已被雲琅把酒罈放在了頭頂。

雲琅轉身回了馬車，暗匣裡翻找幾次，拿了塊點心，塞進了蕭朔嘴裡。

蕭朔蹙眉，含混道：「你——」

雲琅拿著紅綢，轉著求知若渴的蕭小王爺繞了百十來個圈，在他胸前打了朵格外醒目的大紅花，咬牙切齒上了馬車。

❖

虔國公難得見一次晚輩，很捨不得。見兩人不知為何竟各自從家廟回了獵莊，索性一齊扣下又住了一宿，才將人放回了琰王府。

再過一日，就到了冬至大朝。

「見機行事，也別太勉強。」雲琅一宿沒能睡踏實，翻來覆去，醒得比蕭朔還早，「若是說不通，也別死咬著不放。」

蕭朔掀了被，自榻上下來，「知道。」

雲琅還是不放心，拿過玉珮貼身戴好，理了理衣襟，「左右還有些時間周旋，只要能拖下來，我們再從中設法，未必沒有轉圜的機會。」

蕭朔拿過衣物，看著穿戴得比自己還齊整的雲小侯爺，「是我上朝，不是你上朝。」

雲琅身形微頓，欲蓋彌彰擋了擋，將手從枕頭底下拿出來。

「我就不能跟著熱鬧熱鬧？」

「要怎麼湊熱鬧隨你。」蕭朔不上他當，「若是我在大慶殿的房頂上看見你，當時就罷朝回府，帶上全副家當去賣酒。」

雲琅：「……」

蕭朔收拾妥當，過去掀開枕頭，沒收了雲少將軍的貼身小匕首。

叫來老主簿，鎖進了王府專放奇珍異寶的密室。

雲琅悻悻跟著。

眼看匕首就這麼回到了最初拿出來的地方，忍不住感慨：「世事輪迴，天道有常……」

蕭朔沒聽清，「什麼？」

「沒事。」雲琅犯愁，「你就跟賣酒槓上了？」

蕭朔掃他一眼，沒翻雲少將軍把自己給他攢的酒送了人的舊帳。鎖嚴密室，將雲琅拎回了書房。下人知道王爺今天要上早朝，特意早備好餐飯，擺在了桌上。

雲琅挑了塊最好看的點心，不急著吃，好聲好氣塞給蕭朔，「我不去大慶殿，就在承平樓上遠遠看一眼。」

蕭朔接過來，用油紙包了收好，依然不為所動，「今日凶險，承平樓下說不定就有刺客，你去湊什麼熱鬧。」

雲琅悶悶不樂，「你不也說了，今日凶險……」

依他們推測，皇上雖說已封了那承平樓下刺客出入的暗門，對方卻未必就會這般作罷，說不定還有什麼後手。

既然皇上有意示弱，說不定還會讓對方多多少少得一得手。

「你又沒應付過幾次刺殺圍剿。」雲琅不放心，「到時萬一磕了碰了，刮破了相，我如何向王妃交代？」

蕭朔喝了口粥，覺得淡了，又加了些糖霜，「我破了相，雲副掌櫃嫌我難看，便不要我了？」

雲琅一時不察，險些沒能拿穩調羹，咬牙切齒，「能不能有點正行？」

「我是怕你破相嗎？」雲琅輾轉反側了一夜，看這人不以為意的架式便來氣，「刀劍無眼，皇上定然自保。這次又沒有玄鐵衛跟著你，若是有個什麼意外……呸呸。」

雲琅自己沒再往下說，將話頭硬扯回來，抬頭瞪他，「雲副掌櫃又是怎麼回事，你又給咱們倆五十年以後做什麼新安排了？」

「既然我已攬了釀酒賣酒，總要給你找點事做。」

蕭朔從容道：「你挑一挑，看開館子還是客棧。」

雲琅被他引著，不自覺走了走神，剛要答話，倏而反應過來，「說正事！」

「沒什麼可說的。」蕭朔平靜道：「我的正事無非是你，你在府裡等我，我豈會不回來。」

雲琅猝不及防，愣愣看著近日來突飛猛進的蕭小王爺。

雲琅心情有些複雜，甚至想去問問老主簿，這些天究竟買了多少話本給王爺看。

「那……你自己留神，多加小心。」

蕭朔點了下頭，擱下碗筷起身，要吩咐人準備車馬，又被雲小侯爺扯著衣襬拽了回去。

玄鐵衛剛要聽吩咐，眼睜睜看著邁出書房半步的王爺消失在了門口，見怪不怪，又去忙活了。

蕭朔被扯回房裡，理好衣襬，「又做什麼？」

「你以前送我出征，磨磨叨叨，能叮囑一天一宿。」雲琅嘆了口氣，「如今將心比心，我才知道若不憋著，三天也說不完。」

蕭朔看他半晌，沒有答話，也輕嘆一聲。

雲琅莫名其妙：「你嘆氣幹什麼？」

「後悔。」蕭朔淡聲道：「早知能這樣將心比心，我一定十五歲考進士試，十七歲就勤勉不怠，日日去上朝。」

雲琅：「……」

「只是可惜，刺客不能天天有。」蕭朔慢慢道：「不過先帝向來對我們這些晚輩很好，我若去求，說不定能叫金吾衛陪我演幾齣戲，三天一行刺，五日一圍剿……」

「行了。」雲琅實在聽不下去，「小王爺，你下次要講笑話，勞煩也提前告訴我一聲，我好配合著立時捧腹。」

蕭朔蹙了下眉，看他一眼，沒再說。

雲琅將他右手拉過來，拆了原本的袖箭機擴，「當初我送過你一個袖箭，只是後來我逃命急著用，便順手牽走了，竟也沒給你留下。」

蕭朔被他扯著右手，低頭看了一眼，「你那時危機四伏，有袖箭傍身，我還放心些。」

「你是不是還叫人加固過？裝的箭也比從前多，救了我好幾命。」

雲琅點點頭，將嶄新的雲紋袖箭替他戴上，仔細扣好，「這是你今年的生辰禮，往後別老出去嚷嚷……說什麼我拿句話糊弄你，就把你的生辰給糊弄過去了。」

蕭朔看他半晌，低頭看了看腕間格外精緻的雲紋護腕，伸手輕觸了下。

「去罷。」雲琅笑笑，伸手拍他肩背，「我在府裡榻上，睡大覺等著你。」

蕭朔似乎仍未回神，順著他的力道走了幾步。

「怎麼了？」雲琅伸手晃了兩下，「受寵若驚，喜極而……」

蕭朔蹙了蹙眉，「我講笑話，當真這般無趣？」

雲琅：「……」

「我練了好些次。」蕭朔低聲道：「原以為已差不多了。」

「實不相瞞，也就是你我年少相識，彼此知之甚深。」雲琅拍了拍他的肩，「換一個人，定然看不出你在設法逗我高興，又盡力哄我放寬心。」

蕭朔肩背繃了下，掃他一眼，不欲再多說，匆匆出了書房。

雲琅總算扳回一城，扶著門，探出半個肩膀，「蕭掌櫃，你謀劃一下，我想樓下開館子、樓上開客棧。」

蕭朔沒回頭，走得更快了些。

「你我搭配，幹活不累。」雲琅扳著門框，興致勃勃，「你管打尖，我管住店，你管幹活，我管收錢。蕭當家的——」

「雲琅！」蕭朔斥退聽得錯愕的玄鐵衛，咬牙沉聲：「又不是在房裡，胡鬧什麼？」

「如何胡鬧了？」雲琅長年行走江湖，見識遠比蕭小王爺廣，「自古生意規矩，誰出錢誰當家。分成你七我三，書房裡我說了算，書房外還聽你的。」

蕭朔匪夷所思，看他半晌，轉身便走。

「就走了？」雲琅忍著笑，熱絡招呼，「蕭掌櫃、蕭老闆、蕭當家的、蕭大官人……」

蕭朔腳下打了個絆，頭也不回，倉促上了馬車。

❖

琰王入宮上朝，過了一刻，虔國公府的車駕也遙遙進了宮。

天還未亮透，琰王府的人沒叫酒菜，不用陪客，訂下了醉仙樓位置最差的雅間。

「小侯爺。」老主簿拎著食盒進來，看著雲琅，仍有些為難，「王爺不願您來醉仙樓，咱們吹吹風，熱鬧熱鬧便回去了。」

「他不願叫我來，是不想讓我勾起舊事，心裡難受。」雲琅坐在窗前，「這兒什麼時候定的名字，可是後來又有別人來過了？」

雲琅當初總來醉仙樓的時候，醉仙樓的老闆都還不知道這間雅室該叫什麼，每次都要磕絆好半天講不出話。

這次過來，才看見房門上添了個格外風雅的牌子。

雲琅看了好幾次，有些好奇，「松陰居，是什麼典故嗎？」

「這就不清楚了。」老主簿搖搖頭，無奈笑道：「沒別的人來……這間雅室早就叫咱們府上包了，王爺偶爾來坐坐，就順手給定了個名字。」

老主簿怕雲琅誤會，頓了頓，又特意強調：「王爺也很少來，每次來只吃點心，從不喝酒，也不叫絲竹侍女。」

雲琅按按額頭，「我也就是同他鬧鬧，沒當真不准他看小姑娘跳舞。」

老主簿微愕，「那王爺若是來點上一屋子的絲竹歌舞，您也不在意嗎？」

雲琅一時沒留神，被反將一軍，「我——」

「這醉仙樓的歌舞，可是京中一絕。」老主簿繪聲繪色，「人家別的紈絝子弟，都是溫香軟玉、美人在懷，更有甚者左擁右抱，一個餵栗子，一個餵葡萄……」

雲琅：「……」

老主簿抱著點心匣子，誠懇地望著他。

雲琅惱羞成怒，拍案而起，「府裡銀子是大風颳來的？連蠟燭油都得接在杯子裡插根撚繼續用了，他來點一屋子的絲竹歌舞幹什麼？」

老主簿從不知王府什麼時候要蠟燭油了，看著小侯爺耍橫，壓了壓嘴角，連連點頭，「是，王爺從不揮霍的。」

「吃什麼葡萄！」雲琅霍霍磨牙，憤恨道：「要吃栗子不會回府，我少給他剝了？昨晚還剝了整整四顆！」

老主簿心說可真是太多了。面上不迭附和，說：「是，我們小侯爺親手剝的栗子，四顆頂人家四百顆。」

雲琅出了一口胸中惡氣，坐回窗前，又向外看了看。

「這窗子外頭有什麼嗎？」老主簿倒了梁太醫送來的藥酒，擱在雲琅手邊，「王爺每次來，也老往窗外看，可也沒什麼好風景。」

「是沒什麼風景。」雲琅還在氣葡萄的事，「不過是京城視野最好的地方罷了。」

老主簿也跟著向外望了望，隱約辨認出來，「那邊不就是咱們王府？這邊……」

「西北邊是琰王府，正北是宮城。」

雲琅扯了顆葡萄，扔進嘴裡用力嚼了，悶悶不樂，「這裡是最高的地方，由此看出去，一覽無遺，哪裡出了亂子都能照應。」

老主簿微怔，立了半晌，悄悄出門，給雲小侯爺叫了一碟子葡萄。

【第八章】

好不容易，才叫那雙眼睛裡重新有了些光亮

雲琅不愛吃葡萄，總嫌酸，吃了幾顆便沒意思了，擱在了一邊。

老主簿在一旁陪著，猶豫半晌，才又試探道：「當年……鎮遠侯府被定了罪，滿門抄斬之後。先帝原本年事已高，身子便已不好。鬱結之下，病勢愈發沉重，開始由賢王理政……對王爺的刺殺，也是從那時候來的。」

老主簿看著雲琅，低聲：「府裡沒應對過刺殺，慌亂得很。起初那一個月，每次都是先不知為何見了焰火，緊接著才見刺客慌亂撤出。」

雲琅已有些日子沒提這個，難得老主簿提了，滄桑長嘆口氣，「我與端王叔刎頸之交，故人遺孤，自然理當照應。」

老主簿現在聽見刎頸之交就頭疼，一陣後悔。

「可惜，你看看如今這蕭朔，分明到了大不由管的年紀。」雲琅很是記仇，「不准我擔心，不要我盯著，嫌我管得煩，竟連匕首都給我沒收了。」

老主簿好心提醒：「您在這兒說幾句過過癮，叫王爺聽見了，連飛蝗石也要給您沒收的。」

「知道。」雲琅能屈能伸，很是唏噓，「此一時，彼一時。」

老主簿原本還想再說，話頭被岔開得結結實實，看著雲琅仍寸步不離地坐在窗前，將話盡數嚥了回去。

那些刺客來得極難捉摸，要麼是三更之後，要麼是日出之前，都是人最疲倦鬆懈的時候。府上幾次被刺客驚擾，再精銳的玄鐵衛也已扛不住，輪班都已有些難以支撐。

可每一次，但凡有刺客夜襲，定然先有焰火示警。

就這麼死死對著熬了一個月，各方刺客終於扛不住了，又約好了似的，齊齊收了手。

老主簿其實想不出，那時候的雲琅外交內困，身心俱損，是怎麼死守了琰王府這一個月的。

「陳年舊事，提著沒意思。」雲琅還是覺得栗子好，剝了一顆，扔進嘴裡，「我今天來，倒不光是為了盯著宮裡頭有沒有什麼變故。」

老主簿怔了下，「還有別的事嗎？」

「我當年被全城通緝，硬是在這醉仙樓裡安安生生藏了一個月。」雲琅笑笑，問道：「您便不覺得奇怪？」

老主簿愣然半晌，忽然醒悟，「醉仙樓的老闆當年也與您是舊識？當年便設法暗中照拂。」

雲琅自覺人緣不錯，倒也沒不錯到這個地步，「我拿刀比在他脖子上，威脅他叫一聲就掉腦袋，給他吃了顆藥。」

老主簿一時有些替王爺擔憂，訕訕點頭，「哦。」

「其實只是護心丹，我唬他是我雲氏獨門斷腸散，沒有解藥一個月就要喪命。」

雲琅當初雖然年少，行事卻很是周全，沉穩道：「反正我家就剩我一個了，信與不信，他都無處查證。」

老主簿按著心臟，「……哦。」

「那時候，我託他幫我做了兩件事。」雲琅道：「一件是叫我在此處藏身一個月，一個月後，我留下解藥便走。還有一件，是幫我設法，給某個人傳了封信。」

老主簿愣了愣，「您那時候還見了旁人嗎？是誰……」

「沒見到。」雲琅道：「我那封信裡寫的東西太過駭人，哪怕只傳出去半句，都會是掉腦袋的重罪。」

「若是這封信給了旁人，只怕要麼當即舉報見官，要麼連夜惶恐燒掉，只作從未見過。」雲琅緩緩道：「但朝中也有六親不認、刻薄寡恩，只知公理不識時務的耿介之臣。只是當時的情形，終歸什麼都不能說、什麼也不能做。」

雲琅好整以暇，拋了手中的栗子殼，拍拍掌心抬頭，「所以……我覺得，今日再約一次，衛大人不論如何都該來。」

老主簿全無所察，順著雲琅視線望了一眼，匆匆過去將門拉開。

門外，一身灰衣的中年文士目光複雜，落在室內。

「開封尹。」雲琅理了下衣物，從容起身，「坐下說話。」

宮中，大慶殿。

蕭朔漠然跪在殿前，虔國公躬身不退，身後站了七八個三品以上的將軍武官。

朝臣有的緊張有的觀望，有人不安，竊竊低語：「今日琰王瘋了？這是幹什麼……他與虔國公不是素來水火不容的嗎？」

「水火不容也要看什麼事。」又有人悄聲道：「如今要同戎狄割地，無疑是打朝中武官的臉，虔國公是武將一系，自然要出頭。燕雲是當年端王帶兵守的，琰王又豈肯答應。」

「要說此事，也的確倉促了些。」翰林學士皺眉，「如今究竟是怎麼個章程，凡是打仗的事，樞密院定了，便不用朝堂再議了？」

一旁的官員指了指前面，「此事連政事堂都不知道，竟也能直接提到大朝，沒看參知政事氣成了什麼樣子。」

「如今朝中官制實在太亂，冗官冗政，各署的職權又有混雜交錯，太多事都不知該找哪家。」

御史低聲道：「這種事早不是第一樁，無非今日琰王少年氣盛，忍不住出頭，才有機會藉機發作罷了。」

「雖說各方分權牽制，的確能防一家專擅，可弄成今日這般，也有些太過。」

朝中議論紛紛，一時難定，卻也無人敢高聲，只格外緊張瞄著皇上臉色。

「虔國公年事已高……扶去一旁歇息。」皇上緊皺著眉，沉聲道：「與戎狄重議邊境，並非如眾卿所想一般，只是割地。如今百姓苦戰已久，只一味兵戈不斷、勞民傷財，又有何益？」

「勞民傷財。」蕭朔垂眸道：「正該一舉殲滅，永絕後患。」

「蠢話。」皇上失笑，看向他時，神色和緩了許多，「你沒打過仗，年紀又還小，自然將此事想得簡單。」

皇上擺了下手，「跪著做什麼？給琰王賜座，起來說話。」

朝中都知道皇上對琰王格外偏愛，兩位皇子也從沒有過這般厚待，一時各有揣測，紛紛將念頭壓下不提。

有內侍來擺了御賜的座位，又上了前，俯身恭敬去扶蕭朔。

「琰王爺，您先起來。」

蕭朔跪得紋絲不動，「這些年，朝中如何，臣從未多說一句。」

皇上掃了他一眼，顯出些無奈神色，笑了笑，「你是要逼朕親自給你讓座嗎？」

「不敢。」蕭朔磕了個頭，「臣只請不割邊城。」

皇上看著他，眼底神色方沉，一旁虔國公已寒聲道：「老臣也不知道，什麼時候咱們的朝堂已到了要割地求和的地步。」

「不是割地，只是重議疆界。」樞密使臉色極難看，「還請虔國公慎言。」

「慎言？」虔國公嗤笑道：「重議疆界，把已經打下來的城池全劃出去，把戎狄放馬都不要的死水荒灘劃進來，一個個還覺得自己於社稷有功不成？」

「若是皇上覺得，朝中將軍武官實在不堪託付，不能領兵打仗，索性全叫告老還鄉裁撤了便是！」虔國公推開攙扶的內侍，「武將都是硬骨頭，學不來這般文人治國。」

「虔國公！」皇上臉色徹底沉下來，厲聲道：「朝中議政，不是無端攻訐。若再有此言，便不必說了。」

虔國公還要說話，被蕭朔不著痕跡望了一眼，冷哼一聲，朝樞密使一拂袖，退回了班列之內。

皇上平了平氣，掃了一眼各懷心事的朝堂，「此事今日只是初議……尚未定準。」

「今日冬至大朝，是祈來年風調雨順，國泰民安的，本不該提此兵戈之事。」皇上沉聲道：「交由樞密院與政事堂再議，復朝後再說吧。」

「皇上。」樞密使急道：「今日起休朝會，要過了正月十五才復朝，若是鄰邦因此以為我國怠慢……」

「鄰邦。」蕭朔跪在地上，嗓音冰冷：「原來如今，戎狄已是鄰邦，我們倒會怠慢了。」

樞密使被他嘲諷，連怒帶赧，再忍不住，「琰王爺，大家同朝為官，為的是江山社稷，黎民百姓！昔日端王與戎狄征戰日久，可打出了什麼名堂？還不是勞民傷財、怨聲載道……」

話音未落，蕭朔已霍然起身，抽出一旁金吾衛腰刀，抵在了樞密使的頸間。

朝堂轉瞬慌亂，金吾衛左將軍上前一步，厲聲呵斥：「聖上駕前，不得放肆！」

蕭朔眸色冷冽，漠然持著刀，眉宇間戾意壓不住地溢出來。

皇上掃了一眼蕭朔身上的失控暴戾，反倒不著痕跡鬆了口氣，緩緩起身，「是誰放肆？」

金吾衛左將軍不敢多話，撲跪在地上。

「看來真是朕剛即位不久，連規矩也荒廢了。」皇上看了一眼樞密使，「一位戰功赫赫的王爺，就在朕的朝堂之上，竟被人如此詆毀。」

樞密使今日已被圍攻了大半日，聞言咬牙，再忍不住，「陛下！」

「既然當不好這個樞密使，便回家去歇一歇，若想不明白便不必再來復朝了。」

皇上不再多說，親自下了玉階，去握蕭朔手臂。

「此事朕會給你個交代，你……」

話音未落，驚呼聲又起。

趁著他走下玉階，離開了金吾衛護持，一旁竟又有侍衛持刀暴起，徑直撲向了皇上。

金吾衛原本便已在防備蕭朔，察覺有異動，瞬間反應，將皇上撲護開。

「有刺客，護駕！」

冬至大朝是在殿內，又有侍衛內外護持，竟在此時出了刺客，殿中一時亂成一團。

金吾衛訓練有素，立時撲下來，同殿外聞聲趕進來的侍衛司一併將那幾個刺客卸下兵器，按翻在了地上。

朝臣心有餘悸，各自噤若寒蟬，仍各自戰戰兢兢避著，不敢擅動。

皇上被金吾衛護著，臉色鐵青，立在僻靜安穩處，視線落在蕭朔身上。

亂成這個地步，已再談不上什麼朝會。

一旁中書舍人心領神會，上前道：「今日大朝已結，請諸位大人回府，侍衛司自會護送……」

「護送什麼？個把刺客罷了，一個個當真嚇破了膽子。」虔國公冷嘲一聲，拂袖便朝殿外走，「怪不得要趕著去認戎狄當老子。」

他話說得糙，卻並非全然不在理。方才慌亂閃避的幾位樞密院官員面露愧色，也不要侍衛司護送，埋頭匆匆走了。

有人帶頭，朝臣也陸續向外魚貫而出。

偌大個宮殿漸漸冷清，蕭朔垂眸，扔了手中長刀，重新跪回在了皇上面前。

皇上這一次卻並未去伸手扶他，神色隱晦複雜，立了半晌，由金吾衛護進了內室。

隔了一炷香，樞密使終於灰頭土臉進來，咬牙悶頭跪在地上。

「你今日辦得好差事。」皇上掃他一眼，「朕當年應允你，替朕做了那些事，便保你一個樞密使，可也不曾想你竟如此不堪造就。」

「陛下！」樞密使急道：「與戎狄重劃疆界，納貢歲幣，在朝堂之上攻訐端王昔日苦戰勞民傷財，哪個不是陛下的意思？如今為何反倒……」

皇上放下茶盞，冷然看了他一眼。

樞密使打了個激靈，生生將話嚥回去，一頭磕在地上。

「但凡你們有一個尚可造就，朕也不必指望……」皇上斂去眼底寒色，靜了片刻，淡聲問身旁的金吾衛：「依你那時所見，蕭朔可與那些刺客有關？」

「倒沒什麼關係。」陪進來的是金吾衛右將軍常紀，他受雲琅所託，聞言稍一沉吟，搖了搖頭，「我們計劃的，原本是藉機示弱，叫刺客鬧上一鬧，來讓那些人以為我們無力防備，放鬆警惕。那時琰王爺分明是不知此事的。」

「若是琰王爺同那些人一處，事先知道要有刺客，反而不會去持刀脅迫樞密使大人。」常紀道：「那時琰王奪刀，金吾衛就已有了提防，再來刺客，豈會不及反應？到時若再想要得手，就更難上加難了。」

他說得有理有據，皇上蹙緊眉思索一陣，臉色稍緩，「縱然如此……他也太不知天高地厚。」

剩下的事已不是金吾衛能多嘴的，常紀稍一猶豫，還是退在一旁，不再開口。

「陛下縱然要驅使，也當先給他些教訓。」樞密使被蕭朔當朝脅迫，愈發羞惱，咬牙道：「若再這般放縱下去，豈不又是一個端王？來日……」

皇上沉聲：「不必說了。」

「皇上。」侍衛司都指揮使高繼勳立在一旁，聞言插話：「人和馬一樣，若要降服，只要熬就是了。」

皇上抬頭，看了他一眼，「什麼意思？」

「他看重什麼，就拿什麼打熬他。」高繼勳低聲道：「他當年寧死也要查清真相，拖到如今，不也不再掙扎了嗎？非要死心塌地護著他的那些人，也已差不多剪除乾淨，只要那個雲琅再死透，便一個都不剩了。」

高繼勳道：「他若有傲骨，跪廢了便是……有什麼難的。」

常紀有些聽不下去，忍不住插話：「琰王只是脾氣強些，若哪裡不合皇上心意，教訓教訓也就是了，何必如此。」

「常將軍沒降過烈馬。」高繼勳冷聲道：「烈馬要驅使，是先要熬廢了的。哪怕存了一線仁慈，給牠留下一絲心氣，叫牠得了個空，都要把你狠狠掀下來。」

常紀皺緊眉，「可是……」

「不必說了。」皇上止住兩人爭論，靜了片刻，「不論怎麼說，朕這些年的確太放縱他了。」

高繼勳掩去眼底陰狠，俯身低聲：「是。」

「你去替朕同他說。」皇上按了按額頭，闔了眼。

「今日之事，朕對他很是失望。」皇上緩緩道：「讓他想清楚，朕厚待他，是念在血緣親情，是因為難捨與他父親的手足之情。」

「若想明白了，便理當為朕分憂，而不是如今日一般，輕狂放縱，肆意妄為。」

皇上道：「若是想不明白，便跪著，想清楚再說罷。」

高繼勳志得意滿，當即應聲：「是。」

「還有……縱然知道刺客來路，明面上，還是要查。」皇上稍一沉吟，「開封尹呢？」

「此事要交給開封尹查嗎？」樞密使愣了下，「大理寺……」

「大理寺卿替你幫腔，被裴篤罵了整整一盞茶，還來查什麼！」皇上呵斥：「一群沒用的東西！朕若不是在朝中尚未立穩，還指望著你們……」

皇上壓了壓火氣，「開封尹呢，為何不見他來？」

「如今開封尹由衛准代理，只管事，不掌權，他的職分是從三品，不能進殿內，跟著朝拜過就出去了。」常紀道：「陛下可要叫他來?臣去……」

「罷了。」皇上一陣心煩，「你去傳個話，叫他查就是。」

常紀忙應了是，稍一猶豫，又道：「那琰王——」

皇上寒聲道：「就叫他跪著。」

「今日跪不明白，便跪到明日，明日再想不通，便跪到後日。」

皇上起身，掃了一眼外殿，「讓他知道，他能依靠的只有朕，也只有朕還會對他有所牽掛，念著他的死活。」

「若是沒了朕。」皇上慢慢道：「他才真的是舉目無親、孤家寡人。」

常紀不敢再說，低聲應是。

皇上斂了冷漠神色，傳來內侍，擺駕回了文德殿。

開封尹，轄京中民政獄訟。

凡京中大小案件，小事專決，大事稟奏。

秉公持正，明鏡高懸。

衛准開門見山，取出一封信，在案前展平，「這封訴狀，是雲將軍所寫嗎？」

「怕牽連大人。」雲琅拿過來看了一眼，隨手團了，拋進炭盆裡，隨意道：「是我口述，府中人代筆。」

衛准要攔，已來不及，眼看著那封信落進火裡，皺了下眉。

雲琅拿過鐵釺，將炭火撥了兩下，「我如今已不是將軍，大人……」

「本朝官員論罪，要先免職、下獄、按律定準。」衛准坐回原處，搖了搖頭，「雲將軍當初不曾免職，按照本朝律法，品級仍在，你我該是同僚。」

雲琅被他駁了話頭，不以為意，笑了笑，看著紙團在火盆裡慢慢燃盡。

大朝按例百官朝見，蕭小王爺是一品王爺，想出也出不來。從三品以下的官員卻進不去大慶殿，拜了天地君王就要出來。

雲琅算過時間，叫親兵守著宮門數轎子，瞄準了特意送的信。

開封尹斷案，只問真相，不管情由。

有些事叫蕭小王爺來說，只怕未必能說得清。

「你在信中說，是當初血案親歷之人，知道始末情由。」衛准看著他，「還說鎮遠侯府並非主謀，背後其實另有人主使。此人位高權重，等閒判之不得。」

雲琅有些好奇，「開封尹不知此事？」

「不很清楚。」衛准道：「下官所轄只是京城民政，凡涉官員宗室，案歸大理寺及御史臺。」

當初端王在獄內遭人陷害，大理寺卿奉旨查案，查出是個侍衛司的指揮使偷了虎符，意圖不軌。按照章程，本該就在那時候結案昭告。

偏偏第二日蕭小王爺入宮，跪求重查幕後主使。宗室階前鳴冤，凡有關的大臣，刑部、御史臺、開封尹，都被牽連著召進宮內，議定案情。

「說是議定案情，在政事堂內議的，無非只是該如何安撫端王世子。」

「大理寺卿說，世子只是悲痛過度傷了心神，宜回府用藥靜養。」衛准尚且記得當年之事，「刑部侍郎說，若世子不依不饒，便再查得稍清楚些，總歸給出個能說得過去的應對。」

老主簿侍立在一旁，聽到此處，忍不住皺緊了眉，「竟當真……」

「下官那時尚不知案情，只是同屬刑獄一系，被召進宮，也聽得匪夷所思。」衛准看了一眼雲琅，「想來，此中始末，雲將軍應當清楚。」

雲琅啞然，「這段始末……倒不很重要。」

「這段不必細說。」雲琅按了額頭，「大人接著說就是了。」

「下官心中疑惑，不及細問，忽然聽見外面雲將軍闖進來。」衛准並不追問，繼續道：「先帝忽然變了神色，厲聲斥退金吾衛，起身去迎。雲將軍撐著進門，便栽倒在地上。先帝急去扶了，見將軍身上血色，又急傳太醫……」

「這段也不用細說。」雲琅回神，出言叫停，一陣頭疼，「這段始末更不重要……衛大人，你該知道我不是問的這個。」

衛准住了口，默然片刻，言簡意賅：「後來，太醫走了，先帝與雲將軍說了半晌話，賜了將軍一領披風，帶將軍與下官等人去勸端王世子。那之後，便叫下官回了府邸，不准再過問此事。」

雲琅按著額頭，慢慢揉了揉，「於是，大人便再不曾查證過這樁案子？」

衛准靜了良久，緩緩道：「不曾。」

老主簿低聲問：「開封尹明鏡高懸，懲惡揚善，也不管此事？」

衛准垂下眼睛，「不管。」

老主簿微愕，費解看著他。

衛准神色漠然，將那一盞茶蓋上，重新推回去。

「原來這就是所謂清官純臣。」老主簿終歸忍不住，咬牙道：「如今朝中……」

「刑獄訴訟，自有規程。」衛准正色道：「這樁案子並非民政，況且鎮遠侯府傾覆後，也再無人鳴冤翻案。」

雲琅打斷他：「我並非要勸諫大人，怎麼選才是對的。」

衛准頓了下，望著雲琅，沒再說下去。

「歷代開封尹，有冤必伸，有罪必昭。」雲琅道：「玉石俱焚，一查到底就是了，縱然去官免職，獲罪下獄……總歸對得起天地良心。」

衛准坐了半晌，慢慢攥緊拳，沉聲道：「下官——」

「集賢殿大學士，楊顯佑楊閣老。」雲琅問：「是不是就是這麼訓大人的？」

衛淮打了個激靈，錯愕抬頭。

「我同琰王殿下都很好奇。」雲琅推了盞茶過去，「衛大人不是楊閣老的門生故吏，似乎也沒什麼故交姻親……」

衛淮咬了咬牙，出言打斷：「雲將軍未免管得太寬了些。」

「有人比我管得更寬。」雲琅笑了笑，「先暗中扶持皇子相爭，除去了一個最能征善戰的。再排擠朝臣，把朝堂攪得烏煙瘴氣。」

雲琅道：「原本正直不阿的，不是丟了官就是免了職，原本能做事的，心灰意冷退避三舍。」

「只剩下官這般，貪戀權位且惜命的。」衛淮已聽了不知多少斥責，幾乎能背出來，漠然冷嘲：「得過且過，苟且至今。」

「唯獨開封尹，執掌汴梁民政民生。」雲琅尚未說完，繼續道：「必須於夾縫中死撐，半步也退不得。」

衛淮微愕，蹙緊眉抬頭，定定看著他。

「玉石俱焚容易，大人只要追查當年舊案，堅持要為無辜者平冤昭雪，就能觸怒朝堂權貴，罷官免職。」雲琅喝了口茶，「然後無非就是換個新的開封尹。至於這個開封尹會不會也如當今朝堂風氣一般，醉心權術，各方勾結，叫汴梁百姓有冤無處伸，與清譽何干？自然不必理會。」

「如此一來，問心無愧。」雲琅緩聲道：「清官純臣，青史留名。」

衛淮咬緊牙關，靜坐良久，閉了下眼睛，「當年雲將軍背棄摯友，與奸人沆瀣……原來是為了這個。」

「我們是說衛大人，同我沒什麼關係。」雲琅笑了笑，「我沒那麼多講究。」

雲琅看著他，語氣輕緩：「大人稟性嫉惡如仇，向來不平則鳴，卻要逼著自己對冤屈視而不見，替汴梁百姓死守開封，遠比玉石俱焚四個字難熬得多。」

「雲將軍今日找下官來，若只是為了替琰王說些好話，拉攏下官，便不必麻煩了。」衛准垂了視線，「如今朝堂，各方自身難保，黨派立場，開封府一律不能沾，也不能管。」

雲琅不意外，重新換了盞熱茶，擱在案前。

「若有一日，當真能整肅朝堂一洗污濁……換個乾淨的開封尹上來。」衛准視而不見，斂衣起身，「下官自當升堂，審權知開封府事衛准見冤不伸、瀆職懈怠之罪。」

他言盡於此，轉身就要出門，看清門外配了長刀的玄鐵衛，稍一怔忡，倏地回身。

雲琅不急不忙，將那盞茶推過去。

「雲將軍！」衛准一陣惱怒，「這是何意？莫非見好話說不通，便要如此逼下官就範嗎？」衛准寒聲：「下官自知瀆職之罪，可如今尚不到認罪的時候！朝中已亂成這般，若雲將軍對無辜百姓尚有半分垂憐……」

「平民百姓，販夫走卒，只能靠開封尹伸冤。大人守著開封，便不算瀆職。」雲琅從窗外收回視線，站起身，「我原本也不打算拉攏，借大人一用罷了。」

衛准緊皺著眉，「何意？」

「派人去給楊閣老帶句話。」雲琅拿過琰王府權杖，遞給玄鐵衛，「開封尹被琰王府請來做客。什麼時候，府上見了琰王平平安安從宮裡出來，什麼時候自然將人好好送回去。」

「小侯爺！」老主簿聽他話音，心頭一緊，「王爺今日在朝中，可是有什麼危險？」

雲琅並不多說，示意老主簿替衛准看座。

「順便告訴他，不要以為琰王沒有親族長輩護持，王爺回不來，府裡便無人主事了。」

「雲將軍。」衛准坐了半晌，咬牙低聲：「你威脅錯了人。琰王若被困在宮中，該是皇上有意施威，想要趁機徹底降服琰王，並非……」

「這我不管。」雲琅笑了笑，「我只管讓琰王回來。」

衛准不料他竟這般不講道理，有些詫異，沒說得出話。

「我不管他背後是誰，要做什麼，同當今皇上如何博弈較力，驅虎吞狼。」

「我自幼統兵征戰，弄不清楚朝堂中那些權謀門道。只知道琰王一日回不來，我便扣下他一個人。琰王受一分委屈，我便從他那兒討回來十分。」雲琅從容道：「若有一日，琰王有了意外。我就先斬了這群混帳拜天，再去宰了戎狄那些狼崽子拜地。收拾完了，再去找他。」

衛准被他話中之意懾得一時無言，靜默半晌，嘆了一聲，慢慢坐回去。

雲琅：「我同他過了明路，拜了家廟，註定了要同去同歸。」

「有我在一日。」雲琅平靜道：「琰王府內，便不是孤家寡人。」

玄鐵衛拿了權杖，形色匆匆去了。

雲琅闔了門，叫老主簿守在門外，揀了幾顆栗子拿在手裡，重新坐回窗前。

「當今聖上……仍有要驅使琰王處。」衛准坐了片刻，垂了視線道：「小懲大誡，想來手段不會太過。」

「朝中如今大半執政官員，皆是受當年黨爭餘蔭，真有政才、能做事的寥寥無幾。」

衛准道：「皇上又醉心牽制平衡之術，宰相被樞密院牽制，樞密使掌軍，招兵卻要聽政事堂的，錢糧軍費又都在三司手裡。」

衛准低聲道：「如今朝堂之上，官職差遣全不在一處。人人只管掃門前雪，互不通氣，職權又多有繁冗重疊。」

「故而皇上如今手上，其實沒幾個人真正可用，只能打起了琰王的主意。」雲琅收回目光，朝他笑了笑，「這些我們倒是知道。」

雲琅叫人撤了兩盞冷茶，又斟了第三盞，推過去，「衛大人與楊閣老走得近，可還知道些我們不清楚的？」

衛准攥了下拳，「下官並非……」

他靜了片刻，苦笑一聲，嘆了口氣，「我與楊閣老走得並不近，只是如今仍忝列著開封尹職事，守著汴梁腹心之地，被他們格外重視些罷了。」

雲琅剝了個栗子，擱在桌邊，視線落在他身上。

衛准道：「雲將軍知道『試霜堂』嗎？」

「大略知道。」雲琅這幾年走遍各處，聞言點了下頭，「取『十年磨一劍，霜刃未曾試』之意，是出資扶助寒門的，只要有心讀書科考，缺錢給錢，斷糧管飯。」

衛准聞言怔了下，失笑。

「但凡試霜堂，一律開在官府都探查不到的窮山惡水，找是找不到的，只有重病半死、只剩一口氣的，才會被抬去救治安撫。」

衛准不料他連這個也知道，若有所思，「雲將軍連這個也知道，看來琰王這些年雖然看似閉門不出，也有自己探查的辦法。」

雲琅不以為意，笑了笑，「大人接著說。」

「試霜堂專救幾乎沒有生路的寒門學子，延醫用藥，將人救活後考較學問。若是實在不開竅、書讀得不紮實，便扔出去自生自滅。」衛准道：「若是書讀得好，又有天資，就如雲將軍所說，只要有心讀書科考，三餐用度皆有供應。」

「凡是入了試霜堂的學子，皆有名師悉心教導，待學問好了，便送去應試科考。」

衛准苦笑道：「這些人來時已幾乎沒有生路，再造之恩、再生之德，如何能不設法報答？縱然此後察覺出端倪，也早已來不及脫身了。」

雲琅靜了片刻，實在忍不住，「救活後考較過，抬了扔出去的那些人裡，難道就沒有書讀得很好、腦子其實也很聰明的？」

衛准愣了愣，「什麼？」

「沒事。」雲琅平了平氣，又剝了個栗子，「衛大人也是被這『試霜堂』送入朝中的嗎？」

「是。」衛准低聲道：「試霜堂受楊氏一門教導，為避嫌，便不能參加閣老主持的春闈，故而自然也不算是楊閣老的門生。」

雲琅點了點頭，「世人都說楊閣老有教無類，從不拒寒門子弟，原來是這麼個『不拒』法。」

蕭朔這幾日已叫人查清了楊顯佑的家族親眷，雲琅看過一遍，大致記得差不多，「楊氏一門……他那兩個兒子，也在試霜堂教書？」

「楊閣老說，他已在朝堂之中位極人臣，家族子弟無論如何都要承祖蔭，於他人實在不公，理當避諱。」衛准稍一停頓，又道：「故而但凡嫡系子弟，沒有一個入仕的。」

雲琅笑了笑，「避諱……也不知避諱的是什麼。」

衛准今日已破例說了太多，不再置評，「雲將軍想問的，下官大致能猜得出。但下官所知，的確已盡數相告。」

「其他的事，楊閣老大抵也不會告訴大人。」雲琅大略猜得到，「衛大人這個脾氣，在楊氏門下，只怕也不算是多受青睞的。」

衛准苦笑，「何止不受青睞……故而由下官說，雲將軍選下官來做人質，選得其實並不好。」

「不妨事。」雲琅攥了攥手腕，並不著急，「汴京向外，京西南路、淮南西路，我知道他幾個試霜堂的地方，大不了帶人趕去抄幾家解解氣。」

衛准微愣，「將軍如何會知道？」

他下意識問了一句，忽然回過神，看著雲琅，神色微微變了變。

「三家試霜堂，都把我抬著扔出來了。」雲琅終歸還是壓不下火氣，「我就這麼不堪造就？」

在學宮讀書的時候，雲琅雖然三日一罰抄、五天一禁閉，可大都是因為揪疼了太傅的鬍子，薅禿了少傅的毛筆。但凡用心學的東西，便沒有學不會的。

雲琅想不通自己差在了哪兒，越想越來氣，「怎麼挑的人？怎麼就不開竅了？」

「試霜堂考較的是帖經、墨義和詩賦，都是科舉要考的。只考強記博誦，至於其中內涵義理，卻說學之無用，不准深究。」衛准忙道：「將軍所學，只怕不精於此。」

衛准看他半晌，終歸忍不住，「雲將軍這些年，為何竟凶險至此？當初先帝明明已給了將軍免死金牌，豁罪明詔。」

「詔書叫我拿出去換別的了。」雲琅擺了下手，「免死金牌倒還留著，他日衛大人若真見了，若尚可自保，還請幫忙說句話。」

衛准看著他，慢慢蹙緊了眉，靜坐半晌，伸手拿過了那一盞茶。

雲琅看著窗外宮城，手上仍不緊不慢剝著栗子，面前桌案上已整整齊齊列了一排。

「雲將軍。」衛准低聲道：「心悅琰王嗎？」

雲琅手裡拿著個剛剝好的栗子仁，忘了放下，擱在嘴裡自己慢慢吃了。

他靜了一刻，回過神，失笑，「大人怎麼忽然問這個？」

「此事始末，將軍說不很重要。」衛准端著那盞茶，抿了一口，擱在一旁，「時隔多年，將軍大抵也忘了，這話本不是下官問的。」

雲琅空攥著拳，坐了半晌，輕按了下胸口，將未剝完的栗子擱在一旁。

「那時琰王尚未襲爵，以世子之身，在宮外跪求，原本無權面見先帝。」衛准低聲道：「是雲將軍替他出頭，隻身闖宮……」

「我就住在宮裡，從後頭衝出來罷了，什麼闖宮？」雲琅失笑，「也不是替他出頭，是我自己想要個說法。」

衛准並不反駁，靜了一刻，又道：「那時先帝問將軍，是不是不要命了？」

雲琅自覺那時候太過犯渾，不很聽得下去，掩面犯愁，「別說了。」

衛准不再牽動他心神，收住話頭，緩緩喝淨了那盞茶。

雲琅深吸口氣，慢慢呼出來。

那時候……蕭朔來得其實不巧。

他那道舊傷剛不知第幾次勉強封口，結了血痂，被結結實實綁在了榻上。

雲少將軍躺在榻上犯渾，不給解開就自震心脈，把守著的公公嚇破了膽，顫巍巍解了綁繩。

雲琅一路闖進文德殿，已站都站不住，一頭撞進先帝懷裡，人便昏昏沉沉軟在了地上。

先帝氣得要命，將他按在御榻上，一面傳太醫，一面問他是不是不想要這條小命了。

雲琅被幾個重臣七手八腳慌亂按著，死命地掙，「不要了！」

雲少將軍馬上征戰練出的身手，幾個文臣都只知道寒窗苦讀，又不常做這等差事，縱然雲琅傷得重，也根本按不住。

雲琅死咬著牙關，冥頑著犯渾，「端王府那麼多條命！你們都不賠，還逼他認！放開！我自去賠給他。」

先帝抬手想打，顫得落不下去，頹然立了半晌，竟一陣頭暈，向後倒下去。

雲琅嚇慌了神，慌亂撐起來，不掙了。

「不干你的事，是旁人……」先帝被倉促扶住，闔眼緩了一陣，由內侍攙著坐在榻邊，摸了摸雲琅的頭，「別怕。」

雲琅臉上沒有半分血色，定定看著先帝，搖了搖頭。

「你知道的，朕也知道。」

先帝靜了良久，攬著雲琅肩背，低聲道：「可朕來不及了，你明白嗎？」

雲琅垂著頭，胸口起伏幾次，別過頭慢慢坐回去。

「其餘幾個皇子……沒有堪造就的。」先帝低聲說著，不知是說給雲琅，還是說給自己聽，「朕原以為他們兄弟兩個一文一武，一個守著朝堂、一個威懾邊疆……」

「有忠臣良將、有伉儷偕老、有兩個成器的兒子、有朕的小白老虎。」先帝笑了笑，「朕原以為，朕是這天下最好運的人。」

雲琅說不出話，太醫匆匆趕過來，要替他處理胸口傷勢，卻扳了幾次也沒能扳動。

雲琅手指冰冷，僵得掰不開，死死攥著先帝龍袍的衣袖。

「你受蔡補之教誨，是他最得意的學生，該明白如今情形。如今忠臣不再，良將折戟。這場黨爭的遺害不會到此為止，若是朕再處置了他……」先帝靜了片刻，斂去眼底血色，低聲道：「朕如今，竟無路可選。」

雲琅僵坐良久，抬手慢慢替先帝拭了臉上水色，低聲道：「皇爺爺。」

「優柔寡斷，為君大忌。」先帝摸摸他的腦袋，緩聲道：「皇爺爺知錯了，可如今已來不及……江山社稷，不能無人託付。」

「如今四境強敵環伺，內外不安。新君如果暗弱無能，朝中定然生亂，苦的是黎民百姓。」先帝看著他，「你是朕的雲麾將軍，這些你也該能懂的。」

「我知道。」雲琅咬緊了下唇。

靜坐了半晌，終於低聲道：「皇爺爺別生氣，我不去暗殺六王爺了。」

先帝啞然，摸了摸他的腦袋，替太醫讓出些位置，「你心悅端王家的孩子，是不是？」

「不悅。」雲琅悶悶不樂低聲：「他這兩年都不理我，還老訓我。」

「不是這個心悅……罷了。」先帝啞然，「但凡你早開竅些，朕也不會拖到現在，終歸耽誤了你們兩個。」

雲琅怔了怔，皺起眉抬頭，「什麼？」

「朕原以為，縱然一時不挑破，等你慢慢想透了，懂了人事再明白過來，也沒什麼關係。」

先帝輕嘆，「總歸還有的是時間，朕的小老虎會立下本朝最顯赫的戰功，做最年輕的一品軍侯。再帶著全副家當，憨頭憨腦地往人家府裡送，硬要擠進人家的家廟裡頭。」

「朕都替你準備好了，若是朕那個木頭孫子敢犯彆扭，就把你們兩個捆在一塊兒關進屋裡，自己去想辦法。」先帝苦笑一聲，「如今竟都成空了。」

雲琅整日裡忙著打仗闖禍上房頂，從沒想過這些，怔怔坐著，胸口忽然死命揪著一疼。

他從沒有過這等感觸，哪怕在醉仙樓被蕭小王爺拎著教訓，在端王府被幕僚客客氣氣送出府門，也無非難受那一陣便過去了。

雲少將軍生來心寬，從不記這種不高興的事，轉頭便不知拋在哪兒，自去找能找的樂子。

雲琅不知道，原來還有這種喘不過氣的疼法。

像是忽然被剝奪了原本分明就等在那兒的、只要走下去，明明就該到達的那個未來。

本該註定了的，順理成章的未來。

「是朕對不起你。」先帝輕聲道：「心裡實在難受，就哭一場，朕陪著你。」

雲琅心裡空蕩蕩一片，胸口起伏著，茫然搖頭。

「哭不出來嗎？」先帝看著他，輕嘆口氣，「也好。」

先帝將手放開，看著太醫重新包紮好了雲琅的傷口，又替雲琅將衣襟整理妥當，「雲麾將軍雲琅，聽朕口諭。」

雲琅看著自衣襟處收回的手，靜坐一陣，撐了下，跪在榻上。

「端王府世子蕭朔，舉止無狀，冒犯朝廷禮數。」先帝緩聲道：「你陪朕，將他勸回去。」

雲琅心底疼得厲害，喘了幾口氣，低聲：「我不去。」

先帝看著他，「朕的旨意，你也不遵了？」

「不能查……有不能查的難處，不能翻案，有不能翻案的緣由。要勸世子回去，有說不出的苦衷。」雲琅跪了良久，慢慢伏下來，額頭抵在手上，「我——臣明白。」

「臣明白。」雲琅肩背悸顫，「臣不捨得。」

雲琅喉間礪出隱約血氣，顫得跪不住，幾乎是在哀求：「皇爺爺，您讓我將命賠他。死在戰場上也好，雲家的罪，我替姑祖母贖。」

「雲家所為，與你和皇后沒有半分關聯。皇后自入宮那日起，便是官家的人，至於你……」先帝低聲道：「你記著，朕早叫人將你的生辰八字取出來，入了皇家玉牒，你過繼在皇后膝下，是過了明路的皇后養子，不是雲家子孫。」

先帝逐字逐句說完了這一段話，站起身，吩咐道：「來人。」

內侍快步過來，躬身等著吩咐。

先帝慢慢道：「雲麾將軍帶著傷，不宜見外人，拿一套乾淨外衫，再取一領披風。」

雲琅撐著撲下榻，踉蹌磕在地上，「皇上！」

「是朕逼你做的，你要恨朕，要活著恨朕。」先帝半跪下來，扶著他的肩，凝注進雲琅的眼底，「你們兩個都要恨朕，要活得長命百歲，恨朕一百年，知道嗎？」

雲琅張了張嘴，臉色一點點蒼白下來，抬手去扯先帝衣袍，卻扯了個空。

先帝起身，朝殿外走出去。

朝臣們早在外等候，跟著去勸說端王世子嚥下血仇、吞淨家恨，去襲那一份皇恩浩蕩的爵位。

端王府的世子跪在殿外，風雪凜冽，白玉階上沁著怵目的淋漓血痕。

室內燭火安靜，雲琅跪了不知多久，恍惚撐了下，慢慢起身。

在他眼前，規規矩矩放著一套外衫、一件御賜的披風。

大慶殿內，燭光幽暗。

蕭朔撐了下地，穩住身形，睜開眼睛。

跪了半日，殿內靜得空無一人，與過往悄然相映，他竟極短暫地做了個夢。

夢裡，他抵著殿前風雪，跪求先帝重查血案。

他拜伏在冰冷的白玉階上，再起身時，神思恍惚，卻像是一瞬見了另一個人的影子。

文德殿內，隻身跪在地上的少年將軍。

胸口新換的繃布，眼看又隱約透出新的血色，臉色蒼白，襯得眼睫漆黑。

眼底是格外安靜的空茫。

他從沒見到過這樣的雲琅，雲少將軍矯捷明朗，靈氣溢得藏也藏不住，無論在哪兒，都能輕易叫人挪不開眼睛。

不該像現在這樣，被困在碰不見的地方，淡得像是下一刻便會消散乾淨。

蕭朔忍不住蹙緊眉，要伸手去拉他，雲琅卻已動了動，拿過地上疊著的外衫披風。

光芒一點點從雲琅的眼睛裡退去，漸次熄滅，或是藏進了更深的地方。雲琅站起身，像是徹底與外界隔絕，慢慢將外衫穿戴齊整，又繫好了那件披風，朝門外走出去。

蕭朔跪在地上，過往與現實疊合，有某種幾乎無聲的情緒自他胸口生發，沿著血脈，將他徹底箍牢。

這件披風，他比任何一個人都更認得……

蕭朔靜了一陣，撐著地起身。

金吾衛奉皇命在此監管，常紀守在殿外，與悄悄尋過來的洪公公低聲說話。

「也不知聖上是怎麼想的，竟當真聽信了那些胡話。」常紀皺緊了眉，低聲道：「看如今的情形，琰王爺只怕難免要受些罪……」

常紀受雲琅所託，也有心照應蕭朔，只是終歸不能做得太過明顯，只能叫人暗中在殿內攏了幾個火盆。

他接過洪公公帶來的食盒湯藥，不著痕跡在身後藏了，「您當年是侍奉端王的，看著琰王長大，能不能勸勸王爺？同聖上服個軟。」

洪公公立在殿口，輕嘆一聲，搖了搖頭。

常紀也知道蕭朔性情，沒再說下去，重重嘆了口氣。

皇上已傳了旨，叫琰王跪在大慶殿內反省，若是蕭朔一日不回心轉意，便要一日在此處跪著。

到了這個地步，究竟要不要同戎狄割地，文臣武將的連年積怨，樞密院與政事堂的職權衝突，其實都已不是最要緊的。

皇上要的是個徹底聽話的琰王。

倘若蕭朔想不明白這一點，或是縱然想通了，卻不肯去做，只怕不能輕易再從此處出去。

常紀心中黯然，正要將食盒拎進去，忽然錯愕，「王爺？您怎麼……」

常紀眼睜睜看著蕭朔自殿內出來，嚇了一跳，匆忙側身擋了，「可是有事？下官自可傳話。聖上有旨，封閉大慶殿，琰王不得擅出。」

蕭朔並不理會，看向洪公公，「您手中還有胡蔓草嗎？」

洪公公頓了下，慢慢皺緊了眉。

蕭朔朝他伸出手。

洪公公退了半步，搖了搖頭，躬身道：「此物早不用了。殿下再忍一忍……受些委屈。」

「皇上今日是有意施威。」洪公公靜了片刻，低聲勸：「如今殿下在朝中，尚有不可替代的要緊之處。皇上只想給殿下個教訓，不會太過……」

蕭朔打斷：「我有急事，要回府一趟。不必太多。」

洪公公傴僂著身子，一言不發，只一味搖頭。

「胡蔓草可是鉤吻，民間俗稱斷腸草的？」

常紀隱約聽過這個，跟著不安，「這東西能要人命，王爺要這個幹什麼？」

「民間以訛傳訛，毒性並不如傳聞凶險。」蕭朔平靜道：「適量用些，病況脈象皆可以假亂真，事後以三黃湯灌服解毒即可。」

此時不比當初，皇上還要假意維持對他的縱容恩寵，咬破舌根，用一口血便能半真半假糊弄過去。若再鬧出些病，藉故回去，定然會交由太醫院診脈甄別。

他若有雲琅的家傳功法，運功自震心脈就是了，也不必還在此處耽擱這些工夫。

蕭朔壓不下腦海裡翻覆的念頭，盡力耐了性子，朝洪公公伸手。

洪公公掃了一眼常紀，走得近了些，悄聲：「殿下……總該想想小侯爺。」

洪公公低聲道：「是藥三分毒，殿下用了此物，若叫小侯爺知道了，只怕……」

「不會叫他知道。」蕭朔緊鎖著眉，「出宮後尋個機會，將解藥灌了就是。」

他今日出門時，已與雲琅約好了回府，到了時候，便必須回去。

若是再耽擱下去，雲琅定然要在宮外想辦法。

蕭朔此時心緒太亂，一時理不順雲琅會選哪一種，卻無論如何也不想再讓雲琅用一次碧水丹。

好不容易才攔住他，好不容易養得有了些起色。

好不容易……才叫那雙眼睛裡，隱約重新有了些光亮。

不能再留雲琅一個。

蕭朔心中紛亂，他已有些時日不曾犯過頭疼，此時腦中又全無章法地盡數翻絞起來，愈發煩躁，「快些，不必磨蹭了。」

洪公公進退兩難，還要再勸，忽然聽見人聲，皇上身邊的傳旨太監竟帶人急匆匆走了過來。

常紀神色微變，將兩人擋了，過去將人攔住，「這麼晚了，可是聖上又有吩咐？」

「聖上口諭，琰王雖然不知進退，悍然攪亂朝堂，卻畢竟是為國事，行雖無狀，情有可原。」

傳旨太監被他攔在殿外，見常紀沒有讓開的意思，也只得站定了，低聲道：「小懲大誡……便不再另行處置了，叫回府禁閉，自行反省。」

常紀聽得半喜半憂，攔在殿口，反倒不敢立時全信，「聖上可有明旨詔書？」

傳旨太監搖了搖頭，「沒有，只是口諭，聖上旨意下得急。」

「沒有旨意，如何放得？」常紀見過宮中手段，仍不放心，「若是今日叫琰王回去了，明日又說琰王不遵皇命，擅離了皇宮怎麼辦？」

此事無人佐證，傳旨太監雖然是皇上身邊的人，但叫琰王在殿內反省是過了明詔，叫起居舍人記下來了的。

雖不至有人膽大包天，在宮裡假傳聖旨，可朝令夕改實在突兀。若是皇上真有意再拿此事打磨臣下一遭，也夠琰王一受。

傳旨太監只是奉命來遞話，也不知就裡，一陣為難，「可皇上確實就只是下了口諭，將軍再要，也編不出明詔來啊！」

「權杖、令箭呢？」常紀皺了眉，「哪怕有樣憑證，能代聖命，末將也好開門放人。」

傳旨太監也是頭一遭什麼都沒帶，被他追問，才覺的確反常，「也沒有。」

兩人一時僵持，立在殿口，竟誰也不知該如何處置。

常紀並非不想讓琰王回府，只是事出突然，終歸怕此中有詐。

尚在躊躇，洪公公已自殿角拐了出來。

宮中伺候的太監內侍，彼此都認得。

傳旨太監見了他，眼睛一亮，「您老怎麼在這兒？」

傳旨太監頭一回傳這樣的旨進退兩難地卡著，難受得很，拉著洪公公不放，「您幫著勸勸常將軍，此事雖說不合規制，可琰王莫非不急著回去？大家都行個方便，睜一隻眼，閉一隻眼，不也就過去了？」

洪公公被他拉著，笑吟吟點了點頭，卻又自袖子裡遞了個極精緻的玉把件過去。

傳旨太監愣了下，又驚又喜，「可是有什麼事？如何就勞動您這般……」

「咱們在宮中伺候的，哪有這些好東西？」洪公公笑了笑，「這是琰王給的。」

傳旨太監倒也常收朝臣的禮，清楚章程，掃了一圈四下無人，匆忙收好了。

「琰王要問什麼？」

「公公替皇上傳的口諭，琰王在裡頭聽見了。」洪公公壓低聲音：「叫問一句，皇上傳口諭前，可還見了別的什麼人。」

傳旨太監仔細想了想，搖搖頭，「也不曾見什麼人，倒是收了張條子。」

洪公公神色微動，「什麼條子？」

「裡頭寫了什麼，咱們哪裡知道。只知道這條子應當是集賢殿裡出的，混在了剛送來的典籍裡頭。」傳旨太監侍候得遠，知道得並不詳細，「至於是哪位大學士、閣老大人寫的，寫了些什麼，也不清楚了。」

能說到這一步，已是宮裡內侍的人情。

洪公公不多問，又添了顆瑪瑙珠過去，「今日常將軍阻攔，也是不得已之舉，就不必回報煩聖上的心了。」

「這個不用公公囑咐，如今早不是先帝時候那般寬鬆光景了，咱們心裡如何不清楚？」傳旨太監連連點頭，「您放心，定然不會亂說的。」

洪公公退開半步，朝他拱了拱手。

傳旨太監將東西仔細收好了，又朝洪公公與常紀拱手作別，轉身快步沒進了夜色。

常紀立在殿門外還禮，看著傳旨太監走遠，摒退了手下繞回來，「此事究竟是喜是憂？皇上是何用意，我心裡實在沒底……」

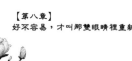

「琰王殿下叫問這個，也是為了弄清楚。」洪公公收了笑意，攏了袖子繞回來，壓低聲音答了一句：「若是集賢殿那邊有了動靜，便不是聖上本意，能放心回去。」

常紀有些莫名，「又同集賢殿有什麼關係，那不是給年事已高的大人們編書養老的地方嗎？」

「殿下說，只要集賢殿有動靜，就是家裡人在外頭有安排了。」洪公公也不很清楚，只是依吩咐行事，過去打開殿門，「殿下府上可有人等候？天色晚了，可要老僕去安排車馬？」

「不必。」蕭朔垂眸，「他既有辦法迫使皇上不得不放我出來，便不會讓我自己走回去。」

常紀聽得雲裡霧裡，「誰？」

蕭朔已不剩半分耐性，不再多說，不用金吾衛護送，撣淨衣物匆匆出了宮。

宮外，一輛馬車隱在牆角樹蔭下，已靜等了大半日。

老主簿從日落守到月出，在車下焦灼徘徊，不知走了多少個圈。

宮門開了又關，次次出來的都是不相干的人。

老主簿聽見宮門處動靜，嘆了口氣，抬頭張望了一眼，忽然瞪圓了眼睛。

蕭朔自宮內出來，被老主簿快步迎過去，匆忙扶住，「王爺！」

蕭朔蹙緊眉，「他呢？」

老主簿稍一怔忡，回頭望了一眼車廂。

蕭朔沒耐性多問，盡力壓了壓念頭，快步過去，挑開車簾。

老主簿攔之不及，「王爺——」

蕭朔：「……」

開封尹衛准坐在車裡，邊上擠著梁老太醫，虔國公貼著車廂，咬牙生著悶氣，蔡太傅面沉似水，冷了臉色坐在了另一側。

雲琅裹著厚裘皮，靠在角落，氣息清淺，像是睡得正熟。

蕭朔站在車外，挑著車簾，清醒了一刻，抬手按了兩下眼睛。

衛准執掌開封多年，也不曾見過這等情形，背負著雙手，乾咳一聲，「琰王。」

「虔國公和太傅要進宮面聖，叫小侯爺攔在了宮門口，又不肯走，一定要等您出來。」老主簿匆匆跟過來，低聲解釋：「衛大人……是小侯爺關在這兒的，說是用來牽制楊閣老的人質，不能放回去。」

蕭朔闔了下眼，扶著車廂，看向梁太醫。

「老夫沒來添亂，老夫一開始就在這兒。」梁老太醫舉著銀針，「他怕你跪久了血脈不通，腿上落什麼暗傷，叫老夫幫你扎一扎。」

老主簿也是第一次知道府上的馬車這般能裝，訕訕地守在邊上，試探道：「不若……您也進去試試，看能不能裝得下。」

蕭朔沉聲：「再叫一輛馬車，送諸位大人回去。」

老主簿：「是。」

蕭朔用力按了按額頭，看著仍睡得安穩的雲琅，蹙緊眉，伸手要去試他腕脈。

「一車的故人排隊訓他，念及往事，牽動心神。」梁太醫悠悠道：「叫老夫扎了幾針，一時還動彈不了。」

梁太醫原本安安穩穩坐在車裡，眼看鬧到了這一步，看熱鬧半分不怕事大，「別看他如今活蹦亂跳，便以為沉屙盡除了。他如今舊傷不過只養好了兩三分，根基未復，胸中也尚有鬱結未解，不過是力疾從事，你們竟還來添亂。」

「老夫何曾訓他！」虔國公壓不下火氣，「老夫不過是要揍這個外孫一頓，幾時說要牽連外孫媳婦了？」

「什麼孫媳婦？」蔡老太傅冷冰冰道：「仗著你家王府國公，便這般仗勢強搶。」

「什麼強搶！他們兩個家廟都拜了，還有紅綢子……十罈美酒！通紅通紅的大綢子！你們都沒看見！」

虔國公被這個老儒生氣得火冒三丈，「怎麼到你嘴裡，就變成了這小子還沒開竅？沒開竅跟著叫我外公？沒開竅這般死心塌地護著他？老夫不管，今日必須說明白。」

蔡老太傅心疼學生，硬擠過去，拿棉花堵了雲琅的耳朵，「吼什麼，顯你嗓門大？」

虔國公：「……」

開封尹衛准坐得端正，負著雙手，向車廂角落挪了挪。

老主簿守在車外，戰戰兢兢看著虔國公擼袖子，憂心忡忡，「王爺，如今……」

蕭朔撂下車簾，抬手捏了捏眉心。

【第九章】

我若下些狠手，龍鳳胎都有三對了

出宮前，蕭朔雖然想過宮外情形或許複雜難測、或許撲朔迷離。卻仍半分也不曾料到。

撲朔……迷離至此。

雲琅還在車裡，此時動彈不得，說不定要被老人家們肉搏牽連到。

蕭朔終歸不放心，要去將人抱出來。

一車的人，實在動作不便。

蕭朔探身，剛將人攬住，冷不防聽見虔國公沉聲道：「開封尹都說了！好歹也是在宮城之外，虔國公咬牙切齒，盡力低了嗓門：「先帝分明問過雲小子，是不是心悅我家這個外孫！他不也答了話？豈會全無所覺……」

蕭朔手臂微頓，胸口像是被什麼扯著，倏忽一緊。

「他怎麼答的？」蔡太傅淡聲道：「不悅，蕭朔老訓我。」

自己的學生，心肺腦子是怎麼長的，蔡太傅比誰都清楚，「他當真知道什麼叫心悅？無非以為是先帝問他，喜不喜歡同端王家的孩子一起玩兒，見了蕭朔心中高不高興。」

蔡太傅頓了一刻，掃了一眼蕭朔，補刀道：「更不要說，他答的還是不高興。」

虔國公惱羞成怒，險些便要動手。

蔡老太傅能文能武，一柄戒尺使得出神入化，半分不怵，「當年……的確誰都覺得，他們兩人合該在一塊兒。之所以不挑破，無非等雲琅再想明白些罷了。」

「可世事無常。」蔡太傅架著虔國公的胳膊，看向蕭朔，緩聲道：「有些事錯過了就是錯過了，你明白嗎？」

蕭朔垂眸，「不明白。」

「冥頑。」蔡太傅斥道：「如今這般情形，你兩人如何還能在一起？」

「有什麼不能的。」蕭朔沒有診脈，將雲琅的手逕自握在掌心，「我要同他長相廝守，何人攔得。」蕭朔的話說得極平靜，話外近於無法無天的冷意滲出來，卻平白懾得人心頭一寒。

蔡太傅蹙了蹙眉，看著他，沒再說下去。

「他喜歡怎麼樣都無妨，要做摯友，就是摯友，要當兄弟，便當兄弟。」蕭朔緩聲開口：「他當我是什麼，我便是什麼。」

「他本該能想清楚的，可當年之事，剜心蝕骨，枷鎖一樣死死壓著他。」蕭朔伸手，撫了下雲琅的眉峰，「我又混沌無知，一再誤解疏離，又是一道鐐銬。」

蕭朔攬著雲琅，靜看著他，「我本以為，他回來後我作勢冥頑昏聵，他會因此生我的氣，能想明白，其實最該委屈的分明就是他。」

「我想過許多次，哪怕他因此與我反目，大吵一架也好……可他竟還覺得對不起我。」蕭朔輕聲道：「他竟覺得對不起我。」

「你……二人間，不該有什麼對不起。」蔡太傅忍不住道：「真要論，又豈非是我們這些做長輩的無能……可老夫要說的，不是這個。」

蕭朔護著雲琅，抬眸，「您要說什麼？」

蔡太傅道：「按本朝律例，女子入宮若有位分，則不再按本家宗牒，一律歸為官家之人。」

這條律例當初定下，本是因為高門權貴家大業大，旁支眾多，常有送入宮中的秀女年齡相仿、輩分卻不同的情形，設此一條免得徒增混亂，倒沒有更多的用意。

但有舊例可尋，卻也有幸有所轉圜，不曾叫雲氏一門的罪過株連到先皇后身上。

「據開封尹所說，先帝已叫先皇后養了雲琅，收為義子。不知是否已入了起居注，有了皇家玉牒。」蔡太傅道：「此事我等尚未來得及查證，還要去設法弄清楚。」

蕭朔：「⋯⋯」

「不然你以為我們吵了這半日，吵的是什麼？」虔國公皺緊了眉，問道：「難不成還有別的能攔住你們？」

從沒想到還有這一層，虔國公鬧心得不行，「如今這輩分已然徹底亂套了，若是雲琅真成了皇后養子，雖說年紀比你小些，按輩分也是你的叔叔。」

「你要想清楚。」蔡太傅看著他，「若是先帝當年手快，將他的玉牒改過了身分⋯⋯」

蕭朔靜了片刻，心煩意亂，「我就去燒了祖廟。」

蔡太傅：「⋯⋯」

虔國公：「⋯⋯」

開封尹負責京城治安，衛准還坐在車裡，「琰王。」

蕭朔面色沉靜，眸底黑得不見波瀾，定定看著仍安靜闔著眼的雲琅。

蔡太傅終歸坐不住，「不必叫車了⋯⋯老夫去找宗正寺。」

「老豎儒！」虔國公追著他，匆匆下了車，「老夫的外孫媳婦，老夫同去，免得你做什麼手腳！你站住！」

蔡太傅被他煩得七竅生煙，「什麼孫媳婦？老夫的學生若非時運不濟，該是堂堂一品軍侯！縱然要論，也該是你那外孫子進他的侯府。」

兩位老大人吵嚷著走遠，一路遞牌子入了宮，直奔了管理宗室玉牒的宗正寺。

老主簿剛把另一套車牽過來，愣了愣，「可⋯⋯還要用嗎？」

「不急。」梁太醫很有眼色，從容道：「琰王爺的腿疼不疼？若是疼，老夫便來扎幾針。」

「不過是跪半日，疼什麼。」蕭朔心神仍亂，緊蹙著眉，「無事。」

「那便好。」梁太醫撩起衣袖，「叫他躺平。」

蕭朔看著無聲無息的雲琅，心底沉了沉，「做什麼？」

「起針啊！」梁太醫茫然道：「老夫不是已告訴過你了，他叫老夫扎了幾針，如今雖清醒著，聽得見，卻不能動嗎？」

蕭朔：「……」

開封尹就在車上，明察秋毫，忍不住皺眉，「您不曾說過雲將軍清醒著，聽得見。」

梁太醫一拍腦袋，「大抵忘說了，不妨事。」

蕭朔：「……」

梁太醫聽完了琰王爺的肺腑之言，很滿意，過去將雲琅扳過來，逐一起了穴位上封著的幾處銀針，「好了，起來吧。」

雲琅仍靜靜躺著，不見半分反應。

「給他暖一暖。」梁太醫道：「這套針法若將穴位封全了，便是假死之法。如今雖然只封了一半，只怕也不好受，還要有人替他推行血脈。」

「若不是眼見著他自己鑽自己的牛角尖，眼看著又要傷及心腑，也用不著這般冒險。」梁太醫拍了拍雲琅，「行了，起來。」

雲琅安靜躺著，身上頹軟冰冷，叫他一碰，手臂便跟著滑落下來。

梁太醫怔了下，又去試了試雲琅鼻息，蹙了眉。

蕭朔心頭倏地繃緊，將人抱緊，「雲琅！」

梁太醫不曾察覺到半點氣息，心中也難得慌了，手忙腳亂又翻了銀針，「你別光抱著他，替他診診脈！」

蕭朔坐在原地，像是當頭澆了一盆冰水，心肺寒透了，稍一動彈，又有冰凌刺穿臟腑扎出來。

他胸口起伏了幾次，去摸雲琅的腕脈，卻不知是沒能摸準地方還是別的緣故，竟察覺不到半分搏動。

「先別急，老夫看看。」梁太醫不知用了多少次這套針法，頭一回竟出了事，焦頭爛額，「快快，把人放平，你也來搭把手！」

梁太醫拆了一包參片，掰開雲琅的嘴，放在他舌下，並同時對開封尹說道：「把銀針給老夫遞過來，動作快些！」

開封尹低聲道：「恕下官……」

「恕什麼恕！」梁太醫急道：「人命關天！就叫你動動手幫忙。」

「恕下官動不了。」開封尹無奈道：「雲將軍將下官的手捆上了。」

梁太醫：「……」

「布條在雲將軍手裡攥著……那隻手，被裘皮擋著的。」衛准已盡力了半晌，讓出牢牢捆著雙手的布條，「下官一動，雲將軍就用力扯我，下官拽不動。」

梁太醫：「……」

雲琅一陣氣結，扒拉開蕭朔的胳膊，吐了參片睜開眼睛，「衛大人，你是只會說實話嗎？」

衛准歉然道：「自入朝為官之日起，下官便立誓，明鏡高懸，此生絕不說半句假話。」

雲琅被他氣得磨牙，扔了攥著的布條，扯著梁太醫掰扯，「他不懂您也不懂？這時候不該有人嘴對嘴給我度一口氣，別叫我背過氣去嗎？」

梁太醫心服口服，「老夫懂，老夫只是不曾想到，一個實在太想進別人的家廟，為了這個甚至都能絞盡腦汁去當別人義父的人，居然才開竅了一個時辰，便已肖想到了這一步。」

梁太醫把銀針收起來，「先帝當初問你，想不想進蕭朔的家廟。你發現自己很想，於是你就偷著來找老夫帶路，入了陵寢，擅自和端王的在天之靈拜了把子……」

梁老太醫怎麼都想不通，「你怎麼不直接跟先帝拜把子呢？」

雲琅愣了兩秒，後知後覺面紅耳赤，張口結舌側過頭。

梁太醫唏噓著搖頭，收拾東西自覺下了車。

雲琅不很敢看蕭朔，咳了一聲，徒勞攔他，「您……先別走。」

梁太醫為了這兩個人，自覺少說已短命了兩個月，擺了擺手，腳底溜煙上了新拉來的馬車。

雲琅隱約覺得不妙，攔之不及，眼睜睜看著老太醫絕塵而去。

背後的蕭小王爺死死抱著他，手臂仍半僵不僵，人默然坐著，胸口的起伏卻已愈加激烈。

雲琅乾嚥了下，看向另一頭，「開封尹……」

開封尹衛准兩隻手還被綁著，朝他一躬身，自覺跳下車，端端正正坐在了馬車的車底。

車裡車外總算空盪下來，靜得不見半分動靜。

人少得有些不習慣，雲琅清了下喉嚨，不很敢回頭看，盡力從容尋常、不著痕跡地悄然往馬車外挪。

蕭朔閉上眼睛，按了按額頭，「雲琅。」

雲琅才挪開半尺，扶著車廂，頓了頓。

此前梁太醫一針扎倒了他，雲琅的血脈方通，身上還乏得很，只覺得沒一個地方不難受。

雲琅原本就使不上力氣，聽見蕭朔語氣裡的餘悸，就更挪不動了。

蕭朔闔著眼，並不攔他，聲音仍低得反常：「雲琅。」

雲琅皺了皺眉，撐身轉回來。

蕭朔心中有難解的夢魘，雲琅知道，這回特意沒弄出血來嚇唬他，眼下看蕭朔的反應，心裡卻又有些沒了底。

雲琅不大放心，握住蕭朔的手臂，探頭看了看，「小王爺？」

蕭朔靜坐著，沒有回應。

雲琅摸了摸他的腕脈，不大能摸得明白，又看了半晌蕭朔的臉色。

雲琅將手收回來，有些後悔。

他守在宮外，不清楚朝堂上下都出了些什麼事。卻也不必細想就知道，歸根結柢，定然不會有半分叫人好受。

不論為何，都不該在此時跟蕭朔胡鬧這個。

雲琅反省了一刻，清心明目，低聲道：「你的腿……」

蕭朔打斷他的話：「沒事。」

「當真沒事？」雲琅自己也跪過，時間一久，起來後就難受得很，幾天走路都不順當，「你仔細點，麻了疼了都是不對勁，要叫大夫看的。」

蕭朔此時不想說這個，蹙緊了眉，低聲道：「當真沒事，別管了。」

雲琅到底不放心，去掀他衣襬，「不行，你先脫了褲子叫我看。」

蕭朔低了頭。

雲琅：「……」

蕭朔看著雲小侯爺，心中一時百味雜陳，竟不知該說什麼好，「雲琅。」

雲琅面紅耳赤，咬著牙，「你若沒好話，便不必說了。」

蕭朔靜了片刻，挪開他的手，把自己被輕薄了的衣襬蓋回去。

「倒沒什麼，只是我肖想你已久。」

「自你我少年起，我便已有此心。故而有時難免生出些冒犯輕薄的妄念，每到此時，便覺分外對不起你。」

蕭朔看著他，忍不住感慨，「卻不想，雲少將軍用兵突飛猛進，開起竅來，竟也一如……」

雲琅惱羞成怒，一口結結實實叼在他手腕上。

雲少將軍的牙口也一如往昔，蕭朔腕間刺痛，不動聲色，俯身將人撈回來，「難受得厲害？」

雲琅從耳後滾燙進了領口，皺著眉，咬著他口齒含混，「什麼？」

「我這般捉弄於你，你竟都沒力氣同我動手，將我撂翻了扔出去。」蕭朔將人放在膝上，按了腕脈，仔細診了一陣，「下次再有此事，先同梁太醫說，不要封你膻中穴。」

雲琅撇撇嘴，小聲嘀咕了一句。

蕭朔沒能聽清，「什麼？」

雲琅看著他，心說：你是沒挨過梁老太醫的奪命連環針，還敢不讓他封膻中穴，到時候天靈蓋都給你封上。

身上還格外不舒服，雲琅不想叫他擔心，隨口應了：「行，我跟太醫說。」

蕭朔細看了雲琅氣色，將他放下來，側身讓出馬車的一側坐榻，「躺下。」

「不好吧？」雲琅有點拘謹，坐得端端正正，同他客氣，「開封尹還在車底呢。」

「不必管了。」蕭朔按了按額角，「主簿自會送他回去。」

「府裡這般多馬車嗎？還是雇的？」雲琅有點心疼銀子，「你今日同皇上對著幹，日後聖恩只怕就沒過往那般隆重了，好歹省著些。」

雲小侯爺自小便是這個脾氣，越是害臊不自在，話反倒越多得停不下來。

蕭朔知道雲琅一時半會兒消停不了，索性收了手，仔細端詳著他。

雲琅被端詳得更不自在，「看我幹什麼？」

「果然不同。」蕭朔道：「以往替我敗家，恨不得下狠手坑死我，如今剛過了明路，便管著我不准亂花錢了。」

雲琅氣血通了一大半，掙扎著撐起來，磨牙霍霍準備立時下狠口咬死蕭小王爺。

蕭朔看他動作吃力，眸底無聲暗了暗，伸手將人攏住，展平放在坐榻上。

雲琅跟他強著力氣，嗆了下，咳了幾聲，「小王爺，有些事我才想通，有不少細處，可還沒來得及想得透徹清楚。」

雲琅看的書多，很是警惕，「你不要以為趁我不備，誆著我過完了明路，就能順理成章，先婚後那什麼……」

蕭朔放開手，用力按了按額頭，「後什麼？」

雲琅都不好意思說，一把攥住衣領，「你還真是誆著我過完了明路？」

蕭朔挪開他的手，替雲琅把假模假式攥皺了的外衫剝開，細緻脫下來。

他早不是第一次替雲琅推宮過血，這些事都做得格外熟練，將脫下的衣物疊好，擱在一旁。

雲琅這些日子在府裡養得精細，雖說仍沒改見了點心就不好好吃飯的毛病，總歸也補回了些分量，不再像剛回府時那樣瘦得驚心。

只是氣血長久不暢，這般折騰了半晌，竟也沒能暖和過來多少。

蕭朔將雲琅放平，替他按了幾處大穴，察覺到雲琅筋骨下匿著的隱痛微慄，無聲闔了下眼。

雲琅的氣血不足，根基不穩，梁太醫不會不知道，本不該封住他的膻中、太淵兩處穴位。

既然明知道，卻還是下了狠手，只會說明雲琅當時的情形實在太凶險。

刀劍加身面不改色、生死都能等閒笑談的雲少將軍，險些叫故人長輩們幾句話硬生生戳亂了心脈血行。

「又自己在那兒想什麼？」

雲琅緩過一陣穴位牽扯的痠麻痛楚，看著蕭朔臉色，扯扯他袖子，「有話說話，每次見你這般臉色，我都要想一遍，是不是又在什麼地方不小心欺負了你。」

蕭朔不曾想到雲小侯爺也會反省這個，掃他一眼，去暗匣內拿護心丹，「我也有些事情，尚不及想透徹清楚。」

雲琅正要說話，聞言微怔，抬了頭看著他。

「時至今日，我仍定不準，所求的究竟是對是錯。」蕭朔背對著他，將丹藥自玉瓶內倒出來，又將玉瓶仔細封好，擱回暗匣，「你我已彼此交心，並無半分疏離懷疑，其實並不必強求太多。我有時也會想，縱然這般下去……」

蕭朔攥了藥轉回來，正要同老主簿要清水，掃見雲琅臉色，一把將他牢牢扶住，「怎麼了？」

雲琅說不出話，藉力坐穩，搖了搖頭，勉強笑了下。

他心悸得太厲害，哪怕不診脈都看得出。蕭朔不及多想，將護心丹餵到雲琅唇邊，低聲道：「先噙下去，我幫你推行血脈，將藥力散開。」

雲琅有些累，只想好好歇一會兒，搖了搖頭，闔了眼靠回去。

蕭朔看著他神色，慢慢蹙緊了眉，低聲：「雲琅。」

雲琅倚著車廂，壓了壓紛亂心神，「你怎麼還……」

雲琅生性說不出這般矯情的話，靜坐了好半晌，終歸一笑，溫聲道：「無妨，既然這樣，你就先想清楚。」

雲琅摸了摸貼身戴著的玉珮，將心悸硬壓回去，笑了笑，灑脫道：「左右咱們倆也已綁在一塊兒了，做兄弟摯友不錯，做父子叔侄也很好。」

蕭朔蹙了蹙眉，「這般寬泛嗎？」

「寬泛些好，有得輾轉騰挪。」雲琅很是熟練，大方教他，「日後萬一出了什麼事，兄弟摯友做不成，總還有別的。」

蕭朔伸出手，覆在雲琅嘴上，將剩下的話盡數斂去。

雲琅怔了兩息，抬了眼睛看他。

「自小你的脾氣就急，我有三句話要說，說到一句半，就要抬頭在房頂上找你。」

蕭朔探身，吩咐了馬車回轉王府，坐回車內，「這些年了，也不見你有半分要改的意思。」

雲琅愣了半晌，匪夷所思挪走他的手，「小王爺，你怎麼不反省反省自己說話慢？」

兩人一塊兒長大，雲琅最不怕翻舊帳，跟他掰扯，「是我一個人聽不全你說話嗎？端王叔聽全過？王妃聽全過？整個王府就只有老主簿能等你把話說完。」

蕭朔搖了搖頭，「父王母妃想來已神仙眷侶、相伴逍遙，沒時間聽我叨擾囉嗦。」

「如今我想說的話，只會說給你一個人聽。」蕭朔淡淡道：「故而，你也該設法克服一下。」

雲琅深吸口氣，忍著不咬蕭小王爺，慢慢呼出來，用力按了按額頭。

「方才，我的話就並沒說完。」蕭朔道：「我剛說到，你我已彼此交心……」

「不疏離不懷疑，不用強求，這麼下去也行。」雲琅實在愁得不行，替他總結：「你直接往下說行不行？」

蕭朔靜了片刻，緩聲道：「不行。」

雲琅：「……」

「就這般下去，總歸你稀裡糊塗，也會與我生同衾、死同穴。」

「我原以為，這就夠了。」蕭朔道：「但……就在方才，我才知道不行。」

蕭朔抬眸，「我不甘心。」

雲琅怔了半晌，側過頭抿了抿嘴，「怎麼就是稀裡糊塗了？」

他自覺機警得很，並不算好騙，低頭不情不願嘟囔：「死同穴不就是講義氣同生共死嗎？生同衾是你半夜說你冷，府上炭火又不夠，老主簿不給你暖爐……」

蕭朔心平氣和，看著機警的雲少將軍，「我若下些狠手，你如今不止與我同進同退，只怕早同榻同房、同進同出，龍鳳胎都有三對了。」

雲琅從沒想過蕭小王爺竟還有此等野心，愕然半晌，難以置信抬頭。

「只是打個比方，我知道你生不出來。」

蕭朔同老主簿要了清水，將護心丹遞到他唇邊，「張嘴。」

雲琅還沒回神，下意識跟著張了下嘴，便被蕭小王爺行雲流水將藥塞進去，灌了口水，按著嘴不准吐，沿喉間穴位反覆順了幾次。

雲琅不由自主嚥了藥，心情複雜。

「你不必擔憂，也不必心存半分懷疑不安。」蕭朔緩聲道：「你我之中，我才是那個日日忐忑惶惑、夜夜輾轉反側，怕一不留神就要被拋下的人。」

雲琅半點沒看出來，「你實在太忐忑，以至於動輒將我氣得冒煙、嚇唬我要去醉仙樓嗎？」

「是。」蕭朔承認：「我裝模作樣久了，藏得深些。」

雲琅被蕭小王爺坦然得沒了話，心服口服，同他抱了抱拳。

蕭朔靜坐一陣，繼續低聲說下去：「我原本覺得，只要你不走，願意同我生死一處，縱然一直這樣裝傻下去……」

「蕭朔。」雲琅咬了咬牙，「隨你怎麼想，我是不是裝的，你……」

「縱然你一直這樣，真傻下去。」蕭朔不和他擰，改口：「也沒什麼關係。」

雲琅：「啊？」

蕭朔見他無論如何不肯躺好，索性握住雲小侯爺乏力到軟綿綿撓過來的胳膊，將人整個端過來放下，「我如何不知，這些年的事，一樁一件，你都背在身上，算成了自己的錯處。」

雲琅身上正冷得難受，隔了衣物，被他溫熱胸肩護住，不自覺怔了怔。

「油煎火烤，日日凌遲。」蕭朔低聲：「你如何還准自己想別的……如何還敢想別的。」

蕭朔叫他靠在自己身上，狠了狠心，替雲琅一點點碾摩周身大穴，「那日我帶你去家廟，曾試探過你，若是什麼事都沒發生，你會不會高高興興同我進去。」

「只問了這一句。」蕭朔啞聲道：「便叫你疼到那般地步。」

雲琅此刻疼得也半點不輕，被他按著穴位，冷汗涔涔滲出來，咬牙盡力忍著。

「你輕點……」

「輕了不見效用，尋常人這些穴位都不該疼，最多只是痠麻脹痛。」蕭朔道：「一處煎熬，便蟄著一處舊傷。」

雲琅筋骨微慄，下死力氣忍了，別開頭緊闔上眼。

「不必忍著。」蕭朔將空著的手遞過去，「疼就咬我。」

雲琅已忍了半晌，叫他硬生生氣樂了，「我雖說命犯白虎，也不是這個犯法。」

「我不知太傅與國公說了什麼，竟這般硬逼著你開了竅。」蕭朔卻不打算再說這個，將話頭轉回來，「我只知道，你終於想明白該怎麼進我家廟的這一個時辰裡，百味雜陳鬱結於胸，只怕沒多少念頭是值得高興的。」

「但凡長輩，沒人不說你生性豁達。」蕭朔看著他，伸手攏上雲琅後頸，「可我知你自苦。」

雲琅在他掌下微微一怔，肩背無聲繃緊，閉上眼睛。

「沒想通這些時，你抱愧的是當年之事，你力不能及。」蕭朔替雲琅推拿肩頸穴位，他怕雲琅疼得太厲害，將人圈在懷裡一併擔著，幾乎是貼著雲琅耳畔，輕聲道：「想通後，你又止不住想，是否辜負耽擱了我這些年。」

雲琅已分不出身上心底哪一處更疼，伏在他肩頭，在冷汗裡蒼白笑了笑，「小王爺，你不如先將我敲暈過去，你我都省些力氣。」

「積年累月沉下的舊疾。」蕭朔緩聲道：「要治，就要先發散出來。」

雲琅諱疾忌醫，悶著頭扎進他臂間，「不等治好，我先疼死了。」

蕭朔低下頭，靜看了一陣致力於在自己懷裡挖個坑鑽進去的雲少將軍，眼底一寸寸暖了，伸手將人護住，「我在。」

蕭朔護著他，在背上慢慢拍撫，耐心等著雲琅肩背隱約鬆緩下來，「你可知道，我為何一定要讓醉仙樓那間雅室叫松陰居？」

「現在知道了。」雲琅就是因為這個開的竅，低聲嘟囔：「太傅叫開封尹給我背了，前人的詞，叫《殿前歡》。」

雲琅嗓子有些啞，靜了一陣，慢慢給他背：「碧雲深，碧雲深處路難尋，數椽茅屋和雲賃……雲在松陰。」

蕭朔眼底深了些，不再按壓推揉穴位，將雲琅愈向懷裡攬了。

雲琅少時嫌詩詞小曲有些矯情，從來只挑幾首喜歡的，大略記個半句，竟從沒記過這一首，「掛雲和八尺琴，臥苔石將雲根枕，折梅蕊把雲梢沁……」

蕭朔垂眸，輕聲背完：「雲心無我，雲我無心。」

雲琅氣息窒了下，勉強笑了笑，「我……那時候剛對著太傅告完狀，說蕭小王爺沒有心。」

……緊接著便接了這當頭一棒。

開封尹學問雖好，卻不解其中意味，好好一首詞念得平板無趣至極。

雲琅對著這一首無趣到頂的詞，怔坐了一刻，胸口不覺得疼，一口血卻忽然嗆出來。

一車的故人長輩，當即嚇飛了半車的魂。幸虧梁太醫在，眼疾手快按了他一針放倒，裹了厚裘扔回去慢慢平復血氣。

還沒平復徹底，蕭小王爺就回來拉著他的手，不容他拒絕地坦白了心事。

蕭朔聽完始末，點了點頭，「於是你心想著，索性一不做二不休，左右已到了這一步，覆水難收，不如讓蕭朔親我一口……」

雲琅還在悵惘恍惚，一盆水被他潑醒了，「你幹什麼！」

「我都這麼難受了，要點兒糖緩緩怎麼了？」雲琅自覺一萬分有理，氣勢洶洶磨著牙，切齒瞪他，「這才哪到哪？話本上寫的多了！不光有這個，還……」

蕭朔到現在也沒能找到下冊，「還有什麼？」

雲琅幾乎就要給他背一遍，倏而回神，剎住話頭，不可置信，「你連這種都要套我的話？」

「我有什麼辦法。」蕭朔蹙眉，沉聲道：「這些年，我最荒唐的妄念，也無非只是叫你七天七夜下不來床。」

雲琅看著狼子野心的蕭小王爺，張口結舌半晌，「這句裡為什麼會有『無非』和『只是』？」

「我只知道，有辦法能叫你七日七夜都在床上。」蕭朔說起此事仍覺暗恨，「具體的辦法，卻被書鋪刪減了，都在下冊的增補版裡。」

雲琅訥訥，「……哦。」

雲琅摸了摸傳言暴戾恣睢的琰王爺的手，推己及人、將心比心，盡力代入他的心思，「所以你肖想了我這麼久，竟然什麼都不會？」

「京城書鋪管得這麼嚴嗎？」雲琅有點心疼，「那時候我剛回府，你非逼我寫話本給你看，不是為了捉弄我，是為了暗地裡偷師學藝？」

蕭朔肩背繃了下，沉聲：「雲琅，你不要……」

雲琅心疼極了，伸手攔住蕭小王爺，拍了拍，「我懂。」

蕭朔：「……」

「這件事……你多少有些誤會。」

達者為先，雲琅倒不介意真教他些，當即撐坐起來，興沖沖道：「七天七夜只是個結果，你要做的那些事才是目的。」

小王爺的手法甚是精妙，被提拉碾按過一遍穴位後，雲琅已覺周身鬆快了不少，「你也早已成人，縱然府上一個丫鬟沒有，也沒有曉事嬤嬤，總該知道心底有時候忍不住的念頭吧？」

雲琅有了點精神，就又犯了不知天高地厚的毛病，高高興興坐在蕭朔腿上，開始侃侃而談：「這七天七夜，便是說一個人本事極大、手段極多，能叫另一個人半點也反抗不成，只能躺平了任他折騰……」

蕭朔蹙了眉，「還要折騰？」

「你不懂。」雲琅耳後紅了紅，實在沒法說得再細緻，乾嚥了下，「折騰才是最要緊的，叫折騰得起不來了，才能有七天……」

蕭朔搖了搖頭，「那便算了。」

雲琅還在斟酌該怎麼說，聞言怔了怔，「啊？」

「我不想折騰你。」蕭朔道：「只想讓你好好歇著。」

雲琅有些犯愁，一時甚至想去幫他找找下冊。

「本就不衝突啊，我該歇著自然還能歇著，你……」

「我的妄念，無非是叫你安安生生躺在榻上，能不必操心、不用思慮，愜意逍遙地想睡多久睡上多久罷了。」蕭朔不知其中內詳竟是這般，擰緊了眉，不願再聽，「什麼手段、折騰之類，我並無半分興趣。」

雲琅呆若木雞半晌，訥訥：「……你還真是半點也沒看過。」

蕭朔：「什麼？」

「沒事。」雲琅記牢了這句話，等著將來在榻上還給蕭小王爺，「你也將我想得太過懶散，就算愜意逍遙，我又哪裡睡得了七天這麼久。」

雲琅想了想那般情形，「這不是睡昏了，是乾脆睡死了罷？我就不信，我若有天倒頭睡上七日，你不擔驚受怕。」

「若能讓你歇透。」蕭朔垂眸，「擔驚受怕也無妨。」

雲琅愣了半晌，眼睜睜看著沒有下冊、卻將上冊研讀精深的蕭小王爺，一時有些遭不住，按著胸口揉了揉。

蕭朔察覺到他的動作，心下微沉，要去查看，被雲琅握著手按下來，「沒事。」

蕭朔看他一陣，那隻手輕攥了下，慢慢收回來。

收到一半，被雲琅扯著袖子拽住了。

「蕭朔。」雲琅一點點往回扯，把蕭小王爺整個袖子扯過來，慢慢在手裡攥實了，「按話本裡講，你我此時已通了心意、互訴過了衷腸。」

雲琅懂得多，蕭朔交由他安排，點了下頭，「只是什麼？」

「只是——」雲琅靜了半晌，忽洩了口氣，苦笑道：「只是我不知為什麼，還是難受。」

「難受得厲害。」雲琅垂了頭，他不很熟這種滋味，試了開扯試了胡鬧，竟都遣散不淨，「想要的都有了，沒想過的也得了，我實在想不出來，還有什麼可難過的……」

蕭朔靜望著雲琅，將皺得不成的袖子從他手中扯出來。

雲琅攥了個空，愣了一會兒，低頭笑了笑，虛攥了下拳收手，「沒事，我……」

「你早該難過。」蕭朔將自己的手交到他手裡，掌心貼合著，無聲握實，認真道：「你比誰都該難過。」

雲琅被他握著，肩背微微一悸，怔忡抬頭。

馬車晃了下，停在了琰王府門口。

蕭朔不假人手，拿裘皮將雲琅裹了，自馬車上仔細抱下來。

玄鐵衛和親兵都已自覺低頭，對著牆根站成一排。雲琅反倒愈發不自在，盡力攢出些力氣，想掙下來，「沒那麼嚴重，你扶我一把就是了。」

「你看的話本裡沒說過？」蕭朔淡聲道：「《禮經》裡都有，兩人初次表白心意後，當由家裡做主的一方抱另一個回門。」

蕭小王爺的語氣實在太過篤定沉穩，雲琅被他唬了兩息，反應過來，眼睜睜被抱著進了門。

「難過時，這般便能好些。」蕭朔將他一路抱進書房，來到榻邊，低聲道：「別亂動，你如今分量沉了些……」

雲琅惱羞成怒，一腳踹了蕭小王爺，蹦在地上踉了兩步，自窗戶翻了出去。

蕭朔已很習慣這套流程，不用老主簿找人，隨著翻出窗子，走到假山石下，「下來。」

「不下。」雲琅抱著石頭，怏怏不樂，悶聲道：「我如今分量沉了，蕭小王爺抱不動，再給我摔地上。」

蕭朔還未來得及說完，緩聲道：「早同你說了，改一改，不要只聽一句半。」

雲琅飽讀群書，想不出這句話後頭還能接哪句，「那你原本想說什麼？」

玄鐵衛還在花園裡面壁，蕭朔掃了一眼，緩聲道：「下來，回去同你說。」

雲琅跟他強：「不下。」

蕭朔平了平氣，不同他計較，「在此處說了，你又要覺得我亂說話。」

「你還能亂說什麼？」雲琅眼看著他連七天七夜也不懂，坐在假山上，很是不以為意，「你不說我便不下去，總歸……」

「你如今分量沉了些，不再像剛回來時那般消瘦支離，抱著比此前溫軟柔和，更趁手得多。」

蕭朔拿他無法，只得繼續道：「我畢竟早已成人，縱然府上一個丫鬟沒有，也沒有曉事嬤嬤，心底有時也總有忍不住的念頭。你若再亂動，有些不該貼蹭的……」

雲琅燙熟了，腳下沒譜，在花園裡亂撞了幾次，踩著窗沿飄回了書房。

蕭朔替他攔了下窗櫺，也翻回去，關了窗戶，「莫怪我忍不住。」

雲琅從頭一路滾熱到腳，轉了幾個圈出不去，扎在榻上，「不用說了！」

雲少將軍朝令夕改，蕭朔停了話頭，將人翻了個面，替他在頸後墊了個枕頭。

雲琅枕著枕頭，奄奄一息。

蕭朔坐在榻邊，「方才，你同我說心裡難過。」

「不了。」雲琅拱了拱手，「有勞蕭小王爺，我如今好得很，也不難受了，腰不疼了、腿不疼了，氣血也通了。」

「不必強撐。」蕭朔道：「你每次都逼著自己將這些壓下去，積年累月，發散不出，才會熬成沉屙累及心脈。」

雲琅愣了下，按按胸口，有些困惑，「可我是真覺得不難受了。」

蕭朔懶得同他再費功夫講道理，靜坐一刻，挑了個詞，「家廟。」

雲琅：「……」

蕭朔不疾不徐，「我早心悅你。」

雲琅：「……」

蕭朔望了他一眼，「雲心無我，雲我無心。」

「小王爺。」雲琅摸出匕首，拍在他手裡，「請立時一刀捅死我。」

蕭朔蹙了蹙眉，將匕首收起來，「怎麼又拿出來了？」

「這把趁手，那個藏寶庫我去的比你還多呢，門口小獅子尾巴就是我掰掉的。」

雲琅臉上還熱，他好不容易緩過那一陣了，如今被蕭朔翻扯出來，很不高興，翻了個身嘟囔：「你不說當摯友兄弟也好？那就勞煩摯友替我吹個燈，我睏了，要睡一覺。」

「這是前半句。」蕭朔看著他，「我後面還說了，今日才知自己原來不甘心。」

「……」雲琅沒細聽全，怔了下，有些訕然，「是嗎？」

蕭朔早習慣了，不與他計較，將門窗關嚴，吹滅了桌上那一盞油燈。

雲琅自作孽不可活，眼睜睜看著蕭小王爺關門落鎖，一陣不安。

「等等，我反悔了，重來……」

「落子無悔。」蕭朔道：「雲琅，誰都會委屈，這不是什麼見不得人的事，你不必在我面前也硬逼自己藏起來。」

雲琅不及回神，胸口忽然跟著一絞，喉嚨動了下，沒能出聲。

「你不藏著，我才知道。」蕭朔輕聲：「我知道了，才好哄你。」

雲琅靜坐了半晌，被心底不知來處的疼煎著，苦笑了下，「可我也不清楚。」

「當初……先帝問過我一次，那之後我其實想了幾日，後來便不敢再想。」

「這些年，我不曾再想過這些事，也沒覺得還能與你有什麼後來。太傅硬給我開了竅，我……疼歸疼，不騙你，叫梁太醫扎倒了的時候，心裡其實有些盼著你回來。」

雲琅自己都不知自己在說什麼，握了下拳，輕聲道：「後來又聽見你說，覺得只相守也很好，不知為何便疼得難熬，卻又覺得好像也沒錯。」

「我原以為，能相守便知足。」蕭朔看著他，「今日才知我不甘心。」

雲琅盡力笑了下，「那時我性子急，沒聽全，現在知道了。」

雲琅不想再掰扯這個，握著蕭朔的手臂拍了下，「不早了，睡吧。」

「不甘心你我百年之後，縱然同穴，卻不能合葬在一棺、不能日日相伴。」

蕭朔緩聲說完：「不甘心夜夜同衾，卻不能名正言順，以心相抵，換你入我襟懷。」

蕭朔：「我不甘心，後人提起你我時，名姓竟不在一處。」

雲琅悸顫了下，心底像是被忽然蠻不講理豁開了個口子，死死壓制著的無數情緒呼嘯而出，將他淹得喘不過氣。

經年累月，氾濫成災。

雲琅胸口疼得厲害，他本能覺得焦躁，抬手想用力捶一拳，卻被人握住了手腕。

雲琅倉促反握回去，死死攥緊，壓著喉嚨裡分明的血腥氣，逼著自己張嘴，「我……」

屋內熄了燈，蕭朔在清冷月色裡跪下來。

蕭朔跪在榻前，擁住他，吻住了雲琅的全部聲音。

雲琅打了個激靈，倉促閉了眼睛。

滾燙熱意被盡數往眼底斂回去了，雲少將軍生性傲氣得很，眼睫已被淚意螫得悸顫，仍牢牢闔著不肯睜開。

蕭朔抬手，覆住雲琅的雙眼。

掌心乾燥，暖暖貼著睫下斂著的濕意。

幾乎只隔了一息，水汽忽然再攔不住，沒有半點聲音，近乎發洩地湧成難抑洶濤。

蕭朔右手不動，替他遮得嚴實，伸出左手將人抱實。

兩人年少時，雲琅最不喜歡見人哭。

每次拉他逃了課業出去，在汴梁街市上閒逛，雲小侯爺見到被父母訓斥責罵了、坐在地上耍賴大哭的小孩子，都格外看不慣。

不論那時候他們在做什麼，雲琅總要甩了他，不耐煩地去買上一兜楊梅糖，一顆一顆把人家砸到破涕為笑，跟著爹娘高高興興抱了糖回家為止。

少年蕭朔心中不解，回府後去問母妃，是否要規勸雲琅一二。

王妃卻只是無奈笑笑，敲了下他的腦袋。

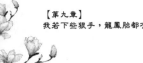

那之後，端王妃再給兒子添置衣物、做點心甜釀，便都帶了雲家的孩子一份。

「你剛回來時，我有意氣你，說後悔將你帶回府。」蕭朔收攏手臂，將雲琅更深地圈進懷裡，

「心中想的其實是……當初若不帶你回來，便不必牽累你。」

蕭朔閉了閉眼睛，唇畔磕碰廝磨，嗓音低得像是私語，「說後悔告訴你虎符在什麼地方，是因為你那時若不知此事，便無從插手，至今仍該是所向披靡的少將軍。」

雲琅喉嚨啞得不成樣子，側了側頭，「我知道……」

他其實不曾想過這些，蕭朔那時說了什麼，也並未多真切地記在心上。

雲琅心裡欠著的，蕭小王爺那幾句卯足了力氣、自以為狠絕到了極處的氣話，根本不能囊括得清，更遠算不上刻薄傷人。

可蕭朔卻像是打定了主意，絕不再叫他有半分能委屈的地方，仍死死攬著雲琅，格外固執地低聲解釋：「我說後悔以你為友，是因為……」

雲琅自己攥著袖子擦了幾次，抹淨了臉上淚痕，吸吸鼻子欒了一聲，接著說：「是因為……你本來也不想以我為友。」

雲琅側過頭，咳了兩聲，「你若早知道我這般不開竅，當初就奏請先帝，把我直接綁上扛回去拜天地，當晚就入洞房了。」

蕭朔要說的被他說完了，靜了片刻，又低頭在雲琅唇上碰了碰。

雲琅靠著蕭朔胸肩，被暖意結結實實裹著，睏意悄然翻上來。

他今日在醉仙樓約見開封尹，看似成竹於胸，其中要耗費的心力卻不比打一場仗輕巧。

衛准這樣的人，不能用施恩脅迫、不能以言語拉攏。若非將舊傷陳疤撕開，將和著血的情義剝出來給他看，只怕仍會游離著兩不相靠。

蔡老太傅知道學生的用意，有心幫忙，卻沒想到雲琅自己竟一時險些沒能撐得住。

雲琅見蕭朔平平安安出了宮，一顆心便已落下，此時念頭也落定，心神便也跟著悄然渙開，眼皮漸漸墜沉下來。

蕭朔攏住雲琅的手，握在掌心，再碰上雲琅唇畔，呼吸卻驀地一窒。

他倏而撐坐起來，才要起身，被雲琅抬手扯住，「沒事。」

雲琅向來能忍，蕭朔蹙緊了眉，仍被方才隱約察覺的血氣引得心底不安。

「去叫梁太醫看看，你……」

「就只是積的瘀血，今天嚇唬開封尹，不願露怯，故而強壓下去了。」雲琅半闔了眼，仍拽著他，「這會兒吐出來就沒事了，我有數，用不著緊張。」

蕭朔眼底一片晦暗，他盡力不去讓自己想雲琅這些年究竟過的什麼日子，能把這句話說得這般尋常，壓著性子坐下來，「雲琅。」

「親得正帶勁。」雲琅挺不高興，低聲抱怨：「你這便跑了，又找了旁人來添亂，我才要活生生嘔出三升血。」

蕭朔終歸拗不過他，只得自行診了雲琅脈象，眉頭仍未徹底鬆開，「不必憋著，都咳出來。」

雲琅在他袖子裡摸了半天，翻出塊帕子，痛痛快快咳淨了壓著半日的血氣。

蕭朔牢牢扶著他，遞過盞茶，抵在雲琅唇畔。

雲琅懶得半分也不想動，藉著他的手含了口茶，漱了漱吐在空盞裡，「梁太醫都說了，這是鬱結開解、沉屙消散，你別疑神疑鬼自己嚇自己。」

雲琅想了一圈，倒又想起件事，「倒是你，回頭記得看一眼腿，千萬別跪出暗傷……五十年後，你我好歹得有一個活蹦亂跳的。」

蕭朔細診他脈象，靜了良久，確認了雲琅不是信口胡說，才將手輕輕放開，「為何不是你活蹦亂跳？」

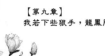

「五十年後，你我都七十來歲了，跟蔡老太傅一般年紀，眉毛這麼長，鬍子到這裡。」雲琅匪夷所思看他一眼，在胸口比劃了下，「我為什麼要活蹦亂跳？我要德高望重、仙風道骨。」

「……」蕭朔看了看仙風道骨的雲少將軍，不忍叫醒他，「好。」

雲琅很高興，「你那時候腿腳應當很好，背著我去醉仙樓，點上一屋子跳舞的小姑娘……」

蕭朔決心叫雲少將軍醒醒，將人圈住肩背，重新吻下來，細細檢查了一遍還有沒有殘餘的血氣餘疾。

雲琅尚在暢想來日逍遙快活，話還未完，便再沒了音。

蕭小王爺手中拿到的上冊，縱然沒有七日七夜，看起來倒是不缺脖子往上的部分。

蕭朔擁著他，用上了十成固執又克制的力道，箍牢了雲琅不准他再跑。

兩人的氣息都有些不穩，稍許凌亂的溫熱氣流裡，蕭朔一點一點碰著他的唇，格外細緻又輕柔地吻他。

雲琅耳後熱得厲害，後知後覺，不自知地抿了下。

唇齒輕輕磨蹭，留下暖玉似的柔緩溫度。

蕭朔闔了眼，稍撤開些，叫雲琅慢慢喘勻了氣，又紋絲不動地擁了他一刻，鬆開手起身。

雲琅頂了張大紅臉，「欸——」

「你如今身子還未好……當淺嘗輒止。」蕭朔俯身，在他眉心落了個吻，「我出去一趟，一炷香便回來。」

雲琅想的倒不是這個，他只想再問問宮裡的情形，此時被蕭小王爺這般攏著柔聲哄，很不爭氣地發覺自己竟格外吃這一套，「……哦。」

雲琅咳了咳，把袖子還給蕭朔，清了下喉嚨。

他自小長在先皇后宮裡，連父母是怎麼過日子的都不清楚，後來去了民間亂跑，全憑話本開竅，大致也知道了是怎麼一回事。

雲琅面紅耳赤坐著，想了想互訴衷腸、抱著親了之後的流程，橫了橫心，「大半夜的，出去幹什麼？你我既然……我也不是不能幫你，你……」

蕭朔看著他，「雲少將軍，這些事並非一蹴而就，非得在一日。」

蕭朔原本還覺得梁太醫多少有些不留情面，此時看起來，竟還說得輕了，「照你這等進度，你我明日便該帶著一對龍鳳胎，攜手歸田園居……」

雲琅自己都已說不下去，搶先惱羞成怒，「閉嘴。」

「況且。」蕭朔靜了片刻，「一炷香，在你心中我……」

雲琅磨著牙，抬起條胳膊，哇呀呀揍了蕭氏登徒子一拳。

雲少將軍身上帶傷，連羞帶赧，力道使得愈發不足。

蕭朔從容抬手，接了他軟綿綿的一撓，「命犯白貓。」

雲琅愕然，「什麼？」

「白兔。」蕭朔從善如流改了口，將他那隻手還回去，「今日事多，沒顧得上用飯，我只是出去要些吃的。」

雲琅向來不留意這些，聽見他說才忽然醒神，一陣後悔，將念頭盡數拋了，「你一天沒吃東西？那還在這兒和我磨蹭？還不快去！」

蕭朔倒不著急，搖了搖頭。

「我進了宮，原也沒什麼胃口。與你在一處，便覺舒服些，才覺出餓。」

他不欲叫雲琅跟著著急，要了幾樣簡單吃食，轉回榻前，「今日朝中情形，與你我預計大致不差。皇上有意磋磨我，其實並非壞事，你實在不必太過緊張。」

「我何嘗不知道？」雲琅悶聲道：「他弄這一齣，就是想徹底馴服了你，好把殿前司給你轄制。」雲琅也知道今日就讓蕭朔在宮裡跪著，跪上一夜再出來，效果才最好，「可我……」

「你知我，並不亞於我心中知你。」蕭朔緩聲：「此事不必多說，我自知何其有幸。」

雲琅靜了片刻，覆上蕭朔手背，笑了下，「好。」

「只是你擔心得不錯，今日之後，怕要添些麻煩。」蕭朔道：「你若有時間，府上防務……」

「已經安排了，把我的親兵跟玄鐵衛混在一塊兒。」雲琅點了下頭，「宮中、太師府、侍衛司都不足懼，這個你放心。我所想的，是集賢殿那位楊顯佑楊閣老一脈。」

雲琅理了下思緒，大致將從開封府尹口中知道的事簡略總結，同蕭朔說過一遍，「如此施恩，籠絡牽制寒門學子，是為動搖朝堂嗎？」

「是為分權。」蕭朔稍一沉吟，「如今朝中，官員子弟蔭補成風，幾乎與科舉錄取成對半之數，為了騰出位置，有不少職官重複，已有庸官氾濫之象。」

雲琅被他一點，也明白過來，「寒門苦讀不易，一旦入仕，定然惕厲警醒，一掃頹唐庸怠之風。」雲琅想通此事，舉一反三，也大致明白了那時蔡老太傅所說的，「這個時候又有職官重複，相當於各占一半。對上那些承祖蔭的官員子弟，甚至可能一舉反制。」

蕭朔點了點頭，「雖然諷刺，卻大致不差。」

「依開封尹說，這些寒門子弟，也未必便全都甘心被挾制驅使。也有一心為國為民的，仍苦撐不退。」雲琅道：「他已答應了幫我們甄別鑑選，回頭你看一看，是否信得過。」

蕭朔拿過盞茶，喝了一口，「好。」

「飯怎麼還沒好？」雲琅看了蕭朔半晌，皺了皺眉，忽然扯開話頭：「你去催一催，先上些點心也行。」

「點心不能當飯吃。」蕭朔有心扳扳他這個毛病，以身作則，「我也並不很餓。」

雲琅不服氣，「怎麼不餓，你都餓得喝茶了。」

蕭朔將手中茶盞放下，「我若水米未進跪上一宿，明日順理成章昏在殿內，自然會被他延醫用藥、安撫施恩，只要順勢低頭，殿前司的都指揮使便能落在頭上。」

雲琅挑刺，「你都餓得開始說正事了。」

蕭朔平了平氣，看著雲琅，「是誰先要說正事？看來你也餓得不輕，該與我一道吃些。」

雲琅心說誰要吃這個，耳朵紅了紅，不再胡鬧，「你是說，如今我不由分說將你弄出來，便又添了波折。」

雲小侯爺有心找茬，好話從來不能好好說。

蕭朔心平氣和望著他，撫了下雲琅髮頂，溫聲道：「你忍不下去我受折辱、折心志，替我周旋，助我脫身。」

雲琅被他掌心暖著，一時沒找出新茬來，有些不自在地側過頭，抿了下嘴角。

「此事一出，駁了皇上的面子事小。」蕭朔道：「今日由楊閣老出面，硬保我出宮。如今皇上是否會因此忌憚於我，以為我是他的人，此事還要你來衡量。」

「不會，聰明人最愛懷疑來懷疑去。」雲琅篤然道：「你可記得當初開封尹受罰？在開封府前被明詔申斥，楊閣老也不曾管。」

「在我們這位皇上眼裡，但凡已是他們一方的人，楊閣老是不會出面保舉的。」

雲琅道：「他們保你，恰恰因為你不是他們的人，有意施恩、拉攏於你。」

蕭朔沉吟片刻，點了下頭，「原來你計劃在了此處。」

「我和他拉鋸這些年，該看的都看了個遍，總不能一點後手也不留。」雲琅笑笑，「當初暗門行刺之事，只你一個口說無憑，皇上還可能不信。如今楊閣老的恩已施到了臉上，他再不急……多半是裝的。」

「在府上等著就是了。」雲琅挪過去，把蕭朔往外推，「好好吃飯、好好睡覺，等著殿前司都指揮使的大印自己掉你腦袋上。」

【第十章】

雲小侯爺正同王爺在榻上打架

蕭朔被雲琅催得無奈，斂衣起身，要出門去問。

「給我帶半份雕花蜜煎，我要金桔嫩筍的，還要半碗甘豆湯。」雲琅見縫插針，「還要半盤子的熟筍肉淘麵，這個是正經吃食，你別總訓我。」

蕭朔看他半晌，唇角抬了下，停住腳步，「府上都只有整份整碗，沒有半份的。」

雲琅硬邦邦地清嗓子，「我如今脾胃未復，吃不下一整份。」

蕭朔點了下頭，從容道：「吃不下便擱著。」

雲琅就沒見過這麼不配合的，一陣氣結，照著蕭小王爺申斥：「成由勤儉破由奢，一粥一飯當思來之不易，半絲半縷恒念物力維艱。」

「我素來不解風情，你若想和我一起吃，直說就是。」蕭朔壓不下笑意，從容回了榻邊，緩聲道：「若再大半夜背這個，連半份也沒有了。」

雲小侯爺來了脾氣，不吃便不吃，錚錚鐵骨，「飽時省一口！餓時得一斗！興家猶如針挑土！敗家好似浪淘沙……」

蕭朔看著他雄赳赳亂背，清了下喉嚨，低頭輕聲笑出來。

雲琅還在搜腸刮肚，看見蕭小王爺眉宇間的輕鬆柔和，心底猝不及防地一戳。

蕭朔只是陪他胡鬧，倒不真缺雲小侯爺這一口吃的，正要起身叫人去弄，見雲琅面色有異，心中一緊，「不舒服？」

雲琅啊了一聲，按著胸口一頭倒在榻上。

蕭朔不知就裡，心底驟沉，過去要查看，忽然被雲琅扯著胳膊，一把拽翻在了榻上。

蕭朔仍擔心著他傷病，結結實實摔下來，仍一手牢牢將雲琅護了，蹙眉沉聲：「胡鬧！」

「沒這等不結實。」雲琅不以為意，騰挪了個身，絞著蕭小王爺的胳膊便往榻角懟，「別還手，我練的是戰場搏殺，回頭不小心卸了你的膀子。」

蕭朔一腔擔憂被雲小侯爺餵了大宛馬，沉了沉氣，咬緊牙關，順勢擰身輾轉，鉗制住雲琅，去卸他的衣帶。

雲琅萬沒想到蕭小王爺這一手竟已如此純熟，一時大驚，回手便去護著褲子，「我傷勢未復！哪裡都疼！一動就吐三升血！你冷靜些，不可與我計較。」

蕭朔半分不與他計較，徑直將雲琅衣帶卸下來，按著雙手制在背後，扯了薄裘三兩下裹嚴，結結實實拿衣帶綁在了一處。

雲琅被他反制，捆了兩隻手撂翻在榻上，身心複雜，「三十年河東，三十年河西。」

「你身上是斬將奪旗的功夫，怕傷著我，不敢與我動真章。」蕭朔拿過軟枕，裹了毯子墊在雲琅身後，免得壓住背後縛著的雙手，「我卻不必顧忌，故而比你占了便宜。」

雲琅動了動手腕，感覺著布條下頭還嚴嚴實實墊了一層的柔軟裘皮，心說這可真是太沒顧忌了，捉兔子只怕都比蕭小王爺下手狠了十倍。

他挪了挪，索性換了個舒舒坦坦的姿勢，面上仍撐著嘴硬，「知道占便宜，還不放開我，你我重新公平一戰？」

蕭朔淡聲道：「你我之間，連命都在一處，何須公平。」

雲琅莫名瞪圓了眼睛，既覺得蕭小王爺好不講理，卻又被這話裡全無掩飾的偏袒親近戳得反駁不出，一時竟說不出回話，「我——」

「你要吃雕花蜜煎，金桔嫩筍的。」蕭朔道：「金桔要今年十月的，用鹽梅滷，紅漿裡要浸臘梅金桂提香。雕成花球，還要拿蜂蜜漬過的嫩筍雕出來嫩葉。筍要冬筍，三日內新採的……」

「打住。」雲琅剛訓完蕭小王爺，被他赧得面紅耳赤，「我當年原來這麼煩人嗎？」

「你自小跟著先皇后用膳，先皇后又寵你，但凡有好的，第一個叫你來嚐。」蕭朔道：「這些門道你並不清楚。只是若不這麼做，你就嫌味不對，平白汙我手藝不好。」

雲琅錯愕半晌，坐起來看著他，「我當初不過是挑了挑，說你做得不如醉仙樓的大師傅，你就記仇到了現在？」

「你這是還去醉仙樓，把人家的祕傳菜譜都給搶來了嗎？」雲琅有些費解，「你這些年是不是光拿本子記，日日翻扯我當初都幹過些什麼了？」

「我若不記。」蕭朔輕聲道：「如何熬得到現在。」

雲琅一時不察，又被蕭小王爺一句話戳穿了心肺，胸口跟著扯了扯，沒說出話。

「這話也是故意說來叫你心疼的，免得你記恨我綁你，半夜又將我捆上。」蕭朔去吩咐了，叫廚下按著雲小侯爺的口味準備，「你方才盤算的，其實還不夠。」

雲琅還在想蕭朔那句話，勉強回神，抬了頭，「怎麼不夠？」

「你我一塊兒吃，放在話本裡，都只是前三回的手段。」

蕭朔已看過不少上冊，「我已整理過了，還有要我親手餵你的，要我含在口中，要你上來自己吃的，要你先吃了，我再從你那裡嚐……」

「小王爺。」雲琅盤膝坐著，神思恍惚，「你知道自己在說什麼嗎？」

「肩頸往上，允許各書鋪撰寫印刷。」蕭朔看他半晌，起身接了下人送來的點心甜釀，不叫人在屋外伺候，闔嚴了門，「我若不知道，為何要將你綁上？」

雲琅乾嚥了下，不著痕跡往後挪，「我當初的確告訴過你，練要動手的東西，不能光是將訣竅死記硬背，還要勤加實踐。」

蕭朔：「自那之後，我日日謹記。」

雲琅悔之不及，「但我那時說的，是你那一箭射飛了端王叔帽子的暴雨梨花箭術，還有你一槍扎穿了端王叔袖子的亂披風槍法。」

蕭朔點了點頭，「這些也都在練。」

雲琅當機立斷，將手從布條裡轉瞬脫出來，扒開書就往窗外跑，並高聲大喊：「老主簿！勞您帶人過來！我有急……」

話音未盡，已被重新闔上的窗戶徹底掩了個結實。

如今形勢不比以往，老主簿正按照雲琅白日裡給的布防圖，帶著玄鐵衛重新布置王府防衛。走到花園處，恰好隱約聽見了隨風吹來的縹緲喊聲。

玄鐵衛不曾見過雲琅這般語氣，有些緊張，「可是雲小侯爺有什麼危險？要不要去看看？」

「不要。」老主簿心中高興，樂呵呵擺了擺手，「雲小侯爺正同王爺在榻上打架。」

玄鐵衛愕然瞪圓了眼睛，「這要幫哪一邊？我等……」

「幫什麼？這是王爺和小侯爺自己的事。」老主簿恨鐵不成鋼，指了下窗戶上映著的隱約人影，「王爺剛要了吃的，一會兒便會親自餵小侯爺。等小侯爺含著一口嚥了，便不給下一口，等著小侯爺自己來要。」

玄鐵衛聽得懸著心，「小侯爺若是要了呢？」

「若是真想要吃，就自己來想辦法。」老主簿笑呵呵道：「等小侯爺想出來了辦法，王爺便會制住小侯爺，叫他不能亂動，去嚐小侯爺吃的可有什麼不同風味。」

玄鐵衛聽得愈發緊張，懸著心壓低聲音：「然後呢？王爺還會怎麼做？」

老主簿笑吟吟，「然後……」

話音未落，書房裡已叮噹響了一通。一道矯健白影踩著窗櫺，拖著根不知是做什麼的布條，掠過假山，轉眼沒了蹤影。

這之後隔了片刻，才又有一道身影在屋內榻下站起身，自窗沿翻出書房，四處望了一圈。

「然後……」老主簿舉目張望了一陣，有些惋惜，嘆了口氣，「王爺就要叫我們過去，滿王府找雲小侯爺。把人哄回來，自己去偏殿，睡這明瞭心跡後的第一個晚上了。」

表明心跡的第一日，琰王帶著玄鐵衛在府內找了半宿，終於在王府圍牆上尋到了雲少將軍。

琰王不假於人，親手將少將軍哄下來，送回了書房。

次日一早，琰王自偏殿起身，用了半份金桔嫩筍的雕花蜜煎、半碗甘豆湯，半盤子的熟筍肉淘麵。洗漱收拾妥當，讀了一刻的書，被聖上親派來的傳旨太監恭恭敬敬請進了宮。

「聽公公的口風，應當是要同王爺提殿前司轄制的事。」

老主簿怕雲小侯爺擔心，特意過來報信，「您料得真準，當真是王爺好好睡了一覺、好好吃了頓飯，這殿前司都指揮使的大印就掉下來了。」

雲琅坐在牆角，捧著茶杯，「我知道。」

老主簿細心道：「與戎狄割地的事，說是如今尚且沒能明朗，但皇上已經有意擱置了。按您和王爺的布置，年後大抵就有回音。」

雲琅抿著茶，嘆了口氣，「這樣。」

老主簿：「別的應當也沒什麼，王爺說了，事妥了便回來。」

雲琅心事重重，「好。」

老主簿有些擔憂，「您可是還有什麼心事嗎？」

「心事倒談不上。」雲琅看著圍著窗戶忙忙碌碌的玄鐵衛，心情有些複雜，舉起了個桌上散放著的木製零件，「您能告訴我，這是什麼嗎？」

「這個？」老主簿仔細看了看，恭聲回道：「您常翻窗子，可能不曾留意過，這個通常裝在窗戶上，叫插銷。」

雲琅：「我知道，我還知道窗戶上開的那個叫插孔。」

老主簿怔了下，「那您……」

雲琅實在想不通，「為什麼桌上還有一模一樣的十三個？」

「不用擋，我看得見！」一大早玄鐵衛就帶著釘錘木銼來了書房，雲琅看了一早上，「他們已經往窗戶上裝了十七個了！我一個一個數的！」

老主簿咳了一聲，訕訕又擋了下，「您不用管這個。」

「蕭小王爺不是親口說了，無論到什麼時候，永遠給我留一扇窗子嗎？」雲琅拍案而起，「還說府上所有窗子的插銷都拆了，就只為了有天我能回來，來去自由！」

「現在這是怎麼回事！」雲琅切齒，指著窗戶氣憤道：「幹什麼一個窗戶上裝三十個插銷？我又不會跑！我……」

老主簿昨晚還幫忙扶了梯子，擋著玄鐵衛，欲言又止地看著他。

雲琅張著嘴，咬牙撂了茶杯，「我又不會跑遠！」

「是是。」老主簿心說：若非您已跑遠到了圍牆，王爺也不會不得已行此下策，有備無患。「您惦著王爺，如何還會再走？是咱們王爺關心則亂，太過緊張了。」

雲琅被人點破，悶悶不樂坐回去，順走了兩個還沒裝上的插銷。

老主簿看著這兩位小主人長大，很是熟練，當即又拿了一箱子過來，「小侯爺收好了，等王爺回府，便拿這個砸王爺出氣。」

雲琅平了平氣，坐正了推開，「這倒不用，我們兩個都早不是三歲稚子。」

老主簿抱著插銷箱子，義憤填膺，「在榻下撒一地，王爺想上床，就自己踩著走回來。」

雲琅手一頓，有點遲疑，「不必……」

老主簿放下箱子，一拍桌案，「塞到被子下頭，硌得王爺睡不著覺！」

雲琅實在忍不住，咳了一聲。

他過來抱起裝插銷的小箱子，找了一圈，扒拉著藏在了床頭的錦盒裡。

老主簿看著雲小侯爺煙消雲散的鬱氣，壓了壓嘴角，飛快給玄鐵衛打手勢，趁機往窗戶上牢牢裝好了最後幾個插銷。

宮中，文德殿。

蕭朔坐在殿外，脊間莫名涼了下，低低打了個噴嚏。

「王爺可是著涼了？」常紀守在邊上，關切道：「這幾天是最冷的時候，要格外當心些，熬過去就好過得多了。」

蕭朔身體並沒什麼問題，垂了眸，「無事。」

常紀看了一眼殿內，「皇上正同外臣說話，實在推不開，並非有意晾著您，等說完了，自然就請您進去了。」

昨天情形那般凶險，幸而勉強含混了過去，卻也未必就能高枕無憂。

常紀擔心蕭朔再與皇上起什麼爭執，猶豫了下，還是低聲勸道：「如今皇上既然有意，您也不妨順勢而為，免得讓有些人……」

「常將軍慎言。」蕭朔打斷他，「將軍照應，本王心領。」

常紀怔了下，不及開口，殿外已響起了侍衛司都指揮使高繼勳請見的通報聲。

常紀一身冷汗，立時閉牢了嘴。

高繼勳臉色陰沉，不管內侍太監倉促阻攔，進了殿便徑直要往內殿裡闖。

常紀奉命守在門口，忙過去攔，「高大人，聖上正見外臣，不便相見。」

「什麼外臣？」高繼勳一臉不悅，沉聲道：「昨日皇上怎麼說的！如何今日又忽然變了卦？殿前司都指揮使的位子，這些年分明都空懸無人，我與太師府舉薦幾次，說是太過要緊，也沒一個允下來的！」

「高大人！」常紀低喝了一聲，咬了咬牙，「琰王就在此處，大人說話多少看些分寸。」

高繼勳神色格外倨傲，掃了一眼旁側靜坐著的蕭朔，「原來琰王在這兒，本將軍竟沒看見……失禮了。」

高繼勳語氣不屑：「多說一句，琰王若要節制殿前司，只怕如今這點本事……」

「高大人好膽色。」蕭朔淡聲道：「當初琰王府攪亂法場，侍衛司無一人敢阻，高大人噤若寒蟬。想來也是因為本王派的人太不起眼了，高大人竟沒看見。」

高繼勳被他反詰，一陣惱怒，「住口！」

高繼勳咬了咬牙關，打量他一圈，慢慢壓了火氣，冷笑道：「你莫非還以為，自己能如過去一般，仗著聖上撐腰有恃無恐嗎？若有一日聖眷衰遲，恐怕你——」

蕭朔抬眸，「恐怕如何？」

高繼勳神色譏諷，掃了他一眼，不再多說，回身朝常紀道：「我得了些消息，是集賢閣楊閣老那邊的事，急著要見皇上。」

「的確不行。」常紀搖搖頭，「皇上如今當真見著人，縱然要召見，也要有先來後到。」

「放肆！」高繼勳沉聲呵斥：「我來是有正事！皇上說了，但凡那邊的消息，一律不可耽擱，你一個金吾衛將軍也敢做主攔人？」

「非是末將擅自做主。」常紀攔在門口，靜了片刻才又道：「此時裡頭坐著的人，正就行刺一事給皇上個交代……大人想好了要進去嗎？」

高繼勳愕然抬頭，臉色變了變。

常紀看他一眼，轉身回去，闔了外殿的門。

「慢著。」高繼勳一把扯了常紀，皺緊了眉，「怎麼會……他不是從不入京的嗎？皇上又未下詔，如何……」

常紀搖了搖頭，「我只奉命護衛皇上，其餘的事縱然知道，也一概不明就裡。高大人找我商量，還不若去找太師。」

「況且。」常紀被他拽著，看了一眼，低聲道：「琰王就在此處，您若不知忌諱，自可嚷得再大聲些。」

高繼勳臉色青一陣白一陣，咬緊牙關，退開幾步鬆了手。

正僵持時，內殿終於開了門，內侍躬身走了出來。

「公公！」高繼勳眼睛一亮，快步過去，「皇上可見完人了？我有要事，急著面見皇上。」

「方才見的來客，已由金吾衛護送著，由側廂送走了。」內侍行了個禮，不急不慢道：「皇上要見琰王，請琰王即刻進去。」

高繼勳愣了下，有些錯愣，「可是——」

「高大人。」內侍道：「皇上命您好好想想，『若有一日、聖眷衰遲』是什麼意思。」

高繼勳立在原地，他不曾想到這一句竟也能立時傳在皇上耳中，想起自己曾說過的話，一時幾乎滿背冷汗，半句話也再說不出。

內侍不再多說，客客氣氣將蕭朔請進了內殿。

蕭朔起身，隨著內侍進了內殿。入眼清淨，已早不見了那位「外臣來客」。

皇上正靠在御榻上，由兩個年紀輕些的宮人慢慢揉著額頭。

蕭朔停在門口，俯身要跪，「臣──」

「好了，跪什麼。」皇上憊聲道：「朕昨日氣糊塗了，你也跟朕一塊兒糊塗？」

蕭朔靜了片刻，並不說話，起身走過去。

有內侍布好了座位，將桌上茶水杯盞撤淨，盡數換了全新的，悄然退在一旁。

「昨日之事，是朕罰得重了。」皇上緩緩道：「可你也的確不懂事，給朕添了不少的麻煩……你心裡可清楚嗎？」

蕭朔垂眸，「不清楚。」

皇上看他半晌，眼底神色一閃而過，語氣微沉：「你還真是很像你父親。」

「微臣愚魯。」蕭朔道：「皇上若不將這句話說明白，臣便當褒揚聽了。」

皇上頓了下，倏而醒神，失笑，「看你這話──原本也是褒揚，叫你想到哪兒去了？」

蕭朔並不反駁，仍垂了眼，坐得漠然不動。

皇上方才心中煩躁，又被蕭朔這副冥頑不靈的樣子所激，一時竟險些漏了真意。他此時方回過神來，定了定心，壓下念頭，「罷了……你與朝堂一竅不通，倒也不能全然算是你的錯。」

皇上示意內侍，倒了盞茶遞過去，「說罷，你心裡如何想的，朕也聽聽。」

「臣沒想什麼，只是覺得不能割讓燕雲邊境罷了。」蕭朔道：「父王的英武才幹、赫赫威名，臣半分也沒能守得住。若是再連父王打下的城池也守不住，只怕無顏再苟活於世。」

「胡說什麼。」皇上皺了皺眉，輕叱了一句，「你又聽了什麼人亂嚼舌頭？」

蕭朔低頭，「臣妄言。」

皇上嘆了口氣，勸說：「朕不是訓你……你要守邊境也好，贊同重訂邊境議和也罷，都並非最要緊的。」皇上看著他，蹙了眉道：「千里之外的事，縱然要緊些，又何必這般激切，在朝堂之上吵得不死不休？區區邊境，去也好留也罷，不妥再議就是了。這般全無章法鬧成一團，又是在冬至大朝，豈不是令皇家顏面掃地、整個朝堂也難免蒙羞嗎？」

蕭朔眼底冷了下，斂目掩淨了，低聲道：「原來陛下說的是這個，臣明白了。」

「你雖有品級，卻還未入朝掌事，這些事都無人教導。不懂這些，倒也不該苛責於你。」皇上笑了笑，神色無奈，「昨日之事，是朕處置得偏激了，朕同你賠禮。」

蕭朔搖了搖頭，「跪一跪，叫臣長個記性罷了，又沒什麼事。」

皇上見他總歸識趣，臉色終於好看了些，喝了口茶，又笑道：「朝堂之上不比以往，朕再偏袒，若半分也不處置你，總歸不妥。你能體會朕的心思，朕便覺得甚是欣慰。」

「至於你方才所說，沒能守住你父親的威名，也不過是你如今年紀尚幼，不曾掌事罷了。」皇上道：「若再有人拿這個刺你，你只管來同朕說，朕替你撐腰。」

蕭朔躬身行禮，應了句是。

皇上擺了擺手，叫來內侍，拿過一塊腰牌，「不過朕倒也被提了個醒，你如今的年紀，也該管些事，不能隨著性子想逍遙便逍遙了。」

蕭朔抬眸，看著皇上手中殿前司都指揮使的腰牌。

那塊腰牌是純金製的，已顯得頗陳舊。沉甸甸壓在手裡，其下墜著的紅穗也已褪了大半顏色，只在幾處有格外深的痕跡。

「朕原本想給你做個新的，後來想想，你大抵更想要這個。」

皇上緩聲道：「你應當也知道，自朕當年替先帝代理朝政起，殿前司都指揮使的位置便始終空置著，這些年來，就只有都虞候代管。」

蕭朔看著那塊腰牌，繁複朝服下的肩背繃了下，袖中的手無聲緊攥成拳，重新垂下頭。

皇上的聲音仍響著，像是隔了層薄霧，落在他耳邊，「當年之事，你知道的大抵就沒這般清楚了。這殿前司，本是由你父王節制的。」

「後來京中事多，禁軍、朝中事務繁忙，你父王管不過來，就把殿前司分給了朕。」皇上慢慢道：「自那之後，這塊腰牌便一直放在朕這裡……誰也不曾想到，後來竟出了事。」

「那時朕也如你今日一般，只是個管不了什麼事的閒王，人微言輕。本想豁出去，索性命殿前司去救人，卻被人攔了。」

「殿前司險些叫朔方軍當場撲滅，就連這塊腰牌，也一度被鎮遠侯的餘黨所奪。」

皇上道：「還是高繼勳去調了同屬禁軍的侍衛司，及時趕到，才得以解圍。」

皇上嘆道：「那時侍衛司中暗衛遠不如今日多，戰力不足，縱然合力圍攻，卻也只拚死傷了他當胸一劍，奪回了這塊。」

蕭朔倏而抬眸，眼底利芒幾乎破開壓制，又被死死攔回去。

皇上有所察覺，蹙了下眉，「怎麼了？」

「臣今日才知道……此中始末。」蕭朔胸口起伏幾次，將血氣硬生生逼回去，「一時失態，冒犯陛下。」

「冒犯什麼，朕當時只怕比你更失態。」皇上啞然，「朕也時常想，若是那時候，殿前司仍在你父王手中，朔方軍又如何攔得……」

「陳年舊事。」蕭朔啞聲道：「皇上不必再說了。」

皇上細看了他一陣，見他眼底愴然不似作偽，放下心，溫聲道：「你不願聽，朕便不說了。」

皇上握著蕭朔的手，將那塊腰牌遞在他手裡，「今日起，殿前司便交由你轄制，由你替朕守著皇城。」

蕭朔慢慢攥緊了那塊腰牌，靜坐一陣，跪下謝恩。

「朕已傳了殿前司的都虞候，叫他帶你去陳橋大營，熟悉熟悉軍務。」皇上道：「今日起休朝，正月十六開朝時，朕便要考評你這都指揮使做得如何了。」

皇上看著他，「那時，你便不是朕的內侄，是朕的臣子。朕在朝堂之上，也會按君臣之禮來管束你，知道了嗎？」

蕭朔：「知道。」

皇上終於滿意，點了點頭，「去吧。」

蕭朔起身，由內侍引著出了內殿，又由常紀率金吾衛護送，一路出了文德殿門。

「殿前司這些年，幾乎都沒什麼大的變動。」

常紀陪著蕭朔，給他透風，「都虞候職權都低了一級，被侍衛司高將軍壓得很死，進退兩難卡了這些年，盼著來個都指揮使還來不及，不會為難王爺。」

蕭朔握著那塊腰牌，闔了下眼，抬手用力按了下眉心。

「皇上將殿前司交給王爺，也是因為這些日子京城只怕不安生，一個侍衛司左支右絀，力所不及。」常紀繼續悄聲提醒，說：「往常京城裡被燒了幾家鋪子、砸了幾處店面，都是尋常小事。如今若再出這些事，只怕都是要被申斥責罰的。王爺這些日子萬不可懈怠，少說要打點精神，撐過十五再說。」

常紀低聲說著話，一眼掃見蕭朔袖口沾的隱約血色，心頭一滯，停下腳步。

蕭朔垂了視線，格外平靜，「多謝常將軍提點。」

「王爺。」常紀道：「當年之事……」

蕭朔打斷，「不必說了。」

常紀默然了半晌，苦笑一聲，嘆了口氣，「是。」

蕭朔只想回府見一見雲琅，卻又要去見等著的都虞候，心中壓著的念頭紛亂翻扯，又被格外冰冷地盡數牢牢壓制回去。

「殿下。」常紀送他出門，身形交錯時，終於將話說出來：「皇上……已與殿下有了嫌隙，將此物給殿下，誅的是殿下的心。」

常紀俯身，低聲道：「殿下留神，切莫入套。」

蕭朔閉了下眼睛，慢慢攥緊了那塊殿前司的腰牌。

殿前司。

陪著雲小侯爺胡鬧，滿京城裝作找人、又悄悄留著後路把人放跑的殿前司。

封城三次、千里追襲，將京城翻了幾遍。被排擠了多少次，一再罰俸叱責，也睜著眼睛找不著逃亡的少將軍的殿前司。

蕭朔垂眸，看著在陳橋大營外飽浸過雲琅的血，又在獄中送端王辭世的腰牌。他攥著袖子，慢慢拭淨了上面割破掌心留下的血跡，理順流蘇，慢慢繫在腰間。

常紀終歸不能再多說半句，躬身行禮，目送了蕭朔出門。

殿前司的都虞候守了半日，終於等來蕭朔，沒半分耽擱，將人領去了陳橋的駐兵營。

「兄弟們早盼著殿下能回來執掌。今日聽了些消息，個個坐都坐不住。」

都虞候引著蕭朔，邊走邊道：「只可惜這些年，殿前司這些年幾乎閒置，舊部也都被打散重置，要整頓起來怕也需些工夫。」

都虞候笑了笑，「殿下大概已不記得末將了。末將叫秦英，是連勝連將軍的部下，當初也曾在朔方軍中待過一年，做到過都尉……」

「記得。」蕭朔道：「你是寧朔的騎兵都尉，打過好水川之役。」

「中九箭，斬首十七人，帶所部殲西夏左翼鐵箭營。」蕭朔掃過一圈破敗營房，斂回視線，「隨軍回京養傷，領軍功入的殿前司。」

秦英愣了下，有些詫異，「殿下如何連這個也……您已調了樞密院的歸檔不成？」

「只是有人曾將你們託付給我，當時一併附了些卷宗罷了。」蕭朔問：「殿前司這些年，被剋扣了多少軍餉銀兩？」

秦英立了一刻，自嘲扯扯嘴角，低聲道：「原來……當真還有人記得殿前司。」

秦英很識趣，清楚蕭朔不願在此事上多說，也並不多問，隨著他往前走，「軍餉銀兩欠了多少，早算不清楚。縱然不罰，大半也都還沒到我們手中，便叫層層剝淨、榨乾了油水。」

「熬不住的都走了，或是找門路去了別處，或是還鄉做些小買賣。街口那家賣環餅煎茶的鋪子，就是咱們一個散祗候回家開的。」秦英笑道：「這些年，弟兄們倒也習慣了這等情形。總歸糊口尚夠，有家室的，大家便都幫襯著些，過得倒也不差。」

蕭朔聽著他說，停在演武場外，看了看裡面正訓練騎射的兵士。

「這些話殿下只聽聽，心中有數就是。」秦英看他神色，忽然想起件事，忙又道：「若是軍餉上受了委屈，切不可與樞密院再起衝突了。」

京畿之地，向來沒什麼事能瞞得結實。冬至大朝的爭執早在城裡傳開，說法雖然紛紜，卻總歸大致差不出太多。

這幾日京中百姓議論得最多的，就是琰王與虔國公為了同戎狄議和的條目，竟在大朝之上，當著皇上的面便同樞密院那些官老爺吵翻了天。

「弟兄們……聽說此事，高興得夜裡個個睡不著。」秦英低聲道：「殿下不失先王爺昔日風骨，是家國之幸。只是……」

蕭朔看著演武場中，「只是什麼？」

秦英靜了片刻，「當……先自保。」

蕭朔眸底暗了一瞬，沒說話。

他方才便看見了某樣東西，此時徹底看清，徑直繞過木柵，朝演武場裡走過去。

「此次是皇上不與殿下計較，反倒將殿前司還給了殿下。」秦英咬了咬牙，追上去，「若是往後，再有這等冒犯天威之事，當真惹怒了皇上，豈非又是一場當年。」

蕭朔停下腳步，漆黑眸底被什麼猛地一撞，隱隱洩出些如刀的凜冽殺意。

秦英叫他周身冷冽一懾，心頭一跳，下意識駐了足。

「我心中有數。」蕭朔低聲說了一句。

走過去，拿起劍臺上的一柄無鋒重劍，說：「此事不必再提。」

秦英低聲道：「是。」

秦英出身行伍，也不少在沙場拚殺，竟仍被方才那一瞬所撼。他此時心中仍有些餘悸，在一旁站定，又特意細看了看。

蕭朔端詳著那柄劍，方才的殺機一閃即逝，此時已只剩下了平日裡的冷淡漠然。

若是不細看，幾乎要以為那一瞬只是眼花的錯覺。

「殿下喜歡這柄劍？」秦英壓壓心中念頭，走過去，接過劍看了看，「這是宮裡將作監特製的，仿的是古劍巨闕，雖然看著尋常，其實比普通長劍重得多，禁軍也只製成了兩柄。」

蕭朔看了看，伸手去碰劍鋒。

秦英神色變了下，忙將他攔住，「殿下不可！」

秦英取過劍鞘，將劍仔細扣好，接過來，「這劍看著沒開過刃，其實只是蘸火時額外加了一道，鋒利得很，是專門拿來擊殺重犯的。」

蕭朔垂眸，「侍衛司那一柄，在何人手裡？」

「不好說，他們那邊有暗衛，身手比尋常禁軍高絕許多，誰用都是一樣的。」

場邊就有稻草假人，秦英握牢劍柄，出劍刺在草人胸口，藉勢一送一擰，「殿下看，劍刃有倒鉤血槽。若是一擊得手了，這樣先擰轉再回拉，不死也能去半條命。」

殿前司這些年沒接下什麼緝兇殺犯的詔命，這柄劍閒置著無用，又實在太過凶悍凌厲，索性就拿來鎮了演武場。

秦英叫人將劍收好了，回來時卻見蕭朔仍立在稻草人前靜靜出神，有些不解，「殿下？」

「將各班直、步騎諸指揮名錄找出來，兵案、倉案、騎胄案的過往帳冊，法司卷宗，一併送去我府上。」蕭朔道：「明日寅時，演武場點卯。」

秦英一時幾乎沒能回神，錯愕半晌，看著他沒說出話。

蕭朔淡聲：「有難處？」

「沒有。」秦英倏而回神，搖了搖頭，「只是──」

秦英靜了片刻，低頭咧嘴笑了下，「只是覺得，殿下此時的樣子，竟叫末將想起了一個人。」

蕭朔斂眸，將視線自草人被絞開的猙獰豁口上收回，朝演武場外走出去。

秦英跟上他，「殿下。」

「父王掌兵，向來只叫屬下姓名外號，從不說這些話。」蕭朔道：「你想起了誰，本王沒興趣，也不想知道。」

秦英滯了下，攥了攥拳，還是追了幾步，「殿下……聽末將一言。」

蕭朔被他扯住衣物，蹙了下眉，停在原處。

「當年之事……錯綜複雜。我等只是武人，一腔血氣之勇罷了，許多事想不清楚。」

秦英垂頭靜了半晌，低聲道：「可當年那個案子，唯獨對殿前司和端王府，是全然不同的。」

蕭朔眸底黑沉，像是不見底的深淵寒潭，「有何不同？」

「當初雲少將軍究竟做了什麼，為的是什麼……於旁人，或許是一場冤案、一場陰謀、一場算不清的糊塗血帳。」秦英道：「可唯獨對端王府與殿前司……這是場家變。」秦英啞聲：「自此一案，家破人離。」

蕭朔立了一刻，轉過身。

「誰對誰錯、誰忠誰逆，我們都不知道，也分不清。」秦英眼眶慢慢紅了，哽了半晌，慢慢道：「可我們──」

秦英閉了眼，跪在地上，「還請殿下……對少將軍，高抬貴手。」

蕭朔背對著他，不見回應，身形漠然。

「雲少將軍是自家的人。」秦英膝行幾步，「自家的人，打斷骨頭也有筋連著，有什麼恩怨，關起門來好好問清楚……」

秦英咬緊牙關，一頭死死磕在地上。

此處清靜，少有人經過，除了風聲過耳，就只剩下零星蟲鳴。

不知隔了多久，他再抬頭，眼前已不見了蕭朔的影子。

琰王府早得了消息，回府的馬車一早便守在了陳橋大營外。

老主簿不放心，特意親自跟著車來接王爺。眼睜睜看著蕭朔掀開車夫的斗笠檢查了半晌，又在車廂上下內外，盡數一絲不苟地審視了一圈。

「王爺。」老主簿跟著轉了一圈，試圖勸阻：「小侯爺的確沒跟著車來，當真沒藏在什麼您看不見的地方……當真不在您給小侯爺做的那個暗匣子裡頭。」

老主簿看著王爺掀暗匣蓋子，瞄了一眼只有五寸見方的暗格，小心提醒：「有些許小，小侯爺怕是藏不進去。」

「……」蕭朔闔上暗匣，心平氣和，「我知道。」

老主簿閉了嘴，守在車邊，神色仍有隱約擔憂。

「我不是……」蕭朔有心解釋，按了下額頭，「罷了。」

只是話本上說，兩人裡的一個出去做事，在上了回家的馬車時，大都會發現些藏著的糕糖點心。不是什麼要緊的事，算是彼此間的小雅趣。

雲少將軍向來灑脫不羈，從來留神不著這些細節。不然也不會當了三年京城閨閣女兒的思嫁榜首，身邊卻只端王府世子一個，旁的半個人也見不著。

蕭朔無心多解釋，上了車闔目養神，靜坐一陣，又吩咐道：「過龍津橋，觀音院背後，繞甜水巷一趟。」

老主簿當初常走這條路，一聽便想起來了，「您要帶些點心回去嗎？」

「他這幾日又琢磨著糖水蜜餞，大抵是嫌藥苦了。」蕭朔翻過那塊腰牌，碰了碰，「街頭那家的荔枝膏和糖絲線，沒能要來方子，府上做不出味道。」

老主簿尚且記得當初的事，笑道：「當年咱們府上四處搜羅點心方子，鬧得滿京城都不得安生，好幾家點心鋪子去找先王主持公道。」

「先王那時候還以為，您是要立志開家糕點鋪。」老主簿道：「氣得滿王府追著您揍，結果一不小心，掉進了拿來裝小侯爺的坑裡，崴了腳三日才好。」

蕭朔靜了片刻，慢慢道：「父王那時追著我揍。」

老主簿心說莫非是因為您說話實在太慢，不敢擅言，順勢接著問：「是為了什麼？」

蕭朔：「是因為我的確立志要開家糕點鋪。」

老主簿：「……」

老主簿從不知自家王爺志向這般廣大，愣了半晌，一時竟頗有些餘悸，「您那時總歸也是王府世子……好好的，怎麼想起了做這個？」

「少時鑽牛角尖罷了，沒什麼。」蕭朔閉著眼睛，「後來又想開酒鋪，如今才知道，他要開的原來是帶館子的客棧。」

老主簿張了張嘴，「小侯爺嗎？」

蕭朔點了下頭，垂眸道：「我若開了客棧，他會叫我當家的，還會叫我官人。」

老主簿心情一時有些複雜，欲言又止，沒忍心叫醒王爺，「這樣。」

蕭朔將雲琅扒著門亂喊的情形提出來，細細想了一陣，抬了抬唇角，靜靜靠回去。

老主簿始終擔憂他的心神，一時竟看不出半分不妥，反倒有些忐忑，「王爺？」

蕭朔睜開眼睛，「何事？」

「您今日心情不錯嗎？」老主簿小心道：「皇上沒同您說什麼？小侯爺……」

老主簿回了神，忙閉上嘴，頓了頓又道：「小侯爺與我們在府裡，還惦著宮中情形。」

蕭朔點了下頭，「皇上給了我父王當年的腰牌。」

老主簿心頭狠狠一沉，跟著馬車，沒說得出話。

蕭朔入宮後，老主簿帶人在府上釘窗戶，看著小侯爺憂心忡忡在書房裡磨了幾百個圈，擔心的就是這個。

那塊腰牌沾著過往淋漓的血，也載著太過幽沉的過往。

皇上那日沒能靠罰跪折了琰王的心志，今日就會順勢賜下這一塊腰牌，翻扯出過往從未痊癒的沉屙痼疾，來刺蕭朔的心。

「談及此事時，又說起了當年朔方軍兵圍陳橋大營的事。」蕭朔道：「我才知道，雲琅的傷竟是他叫人下的手。」

老主簿愕然站定，臉色白了白。

「是種很古怪的劍，傷人後的創口看著不大，內裡卻會被劍刃倒鉤攪開，又有暗槽引血，傷得極深。」

蕭朔垂眸，看著腰牌流蘇上早已洗不去的暗沉痕跡，「我看了在草人上刺出的傷口，若是高手施為，一劍便能去半條命。這等傷要徹底養好，少說也要臥床靜養，一動不動躺上兩三個月。」

蕭朔道：「傷口掙開一次，便是前功盡棄，又要重新再慢慢調養。」

他越平靜，老主簿反倒越不安，忍不住啞聲道：「王爺，您心裡難過，不妨發洩出來，別這般迫著自己……」

「什麼？」蕭朔看了他一眼，將腰牌倒扣回去，「我不難過。」

老主簿放不下心，仍看著他。

「每次都是這樣，我入宮，或是勾起心中怨懟，或是知道了些當年舊事，心思動盪六神不守。」蕭朔道：「然後他便要來開解我，使盡解數，設法哄我高興。」

老主簿心中沉澀難解，卻還是忍不住想了半晌，遲疑道：「您說的可是雲小侯爺故意同您吵架，上趕著來碰您的瓷，說被您打疼了屁股，給您在後花園烤了頭烤全羊，拿匕首扎著餵您，至今還剩大半頭沒吃完……」

「是。」蕭朔蹙了下眉，「莫非這些還不夠叫他費心？」

老主簿無話可說，「叫。」

蕭朔點了下頭，「正是。」

「我將他留在府裡，要過的不是這等日子。」蕭朔道：「不是日日替我擔憂，天天惦著我是不是這裡牽動了舊事，那處翻扯了過往。自己一身病傷，還要來照顧我的心神。」

老主簿靜了半晌，低聲道：「您如何能這麼想？小侯爺與您本就是相互扶持的。您困在府裡，熬了這些年，如今小侯爺好不容易回來了……」

蕭朔：「自當良辰美景，翻雲覆雨。」

老主簿：「您知道翻雲覆雨的意思嗎？」

「不知道。」蕭朔從容道：「沒關係，他懂得多，來日我再問他……如今我要做的，便只是眼下的事。」

老主簿想說話，抬頭望了一眼，神色微變了變，堪堪閉上嘴。

「眼下要做的事，還有幾樁。」蕭朔道：「如今我既已節制了殿前司，理當設法震懾戎狄，也該整頓殿前司這些年混亂的軍制糧餉，重新恢復殿前司戰力。」

「此一項，只怕還要他來幫忙。」蕭朔不叫自己走神，凝神靜思著，「今早皇上見的人，向來並非等閒。雖然身分不明朗，說的卻是『外臣』。」

「京中所說外臣，不是地方官，便是藩屬王爺。本朝王爵不世襲，親郡嗣公，層層遞削，不奉召不准進京，是藩屬郡王以上才有的禁令。」蕭朔停了話頭，敲敲車廂，「聽懂了沒有？我不知你哪些地方不清楚，若是一知半解，便自己打斷問。」

老主簿微愕，忙扭頭看了看，「王爺，您怎麼……」

「看你才是野兔子。」雲琅剛掠到馬車上偷聽，頭昏腦脹聽了滿耳朵的朝堂祕辛，氣急敗壞掀了車簾，「不是在想事嗎？耳朵怎麼還這麼靈？」

「我不曾聽見，你的影子遮了一角窗戶。」

蕭朔靜望他一陣，神色緩了緩，溫聲道：「進來。」

雲琅頗不服氣，看了看那一角窗子，想不通，「就這麼點一小塊！你如何知道就是我？若是隨便飛來隻家雀……」

「那便顯得我格外沉穩風雅，以草木花鳥為友，同隻家雀也說得上話。」蕭朔看著他，「史書上那麼多謀臣，又不是個個習武耳聰目明。你以為身手功力皆不如你的，平日要如何裝得運籌帷幄、指揮若定？」

雲琅從不知這些訣竅，一時愕然，身心震撼按了按胸口。

「這幾日冷，進來。」蕭朔抬手，將他自車廂外扯進來，在額間摸了摸，「等了我多久？」

「誰等你了？」雲琅匪夷所思，「我看了一個早上的玄鐵衛安插銷，又在榻上睡到現在。出去溜了個彎，恰好看見你的馬車，便過來蹭了會兒馬騎。」

「……」

馬車上的窗子只有布簾遮掩，封不住，蕭朔不打算在此處同他談這個，將雲琅被風吹透了的外衫剝開，「既然這樣，我車裡的點心大抵是叫野兔子偷了。」

雲琅：「……」

「我今日特意買來，想回去的路上自己吃些。」蕭朔：「方才看，一片都沒了。」

雲琅：「……」

蕭朔輕聲道：「那酥瓊葉，我一向最喜歡吃。前人詩作說，削成瓊葉片，嚼作雪花聲……」

「停。」雲琅盡力想了半天，「哪個是酥瓊葉？」

蕭朔不解，「野兔子吃的，你問什麼？」

雲琅張了會兒嘴，乾咳一聲，紅了耳朵咬著牙，「那、那野兔子偷吃完了，同我聊了會兒天。」雲琅硬著頭皮，豁出去了，「我格外沉穩風雅，以草木花鳥為友，尤其擅與兔子說話。」

蕭朔看他半晌，唇角抬了下，伸手將雲琅攬住，擁回冰冷胸肩。

「等會兒。」雲琅撐著他，「酥瓊葉到底是哪個？」

雲琅今日跟著馬車過來，在車廂裡蹲守蕭朔。

不知不覺蹲餓了，便順手摸了暗匣裡的小零嘴吃。這些東西都只能解饞、不能墊饑，雲琅吃著吃著摸了個空，才發覺竟全吃光了，一時追悔莫及。

想要再去買，卻忽然又遇上了樁有些要緊的事。

辦妥了再回來，蕭小王爺竟就這般同他翻起了舊帳。

「你同我說說。」雲琅耳根發燙，磕磕絆絆道：「我……同那野兔子商量商量，叫牠還你一份酥瓊葉。」

「難買嗎？是哪家的獨門點心？用不用排隊？」雲琅暗自盤算，「我明早和野兔子準備去殿前司的演武場看看，正好去幫你買了。」

「我自去便是。」蕭朔撫了下他的額頂，靜了片刻，又道：「殿前司的人很惦著你。」

雲琅不料他忽然說起這個，怔了怔，低頭啞然，「是，殿前司就沒一次抓著我的。我那時自房頂上滾下來，就掉在他們面前，他們一個個死瞪著我，硬說沒看見叛逆。」

「那時天黑透了，火把燒得燙人。」雲琅聲音壓得極輕：「他們將我推走，對我說……快跑，往家裡跑。」

蕭朔眸底微微顫了下，肩背微繃，抬眸看著他。

「但仍不能叫他們知道。」雲琅扯扯嘴角，笑了下，「我如今平安無恙的消息，越少人知道越好，但凡不相干的一律決不能透露。」

兩人早商定了這些，蕭朔心中有數，閉了下眼挪開視線，「殿前司縱然是父王舊部，縱然這些年都對你暗中迴護，卻畢竟人太多，眼太雜。哪怕只混進去一個半個的宮中眼線，此事一旦交了底，也勢必後患無窮。」

「等諸事了了，我去請他們喝酒。」雲琅隨手扯了塊布，往上頭劃拉著記了個提醒，斂回心神，笑道：「正巧，我也有件事要和你說。」

蕭朔很想知道自己的袖子還能做哪些事，將袍袖斂回來，晾乾墨跡攏好，「什麼事？」

「你說今日皇上見了個外臣，中間沒聽懂，最後猜測這外臣大抵是哪家藩王。」雲琅問道：「是不是？」

蕭朔眼看著雲少將軍破罐子破摔，靜了片刻，忍回去了重給他講一遍的念頭，「……是。」

「不奉召進京的藩王，別的路子只怕查不到。」雲琅沉吟，「今日侍衛司放進城裡的馬匹商人，明日你帶殿前司接管城門防務時，再挑出來，暗地裡盤查一遍。」

「盤查的時候小心些，不要打草驚蛇，他們的馬鞍下面全藏了利劍勁弩。」

雲琅道：「那些全是千錘百煉的戰馬，這種馬離不開主人，主人若死了，也會跟著絕食而死。既然今日有馬隊，定然還有精銳府兵走別的路進了京。」

蕭朔靜聽著，緩聲道：「你便是去追查這個了？」

雲琅險中求勝慣了，被他一問，才反應過來，下意識便有些心虛，「我跟得隱蔽，他們定然不能察覺。」

蕭朔望著他，扶著額角，用力按了按。

「雖然有點小破劍小破弩，也沒多嚇人。」雲琅盡力找補，乾巴巴道：「我一撅就能撅折。」

蕭朔按著額角，闔上眼。

雲琅自投羅網，咳了一聲，不等蕭小王爺越練越熟地抬手綁人，掉頭就竄出了馬車。

老主簿嚇了一跳，忙追了幾步，「小侯爺！慢些，留神傷著。」

雲琅已掠出了馬車幾丈遠，警惕回頭，卻仍沒見著半分動靜。

老主簿神色也有些茫然，來回望了望，悄悄朝雲琅做著口型詢問。

雲琅不很習慣，繞著馬車徘徊了一陣，慢慢繞回來，「蕭朔？」

車裡靜悄悄的不見回應，雲琅瞧了下，又往回挪了幾尺，「蕭小王爺？」

老主簿滿腔憂慮，又不敢貿然掀了車簾打攪王爺，急得團團轉。

雲琅橫了橫心，抬手就去解腰帶。

「小侯爺！」老主簿肝膽俱裂，「不至於此！」

老主簿牢牢按著雲琅，滄桑白髮橫生，「您這是幹什麼？還沒回府，雖說此處僻靜……」

「自縛雙手啊。」雲琅莫名，「我外衫方才被他脫了，衣帶在車裡呢。」

「那也……」老主簿守著兩位一個話本沒看全、一個話本沒看懂的小主人，愁得跺了跺腳，「那麼多法子，如何不能想些風雅閒趣的？」

「我如何不想風雅閒趣！」雲琅委屈死了，「怪我？他不告訴我酥瓊葉是什麼！」

老主簿愣了下，「酥瓊葉，您不知道？」

「我如何知道……還嚼作雪花聲，到底是什麼東西這般風雅？」雲琅咬牙，「我弄個雪球，壓成餅塞他嘴裡行不行？」

「只怕不行。」老主簿低聲道：「酥瓊葉是將隔夜的饅頭切成薄片，塗上蜂蜜、牛乳、熟油製成的芡料，在火上烤酥，再散去火氣……」

雲琅：「……」

老主簿：「嗯？」

「烤饅頭。」雲琅道：「嚼作雪花聲。」

老主簿張了張嘴，咳了一聲，「……是。」

雲琅抱拳，「知道了。」

老主簿一時拿不準蕭朔心思，憂心忡忡看著雲琅戴上斗笠掩去頭臉，解了匹拉車的大宛馬，一路絕塵而去。

少了匹馬，馬車走得比方才更見慢騰。

老主簿跟著馬車，屏息走了一炷香的工夫。

遠遠見了個策馬回轉的人影，眼睛一亮，「小侯爺——」

「賣沒了，換了一個。」雲琅隨手扔了韁繩，掠下馬背，片刻不停地鑽進了車裡，「快，張嘴。」

蕭朔頭疼得厲害，靠著車廂，正盡力斂著心神。

他已下了決心，絕不再叫雲琅替自己有半分擔憂，聞聲蹙了蹙眉，撐著睜開眼睛，「你——」

雲琅眼疾手快，從紙袋子裡摸了個東西，不由分說塞進他嘴裡，抬手牢牢捂住。

蕭朔及時撐起身，差點沒被雲少將軍徒手噎死，「什麼？」

「炒黃豆，剛炒的。」雲琅總算弄懂了他們風雅賢士的套路，舉一反三，鄭重扶著蕭小王爺的肩，「快點，嚼出驚雷響了嗎？」

（未完待續）

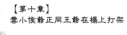

作者獨家訪談第二彈，暢談創作緣由

Q6：這部作品有很多具衝突性的元素，例如故事開頭看似是荒謬喜劇，但接著上演張力十足的朝堂鬥爭戲碼；兩位主角一開始看似有血海深仇，但其實都將對方看得比自己的命還重要，因此為故事增添許多戲劇張力，很好奇當初怎麼想到這個攻受組合的？

A6：先成型的是小侯爺，腦子裡最先出現的也是小侯爺臨死前在雪地裡給自己放煙花的景象。雲琅的原型在一定程度上參考了霍去病，一個打仗時要帶喜歡的零食，還要帶廚子的嬌貴又天生戰神的小將軍，這簡直太有張力了。

由這一點再發散，像前面說的，另一個人必須和雲琅羈絆匪淺，必須能夠解開雲琅心中身後的負罪感，那最合適的就只有蕭家的遺孤。蕭朔的性格不會開朗，他只會孤戾冰冷、只會被仇恨填滿，可如果這樣寫又不夠了，一個只會仇恨的「閻王」是不夠和雲琅成雙的，所以他又帶有了另一層堅韌和沉穩的性格在。

Q7：您覺得個性跳脫的雲琅和隱忍穩重的蕭朔，哪個角色比較好寫？哪個比較難掌握？你有沒有比較偏好哪個角色？

A7：一定是蕭朔更好寫，因為我平時生活裡的性格也更貼近蕭朔一點。雲琅的性格要做到皮而不鬧，張弛有度，很考驗狀態，我個人更偏好雲琅，他是永遠的小侯爺。

Q8：如上所述，書中有很多讓人覺得有趣的衝突性組合，例如表面上看起是雲琅這個角色在負責活躍氣氛，創造笑點，但其實小王爺談情說愛起來更讓人莞爾，不知有沒有安排哪個角色講情話比較困難？有沒有哪個談情說愛的名場面是讓您自己寫來也很滿意的？

A8：在不知道自己說的是情話的時候，雲琅講起來很容易，一旦知道了，就變成他更困難一些了。

最喜歡大家一起擠在車裡，衛准自覺去了車底的那段。

Q9：如果讓雲琅和蕭朔互相介紹對方，他們會怎麼介紹？

A9：雲琅會直接甩琰王府的名帖，蕭朔會認真地念出雲琅所有的封號。

（未完待續）

i小說 038

殿下讓我還他清譽2

國家圖書館出版品預行編目（CIP）資料

殿下讓我還他清譽 / 三千大夢敘平生著；. -- 初版.
-- 臺北市：愛呦文創有限公司, 2021.12
冊； 公分. --（i小說；38）
ISBN 978-986-06917-1-9（第2冊：平裝）. --

857.7 110016654

愛呦文創

作者	三千大夢敘平生
封面繪圖	蓮花落
書衣繪圖	Zorya
責任編輯	高章敏
特約編輯	楊惠晴
文字校對	劉綺文
行銷企劃	羅婷婷
發行人	高章敏
出版	愛呦文創有限公司
地址	10691台北市忠孝東路四段59號10-2樓
電話	（886）2-25287229
郵電信箱	iyao.service@gmail.com
愛呦粉絲團	https://www.facebook.com/iyao.book
總經銷	聯合發行股份有限公司
電話	（886）2-29178022
地址	231新北市新店區寶橋路235巷6弄6號2樓
美術設計	Rooney Lee
內頁排版	陳佩君
印刷	沐春行銷創意有限公司
初版一刷	2021年12月
初版二刷	2022年7月
定價	360元
ISBN	978-986-06917-1-9

愛呦文創